有爱的青春陪伴者

# 小学渣，别看我看书

醒风 著

河北出版传媒集团
花山文艺出版社
河北·石家庄

图书在版编目（CIP）数据

小学渣，别看我看书 / 醒风著. -- 石家庄：花山文艺出版社，2021.1
ISBN 978-7-5511-5373-7

Ⅰ. ①小… Ⅱ. ①醒… Ⅲ. ①长篇小说－中国－当代 Ⅳ. ①I247.5

中国版本图书馆CIP数据核字（2020）第207196号

| | |
|---|---|
| 书　　名： | 小学渣，别看我看书 |
| | XIAO XUEZHA,BIE KAN WO KAN SHU |
| 著　　者： | 醒　风 |
| 统筹策划： | 张采鑫 |
| 特约编辑： | 魏归期 |
| 责任编辑： | 董　舸 |
| 美术编辑： | 胡彤亮 |
| 责任校对： | 卢水淹 |
| 装帧设计： | 西　楼 |
| 封面绘制： | 蕙　婼 |
| 出版发行： | 花山文艺出版社（邮政编码：050061） |
| | （河北省石家庄市友谊北大街330号） |
| 销售热线： | 0311-88643221/29/35/26 |
| 传　　真： | 0311-88643225 |
| 印　　刷： | 长沙鸿发印务实业有限公司 |
| 经　　销： | 新华书店 |
| 开　　本： | 880×1230　　1/32 |
| 印　　张： | 8.5 |
| 字　　数： | 179千字 |
| 版　　次： | 2021年1月第1版 |
| | 2021年1月第1次印刷 |
| 书　　号： | ISBN 978-7-5511-5373-7 |
| 定　　价： | 36.80元 |

（版权所有　翻印必究·印装有误　负责调换）

**Part 01**
 又缠上来的小魔王 ················ 001

**Part 02**
 只是很喜欢你而已 ················ 023

**Part 03**
 臆想症和中二病 ·················· 040

**Part 04**
 磐石绝对无转移 ·················· 062

**Part 05**
 哼！没良心的顾胖胖 ·············· 084

**Part 06**
 她心之所向 ······················ 104

**Part 07**
 终究没有迷路 ···················· 122

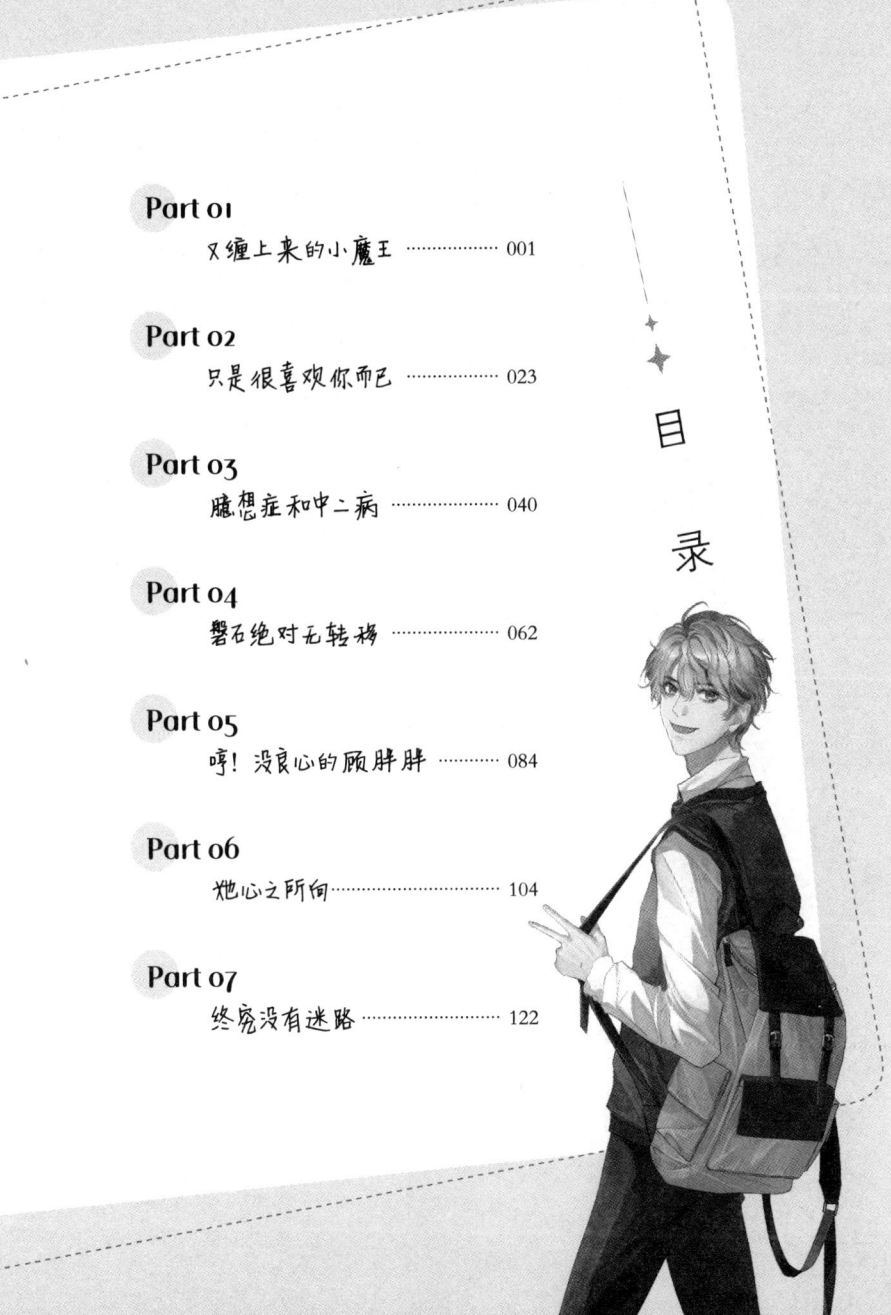

# 目录

**Part 08**
爱我你就哄哄我·············· 141

**Part 09**
赖皮··············· 162

**Part 10**
他的承诺，掷地有声······ 190

**Part 11**
最亲爱的女孩··············· 214

**Part 12**
为未来而努力啊··············· 234

**Extra 01**
封总裁的吃醋日常··········· 247

**Extra 02**
当年不合神相思··············· 254

## Part 01
### 又缠上来的小魔王

吃了晚饭回到寝室后,顾盼就一直坐在电脑前写暑假实践报告。

手机不合时宜地响了起来。

带着满心的疑惑,顾盼奇怪地眯起了眼睛。

来电是一个陌生号码。对于这些不是推销就是打错的陌生号码,她一般都是不予理会的,可这个号码的归属地是 Q 市。

Q 市是顾盼的家乡,她在那里生活了十几年,从小到大结识了数不清的人,她猜测这会不会是哪个老同学打来的,抑或是她老爸老妈换了手机号?

思索了几秒后，顾盼还是摁了接听键。

电话那边很快传来一道欢快的嗓音："顾胖胖，猜猜我是谁？"

是那道熟悉得不能再熟悉的声音，不出两秒顾盼就已经根据对方对自己的称呼猜出了他的身份。

这么多年了，除了封定钰那个小冤家，谁还会如此戏谑地喊她一声"顾胖胖"？不过令她有些不解的是，封定钰怎么会有她的手机号？他们可是一年多没联系了。想当初为了摆脱他，她高考结束后特地填报了离家较远的Z大，来到这边办了新卡后她也特地嘱咐父母不要将她的新号告诉封大少，难不成……

叛徒应该也只有那个一直想招封定钰为女婿的老妈了。

她不冷不热地回："你有事吗？"

"嗯……"正坐在桌前的封定钰用手指轻轻敲了好几下桌面，才斟酌着开口，"我这儿有一个好消息和一个坏消息，你要先听哪个？"

"不说我先挂了。"

"欸，我说你这个人……"封定钰很想表达自己的不满，但是一时间却不知该说些什么，于是他直截了当地开口，"我要告诉你的好消息是我即将去你们学校念书，坏消息就是你以后又摆脱不了我了，哈哈哈！"

"……"好消息对她来说不是好消息，坏消息对她来说真的就是坏消息！

顾盼努力让自己平静下来，说道："你来不来关我什么事？校园这么大，你念你的书，我上我的课，咱们两个互不相干。"

# 小学渣，别看我看书

听到她这么说，封定钰的心头立刻蹿起了小火苗，他气愤道："哼，你这女人居然敢对我这么说话！你说，你是不是不希望我去你们学校念书？"

顾盼沉默了须臾，最后还是决定实话实说："没错。"

封定钰还想说什么来控诉顾盼的无情无义，突然听到门外传来了老妈的声音——

"小钰，这么晚了还在跟谁打电话呢？"

他起身走到门口，打开了门："妈，我在跟您儿媳妇打电话呢。"

听闻这句话的顾盼无语地抽了抽嘴角。

这家伙又在胡说八道了。

然而封妈妈跟封定钰不这么想，他们早就认定顾盼这辈子生是封家人，死是封家魂了。这不，一听说封定钰是在跟顾盼打电话，封妈妈脸上立刻笑成了一朵花。她笑眯眯地跟封定钰说："来，让妈妈跟盼盼说几句话。"

封定钰乖顺地把手机递了过去。封妈妈跟顾盼打了个招呼问了声好后，顾盼很礼貌地回："林阿姨，我挺好的。"

"盼盼，你可不知道，你不在的这一年，小钰可想你了。他每天都念叨你，掰着手指数着高考的日子，就想着什么时候能够再见到你。高考后他本来想去 Z 市找你玩的，可谁知道你又去了海南。欸，我们家这小子的相思病可严重了。"

"妈，您瞎说什么呢？"封定钰皱起了眉头，"谁想她了？谁得相思病了？"

封妈妈瞪了他一眼，嗔道："你这小子，你那点心思老妈还看不出来吗？"

封定钰梗着脖子，生硬地说："就算我喜欢她，我也没有每天都想她好吗？我的时间都用来学习了，谁有空想她呀？"

"好了好了，你们年轻人的事情妈也不想管，只要最后你能把她娶回家就行。"再跟电话里的顾盼寒暄了几句，封妈妈就把手机还给了封定钰，扬起眉毛朝他贼贼一笑后便离开了儿子的房间。

重新接过手机，封定钰别扭道："你别听我妈瞎说，我才没有想你呢。"

"嗯。"顾盼心不在焉地回了一句，视线已经不自觉地被电脑上刚刚弹出的新闻吸引住了。

封定钰沉默了一小会儿，随即一脸娇羞地问："那你呢，这一年来你有想我吗？"

"没有！"顾盼说的是大实话。

哪知封定钰听了以后反而微微一笑，心情颇为愉悦道："那就是有喽？"

"……"

他是没听清她的话，还是故意歪曲她的意思？顾盼叹了口气，最后说："先挂了。"

封定钰点了点头，然后还极其温柔地说了句："那……晚安。"

挂了电话以后，封定钰心情大好地扑倒在床上，还得意地晃了好几下自己的长腿。

哼，别以为他不知道女人都是口是心非的！顾盼嘴上说不想他，

# 小学渣,别看我看书

其实心里一定非常非常想他!

念及此,封定钰觉得自己好幸福,于是抱着枕头又在床上打了好几个滚。

跟封定钰阳光灿烂的心情形成鲜明的对照,顾盼的心情就不怎么美丽了。

封定钰那家伙,她都逃得这么远了,他怎么还要跟过来?她以后还有好日子过吗?

怀着这种未来人生一片黑暗的悲观想法,她失魂落魄地拿着衣服进了浴室。洗完澡吹干头发后,她刚想洗衣服,突然想起自己还没买洗衣液。

她昨天刚回到学校,昨晚是借了室友的洗衣液,但现在她不好意思再借室友的了。拿起手机看了看时间,顾盼往门口走去。室友宋颂看到她随口问了一句:"盼盼,你是要去买东西吗?"

顾盼点点头:"洗衣液没了,我现在要去买。"

宋颂一听,立刻精神抖擞地从椅子上跳起来,乐呵呵道:"我跟你一起去,刚好想吃小鱼仔了。"

两人一起出了寝室,到楼梯口宋颂才发现顾盼穿的是一身简单的白色运动短裤加无袖T恤,露出了修长纤细的手臂和双腿。

这不是她的睡衣吗?

对于顾盼穿着如此不考究便出门,宋颂是感觉十分奇怪的。毕竟顾盼是两大校园女神之一,长得漂亮成绩又好,蝉联了两届校园舞蹈大赛的冠军,一出门肯定有同学认出她。

宋颂停下脚步，好心提醒："盼盼，你真的决定这么出门？要不要换一身衣服再去？"

顾盼低头看了看自己的穿着，忍不住笑了，接着毫不在意地说："就下去买点东西而已，不用这么讲究。"

"可你是校园女神，一出门肯定有人认出你。"

"什么校园女神？哪有这么夸张？"顾盼摇头哂笑，"再说了，女神也是人，况且现在这么晚了，校园里没有多少人的。"

宋颂无奈地耸耸肩，继续往楼下走了，一边走还一边开口："要是被认识你的人知道校园女神穿着睡衣就出门了，不知道毁了多少少男心呢。"

顾盼眉目舒展："严格来说，这衣服本身不是睡衣哦。"

此刻顾盼对自己的穿着不甚在意，可是很快她就后悔了。因为快走到超市门口时，她看见了一道熟悉的身影。

那身影恰好从超市出来，柔白的路灯从他侧面斜斜照射过来，他的脸一半暴露在灯光下，一半隐在黑暗中，无端给他增添了几分神秘感。此刻他手里提着一个购物袋，脸上挂着一抹温润和煦的笑容，跟旁边的人谈笑风生。

顾盼的心跳不争气地漏了好几拍，然而她的第二反应不是像往常那样笑靥如花地朝他缓步走过去，而是下意识想逃。

她刚刚才吹干的头发没梳过，现在一定凌乱得不堪入目。她脚下是一双人字拖，显得她吊儿郎当的，这跟她平日温婉娴雅的形象一点都不符。要命的是正如宋颂所说，她现在穿的其实根本就是一套睡衣！

# 小学渣，别看我看书

苍天啊，早知道就听宋颂的话换了衣服再出门了。

顾盼的脑子卡壳了，脚也顿时像黏了502胶水一样，死死地黏在原地。

宋颂见状，拍了好几下她的肩膀，说："盼盼，你怎么不走啊？"说着目光不经意捕捉到那抹高大帅气的身影，心里顿时明白了个大概，于是狡黠一笑，"原来是见到学长就尿了啊？"

这时宋颂还扬起手，恶作剧般朝不远处高喊了一声："明岚学长！"

顾盼回过神来的时候很想用手捂住宋颂的嘴巴，可是已经来不及了，因为听见声音的明岚已经朝她们这边走过来了。

顾盼想死的心都有了。谁不想在心上人面前保持个好形象？

来到两个女生面前，明岚微笑着朝她们打招呼："两位学妹。"然后又带着惊讶快速看了看顾盼，"顾盼学妹，好久不见啊。"

顾盼只想找个地洞钻进去，末了她只能僵硬着笑容说："学长，好久不见。"

宋颂扫了一眼明岚手上的购物袋，乐呵呵地问："学长，你今天刚回学校吗？"

明岚点头："是啊，今天下午刚到。"

几人又聊了几句便各自离去了。

进了超市后，宋颂不无得意地说："刚刚叫你换好衣服再出来，你偏不听，结果路上遇见了你的心上人，现在后悔了吧？"

"什么心上人，你别瞎说！"顾盼不悦地剜了宋颂一眼。

宋颂继续笑眯眯道："还说不是心上人呢？瞧你见到人家便含羞带怯的模样，就差没在脑门上刻上'我喜欢明岚'五个大字了。"

顾盼一怔,她的心思已经这么明显了吗?明明她一直藏得好好的啊。

明岚是舞蹈社社长,从顾盼大一加入舞蹈社开始,明岚便看中了她的潜力,花了很多时间和精力去培养她。几个月前的干部换届,明岚更是鼓励顾盼去竞选副社长一职,最后顾盼不负他所望,成功竞选上了。

明岚对顾盼的好是有目共睹的,舞蹈社的成员都已经把顾盼当成明岚的女朋友了。可是只有顾盼自己知道,明岚对她从来都不是什么男女之情。因为除了舞蹈社的事情外,他们在生活中基本没什么交集,也没谈过任何关于私人的问题。

宋颂抱着双手做深思状,一副看破一切的样子,她说:"我说盼盼,你怎么这么屄啊?喜欢就去追啊,不是都说女追男隔层纱吗?我看明岚对你的印象也不错,说不定你一表白他就答应跟你在一起了呢?"

顾盼脚步一顿,狐疑地看着宋颂:"你哪只眼睛看到学长对我印象不错了?"

宋颂耸了耸肩:"当局者迷,旁观者清,反正我觉得是这样的。他对你多好呀,要知道这世上除了亲人,可没人会毫无理由地对另一个人好。"

顾盼无奈一笑:"学长脾气温和,对谁都很好的。"

宋颂不再辩驳,却明显不赞同顾盼说的话。

晚上十一点寝室熄灯以后,顾盼躺在床上,翻来覆去怎么也睡不着。

封定钰那个混世小魔王,真的要来Z大读书了啊……她不禁回想了两人这十八年来的"爱恨情仇"。

# 小学渣，别看我看书

顾爸爸是Q市副书记，而封爸爸是林业局局长，两位爸爸年轻时又是战友，所以两家一直都住对门。封定钰出生时顾盼已经两岁了，已经会说会笑会走路。

封定钰出生后，也不知是什么原因，除了吃喝拉撒时封妈妈哄得来，其他时候只有顾盼才哄得好。前一秒还皱着小眉毛哭闹，可是只要顾盼抱起他，下一秒他就像被定住似的不哭不闹了，偶尔还会露出傻乎乎的笑容。

因此，很多次封定钰三更半夜哭闹时，束手无策的封妈妈都只能来找顾盼。虽然有时候顾盼挺不情愿的，但她也只得牺牲自己的睡眠时间去哄他。封妈妈感觉奇怪的同时，也万分欣慰顾盼能降得住封定钰，故而她逢人就说顾盼是他们家的"童养媳"。

顾盼觉得，她才不要这么黏人的"老公"。

事实上，封定钰真的很黏她。

逐渐长大的封定钰每天屁颠屁颠地跟在顾盼身后，还特别喜欢欺负她、抢她的东西。凡是顾盼有的东西，他一定要抢过来玩一玩，就连一些女孩子才玩的洋娃娃，但凡顾盼手上有，过不了几天就会成为封魔王的囊中之物。

每当这时，顾盼都会跟他急："这是我的东西，你不许抢！"

封魔王死死抱着怀里好不容易才抢过来的玩具，理直气壮地抬高下巴："才不是你的东西呢，这是我的！"

顾盼对此非常生气，可是每回她向老妈告状时，她那个受过高等教育的老妈都会语重心长地对她说："盼盼，小钰是你弟弟，作为姐姐你要让着弟弟。"

顾盼心里很憋屈。她让着封魔王,可封魔王越发得寸进尺地欺负她啊!

两人上了同一家幼儿园后,由于封魔王软萌可爱的外形,幼儿园里有不少女孩子送礼物给他。可是每回收到礼物,封魔王都会把那些礼物转送给顾盼。

顾盼对此极为不解,结果封魔王一脸傲娇地说:"你们女孩子的东西我才不要!"

不要?那他为什么总是抢自己的玩具?顾盼更加不解了。

一转眼到了顾盼上小学的年纪。

顾盼一离开幼儿园,封魔王便再也不愿意在幼儿园待下去了,每天哭着喊着要跟顾盼一起上小学,任凭别人怎么劝他都不听,反正就是铁了心要跟着顾盼。

最后还是顾盼出马把他哄好的。

顾盼告诉他:"小钰,你现在年纪小还不能上学呀,要乖乖待在幼儿园里。等过两年你长大一点就可以跟我一起上学了。"

封定钰嘟起小嘴幽怨地想了老半天才说:"为什么我这么小?为什么我不能跟你一样大?要是我大一点就可以跟你一起上学了。"

顾盼笑着摸了摸他的头,稚声稚气地说:"你真傻。又不是你说跟我一样大就能跟我一样大的。你出生的时候我已经会走路了呢。"

封定钰又埋头想了很久,才不情不愿地说:"好吧。那等我长大一点再跟你一起上学,但是你得向我保证你不能跟其他男孩子玩,你

# 小学渣,别看我看书

只能跟我玩!"

"好的,好的。"心里已经乐开花的顾盼连连点头,答应得那叫一个爽快。

然而出乎顾盼意料的是,她上学后不足两个星期,有一天小魔王背着一个大大的四方卡通书包,守在她家门口。

上下打量了他一番之后,顾盼不解地问:"你这是……"

小魔王很骄傲地从书包里取出一本小学一年级的语文课本,眉飞色舞地对顾盼说:"从今天开始我要跟你一起上学了!"

顾盼脸上是大写加粗的问号。

问过封妈妈后顾盼才知道,原来自从她离开了幼儿园,小魔王在幼儿园几乎每天都哭闹不休,有时候甚至抱着膝盖哭一整天,任谁劝都不听。后来封妈妈干脆妥协了,靠着人脉关系让人帮还不到年纪的小魔王注了册,跟顾盼同班读小学。

刚甩开没几天的小尾巴又跟上来了,顾盼觉得很悲催!

在班上,封定钰要求跟顾盼同桌,班主任不同意,他就使出哭招,而且哭得那叫一个惨绝人寰,让人觉得如果不答应他的请求就是罪大恶极!

对此,很无奈的班主任只好答应了。

上了小学后,封定钰并没有好好学习天天向上,而是每天睡大觉、做小动作。读了一学期后,整天只知道吃喝玩乐的小魔王便深感不易,有心无力。人们几乎可以从他的排名知道整个年级有多少个人!

封妈妈为此急得像热锅上的蚂蚁,于是赶紧请了家教来帮小魔王补课。可是小魔王对家教老师十分排斥,想尽各种办法,用尽各种手段逼家教老师走人。

于是乎,每个被封妈妈请来的家教老师都待不过一个星期。

无奈之下,封妈妈还是只能麻烦顾盼了。

封妈妈语重心长又态度诚恳地对顾盼说:"盼盼啊,我们家小钰从小就喜欢你、依赖你。只有你能制得住他,我把他交给你了哦。"

顾盼是个实打实的尖子生,从她入学开始就被老师夸奖,老师完完全全把她当成榜样、标兵,而在其他家长的眼中她就是别人家的孩子。

纵使心里有一丁点的不情愿,顾盼也不好意思驳了长辈的请求,于是只能答应。

顾盼亲自上阵为小魔王补课,小魔王终于安分了,愿意安静下来听课了。可是每回在上课过程中他看似在认真听课,实则只是痴痴地捧着自己的小脸,圆溜溜的眼睛不住地在顾盼身上打转,根本一个字都听不进去。

眼看这个情况的顾盼没好气地跟他说:"喂,你别看我啊,看书!"

小魔王嘟起小嘴可怜兮兮地摇摇头:"我听不懂。"

"就是因为听不懂才要听啊,你看着我我就能听懂了吗?"顾盼欲哭无泪。

小魔王眨巴着他那双纯良无害的大眼睛:"我真的听不懂。"

顾盼这回真的生气了,于是跟封妈妈说她教不了封定钰,不干了。

封妈妈十分痛心疾首,却也没有别的办法,于是她只能让小魔王留级了。

## 小学渣，别看我看书

小魔王留级后，顾盼可是松了一大口气。

哎，终于不用跟这个小尾巴待在一起了，终于不用被他盯着了。

没错，在顾盼的生活中，小魔王就是个管家婆般的存在，对顾盼所有的事情都要追问一番。平时，只要她跟某个男生多说一句话，他一定会板起脸冷冷地瞪着她。如果某个男生主动找她多说几句话，他一定会对那个男生搞恶作剧。

久而久之，他们两个都被班上的同学孤立了，她真是有苦难言啊。

这回小魔王留级……她终于可以扬眉吐气了！

然而她还是把事情想得太美好……

两人虽然不同班了，可是小魔王还是一如既往跟她一起上学、放学，很多时候甚至在课间十分钟他都来她教室晃悠一下，刷刷存在感。最令顾盼无语的是，小魔王逢人便说她是他的媳妇儿，不许其他男生跟他抢媳妇儿！

于是封定钰每回来顾盼班上找她时，同学们都会调笑："顾盼，你男人又来找你了！"

一开始顾盼还会跟封定钰急，她特别生气地告诉他："封定钰，你不要总是和别人说我是你媳妇儿。我才不是你媳妇儿！"

每当听见顾盼不愿意承认她是他媳妇儿时，小魔王都会重重地冷哼一声，然后不予理会，下次还敢。顾盼无语凝噎，在好说歹说教育了很多次小魔王还是不听劝后，顾盼就懒得再理他，更懒得去在意这些玩笑话了。

顾盼读小学三年级的时候，封家发生了一件大事：封爸爸卷入了一场政治风波,被人污告贪污受贿,在看守所里待了三个月。

虽然这次风波最终真相大白,封爸爸一直清正廉洁,从未做过违法乱纪之事,于是从监狱出来以后,深感心累的封爸爸毅然决然辞去了林业局局长一职,转而经商。

或许是封爸爸目光犀利懂商机,又或许是封爸爸运气好,总之几年下来,封爸爸挣了不少钱,公司也已经做成了大型上市公司。

挣了钱的封爸爸想要买一套别墅出去住,可是封定钰死活不愿意,说什么也要留在这里。封爸爸无奈,只好把隔壁的公寓也买下来,让人改造成更大的复式公寓。

时间转瞬即逝,很快便到了顾盼的升学考。拿到录取通知书的那天,顾盼兴高采烈地在房间里跳舞,因为她考上了市里最好的中学——圣林中学。

圣林中学招的都是市里成绩极好的学生,在这所中学读书将来一定能考上好大学。重要的是,这所好学校封定钰一定考不上!

就在顾盼得意忘形的时候,突然有人抽走了她手里的录取通知书。

她转头一看,原来是封魔王。

"你怎么来了?通知书还我!"顾盼伸手想抢回自己的东西,封魔王却死死攥在手心。

看清录取通知书上的内容后,封魔王一脸不屑:"明年我也去这所学校读书。"

顾盼才不会相信他的鬼话,以他那吊车尾的学习成绩,怎么可能考得上圣林中学?可令她万万没想到的是,在她初二那一年,封魔王

## 小学渣,别看我看书

竟然真的进了圣林中学。

她很不高兴,于是嘲笑某人要靠别人帮忙才能入学,谁知某人不以为耻反以为荣。

就这样,两人在同一所中学里待了五年,直至顾盼高中毕业。

这五年间,无所事事的封定钰整天惹是生非,花样层出不穷,反正他也不好好读书,就做这些坏事找乐子了。

圣林中学的学习风气良好,封定钰的存在就像一颗老鼠屎搅进了一锅清粥,令人不适得很。可奈何他有人撑腰,所以从没有人敢拿他怎么样,校长和老师都是睁一只眼闭一只眼。

顾盼看不下去了,于是劝他:"封定钰,你到底是来打架的,还是来念书的?"

封定钰耸了耸肩,一脸无所谓地回答:"念书打架两不误。"

顾盼被噎住了,觉得自己劝不了他,干脆放弃了。

封定钰高一的班主任是个刚大学毕业的女孩子。初生牛犊不怕虎,年轻气盛的班主任并不惧怕封定钰的家世背景,"秉公执法"的她好几次抓封定钰去办公室问话,并且还联系了封妈妈。

由于此前别人都忌惮封家,没人说过封定钰的不是,封妈妈就一直以为儿子除了学习成绩差一点之外其他的都还好,所以接到消息的封妈妈极其生气,她把封定钰和顾盼喊来,板着脸冷冷地质问封定钰:"怎么回事?为什么老师说你三天两头在学校惹事?"

封定钰挠了挠自己的后脑勺,搜肠刮肚地想着该如何组织语言来应付母上大人,最后他大义凛然地说:"是别人先招惹我的!我只是在自卫!"

"自卫?别人是劫你财还是劫你色了?还自卫!"封妈妈犀利的眸子紧盯封定钰,试图从他的表情里找出什么破绽。

"劫我色了。"封定钰盯着自己的脚丫子弱弱地说,"谁叫我长得这么帅呢?"

"封定钰!"封妈妈一口恶气差点提不上来。

她转而望向顾盼,面色不悦地问:"盼盼你呢?为什么不管管这小子?"

遭到"连坐"的顾盼觉得自己比窦娥还冤。她想管,那也得她能管啊!

林阿姨,您儿子是个什么样的人物,难道您心里没点儿数吗?

这时封定钰贼眉鼠眼地瞥向她,不要脸地火上浇油:"对啊,你为什么不管管我?"

顾盼瞪他,眼神里射出冷箭。两人刀光剑影对视一番后,顾盼收回视线,减弱了气势低着头嘟囔:"我管不了啊。"

闻言,封定钰理直气壮地拔高声音说:"全世界就你能管得了我,你不管谁管?"

见状,封妈妈直接拍案而起:"你的意思是我管不了你了是吗?"

"妈,不是这样的!"知道自己因失言而即将遭殃的封定钰连忙抱头鼠窜,最后那天他还是免不了被妈妈教训一顿。

然而封妈妈的教训并没有起到什么实质性的作用,封定钰还是一如既往地我行我素。不过这回他变聪明了,他把顾盼当成了自己的"家

## 小学渣，别看我看书

长"，每回惹出了事情第一个找的就是顾盼。

欲哭无泪的顾盼只好硬着头皮帮他解决问题，每回顾盼解决好封定钰的破事后，某男都会贱兮兮地凑上来问一句："要不要我以身相许？"

回忆到这里，顾盼头疼地捏了捏额角，看来以后还是得生活在水深火热当中啊。

高年级的同学上了一周课后，周末两天，大一新生陆陆续续来学校报到了。

顾盼作为志愿者之一站在校门口迎新。半天下来，她已经接了几个新生，帮她们拖行李去寝室，指导注册、办卡之类的事。

又一辆校车在校门口缓缓停下，车上的人陆陆续续地走下来，每个人手里都提着一口行李箱。虽然一路奔波累极了，但个个脸上都挂着青春灿烂的笑容。

顾盼径直往车门走过去，打算再接一个新生。

然而她还没走近车门，便看见从车里走出一个十分漂亮的男生。

男生穿着一件纯白T恤，咖啡色的休闲裤包裹住他修长笔直的腿，过分白皙的皮肤，出众的外形加上矜贵孤高的气质，在人群中很是扎眼。

这不，他刚一下车，就有不少女生咬着耳朵议论纷纷了：

"欸，这个学弟长得不错耶，有点像那个什么……都教授。"

"长得确实不错，这小脸蛋，可比电影明星还要帅呢！"

"什么像都教授，都教授已经不香了，再说他哪有这个小鲜肉这么帅？"

"好惭愧,他一个男生都能这么白,而我却是传说中的小麦色肌肤。"

"主要还是基因问题。哎呀,不说那么多废话了,我要去跟他搭讪。"

"我也去。一起吧?"

跟其他女生跃跃欲试想要接近男生的反应不同,顾盼看到封定钰的那一刻,第一反应就是逃!绝对不能让他看见自己!

她双手挡住自己的脸,正想转身闪一边去,没想到那道万恶的声音却突然响起:"顾胖胖!"

一如既往是那讨债似的语气,紧接着她听到了轮子摩擦地面的声音。不用想她也知道肯定是封定钰正拖着行李箱朝自己这边走过来,她顿时像是被定住一样,挪不动脚步了。

没看见!没看见!没看见!

顾盼还在自欺欺人地捂着自己的脸,然而很快她便觉察到有人正在掰自己的手。

她视死如归地深吸一口气,带上一抹微笑睁开了眼,皮笑肉不笑地说:"小钰,好久不见。"

可不就是好久不见,自去年九月份她上了大学后,两人就再也没见过面了。今年的寒假她去了外婆家,暑假她又去了海南为一部电视剧配音,这一待就是一个多月,到现在她都没空回家呢。

她虚伪的笑容让封定钰不悦,他脸色一沉,直接将行李箱丢给她:"帮我把行李搬去寝室。"是他一贯命令式的语气。

## 小学渣,别看我看书

"我没空!"顾盼后退了几步,然后看了看身后那些用羡慕嫉妒的目光盯着自己的女生,又说,"你让其他学姐帮忙吧,她们肯定有空。"

封定钰板着脸,面无表情地观察了她片刻,说:"我不喜欢外人碰我的东西。"

"那我也是外人啊!"顾盼理所当然道。

"你是内人,不是外人。"轻飘飘地抛下这句话,封定钰插兜径直朝前走了。

顾盼不想当着这么多人的面和他起争执,只好拉着他的行李箱追了上去。

听着背后行李箱与地面摩擦的声音,封定钰的嘴角勾起了一丝浅淡的笑意。他慢腾腾地挪动步子,似是有意无意等她。

待走近一点,顾盼拽住了他,示意他停下来。

封定钰顿步,高深莫测地盯紧她。

顾盼没好气地把行李箱丢回给他:"我要去接其他学弟学妹,你自己随意吧。"

"难道我就不是你的学弟?"封定钰的表情带上了几分委屈,还刻意眨了好几下眼睛来充分表现自己的可怜与难过。

顾盼被他这可怜的小表情惹得心弦一颤,一时竟说不出拒绝的话来。认真地和他对视半晌,最后她大义凛然地咬牙道:"你是,但是……"

"既然我是,那你接我跟接其他人有什么不同?走吧。"封定钰一只手拿过行李箱,另一只手拽着她的手拖着她往前走了。

画风转变太快啊!顾盼愣怔了几秒,还是不甘心道:"你自己一个人不行吗?"她真的不想跟这家伙纠缠不休。

"不行!"封定钰果断道,灼灼有神的眼睛直视前方。

顾盼"好心"地指着前方的路说:"往前走两百米左拐,再直走一百米,然后再右拐一百五十米,就是男生寝室了。"

封定钰轻咳一声,有些尴尬地开口:"我路痴,你……你又不是不知道。"

呃……顾盼后知后觉地想起了这一茬。

这家伙从小就这样,一条路走过十几遍都不认识,每回出门必须带地图或导航。如果哪天失去了这两样东西,他一定会困囿于某个地方束手无策。她曾以此嘲笑过他好多次方向感连女生都不如,然而脸皮已经厚到家的某人每回给她的答案都是:"有你在,我怕什么?"

长长叹息一声后,顾盼有气无力地说:"其实这里离男生寝室已经很近了。"

封定钰面不改色又心如止水道:"我手机没电了,我怕等会儿把自己绕丢。"

顾盼光明正大地翻了个白眼。

好吧,为了防止这种事情发生,她只能舍命陪君子了。

她完全相信封定钰有能力在小小的校园里把自己绕丢,毕竟两人从小一块儿长大,这种事情她见得太多了。每回遇到这样的事情,最令她苦恼的是封定钰这家伙傲娇得要死,怎么都不愿意开口向别人问路,一定会等在原地要她亲自去找他。

坐在椅子上好整以暇地看着还在收拾行李的封定钰,顾盼还是忍

# 小学渣，别看我看书

不住问道："你这回能进Z大，封叔叔给学校捐了多少栋教学楼？"

可不能怪顾盼这么直接，毕竟以封定钰那渣渣成绩，怎么可能考得上Z大这种全国数一数二的名牌大学？

"我当然……"封定钰侧目瞥了她一眼，分明看见了她眼中的揶揄神色，他皱起眉毛闷闷道，"我当然是考进来的啊。"

顾盼不再说话，但那无所谓的眼神明显是不相信。

见顾盼还是不相信自己，封定钰又有些委屈了："高三这一年我认真学习，每天埋首于书山题海当中，考上Z大对我来说根本不是什么难事。"

"行行行。"顾盼颇为好笑地敷衍道，"你最聪明你最用功，你就是读哈佛的料。"

封定钰冷哼一声，继续收拾行李了。

他才不会告诉她其实他是被保送的。高三这一年，他设计的汽车先后两次在意大利都灵和德国斯图加特获得过大奖，上Z大王牌专业就读简直绰绰有余。

顾盼这丫头从小就看不起他，总把他看成是那种不学无术的人。其实他聪明绝顶，他只是不想学习好吗？以他封大少的智商，若是他把心思全都放在学习上，分分钟拿个全年级第一。不对，应该说是分分钟创造一个神话！

他之所以假装这样懒散好玩，还不是因为害怕自己太优秀了被别人瞧上，到时候给她树立很多情敌吗？

臭丫头，他这样体贴入微地为她着想，她还总是瞧不起他！好生气哦。

　　封定钰刚把行李放好想跟顾盼出去吃个晚饭，突然有几个人走进了寝室，手上都拉着行李箱或拎着行李袋。

　　顾盼看到其中一个男生时稍稍惊愕了下，不过很快便神色自若地跟对方打了声招呼。

　　男生是她的同班同学，两人平时没什么交集，但见了面还是会客套客套。

　　对方应该也是跟她一样迎接新生的吧？

　　剩下的两个男生面庞都比较稚嫩，应该是大一新生，封定钰以后的室友。

　　其中一个性格欢脱点的男生冲他们笑了笑，露出两颗可爱的小虎牙，他摸着自己的小寸头略带腼腆地说："你们好，我叫阿布藏旻，是四川人。"

　　另一个皮肤黝黑点的男生抿了抿唇，也主动跟他们打了招呼："你们好，我是塔帕·扎那西礼，跟阿布藏旻是老乡。"

　　名字这么长，有点难记。

　　顾盼唏嘘，不过她同样极有礼貌地向他们二人打了招呼。

　　封定钰就不一样了，听到这么长又这么难记的名字，他头都大了。但是鉴于大家都是室友，他还是不冷不热地跟他们问了声好。

　　有封定钰这个黏人的小魔王在，顾盼也别想去迎接其他新生了，于是乎一个下午都在陪他办理各种入学手续。

## Part 02
## 只是很喜欢你而已

晚饭过后，奔波了一天还精神抖擞的封定钰要顾盼陪他逛校园，美其名曰熟悉一下校园环境。

Z大是百年名校，受到各种政策的照拂，校园很大且环境幽美。两人走了两个小时才逛了一半，不知不觉天已经黑很久了。

来到图书馆大楼前，一路上不怎么开口的顾盼竟毫不吝啬地为封定钰解说关于图书馆的种种："我们Z大的图书馆是整个校园最大的特色，里面有书吧、咖啡吧、茶厅还有花厅，这可是全省大学中最大的图书馆。"

封定钰皱眉看了她一眼，补充道："然后也是情侣的约会圣地，对不对？"

顾盼云淡风轻地回答："别人我不知道，但我进去都是为了学习。"

听到这句话，封定钰的眉目瞬间舒展开了。

正当封定钰还想说什么时，突然一道清亮的嗓音传入了他的耳朵。

"顾盼学妹？"

从音色不难分辨出对方是个男生，封定钰下意识顺着声音的来源看过去。

顾盼当然也听到了有人在喊自己，扭头一看，她看见明岚正朝自己走过来。

他脸上依旧是那抹温润和煦的微笑，身影亦如平时那般挺拔帅气，只不过……她的视线不由自主被他身边的人吸引了过去。

一个女生正挽着明岚的胳膊，跟他并肩而行，笑得一脸甜蜜的样子。

顾盼自然是认识这个女生的。

对方是跟明岚同一届的音乐系大三学姐，也是学校论坛上那些无聊校友所封的除她之外的另一个校园女神——胡悠悠。

说起这个胡悠悠，关于她的背景跟经历早就被人扒了个遍。

胡悠悠出身好，人长得漂亮，听说她熟悉各种乐器，十二岁就已经过了钢琴八级，高中时在国家的钢琴比赛上拿过大奖。除此之外，她还喜欢拉小提琴、大提琴，各种乐器都接触过，是个非常优秀的人，现在担任着声乐社社长一职。

虽然顾盼也不否认自己有点小才艺，但比起这个女生，毫无疑问

# 小学渣,别看我看书

她是自卑的。

目光落在胡悠悠挽着明岚的胳膊上,顾盼难以觉察地握紧了拳头。

看到站在顾盼身旁的封定钰,胡悠悠先是一惊,然后问道:"学妹,这位是……"

顾盼这才想起封定钰也在这里,于是给他们做介绍:"这位是封定钰,大一车辆工程系的学弟。"然后又分别介绍了明岚跟胡悠悠。

胡悠悠保持着甜美的笑容,很热情地摆手跟封定钰打了招呼:"学弟好。"观察了五秒后又补充一句,"学弟长得真好看。"

明岚主动对封定钰伸出手。

封定钰皱眉,看了看明岚的手,没有握住的打算。顾盼用手肘顶了顶他以作提示,他才黑着一张脸心不甘情不愿地伸出了手。只不过在交握的时候,他用了一些力道与狠劲,这回轮到明岚皱眉了。

两人放开手,面上皆微微一笑,仿佛什么事情都没发生过的样子。

封定钰不想跟他们多说废话,直接拽着顾盼的胳膊拖着她走:"去图书馆喝咖啡!"

挣脱不开男生的手,顾盼只能任由他拖着自己走,只不过心里却是老大不情愿。

怔怔地望着封定钰和顾盼相携步入图书馆的身影,明岚一时有些出神。

"瞧你那依依不舍的表情,人家却根本不理你。"胡悠悠醋味十足的声音及时响起,与之相匹配的是她那傲娇又得意的小表情。

明岚淡淡瞥了她一眼,没说话,自顾自插兜走前面去了。

胡悠悠咬了咬牙，拔腿就追了上去，再次厚着脸皮挽住了他的胳膊。

明岚不耐烦地挣脱，冷冰冰道："你别总是拉着我！"

今天在图书馆又遇到了这个难缠的女生，他本想选择无视，选个安静的地方看书，可是无论他走到哪儿她都跟到哪儿，无奈之下他只能离开。

可是他前脚刚走，胡悠悠后脚也跟着追了上来，甚至在图书馆门口还挽住了他的胳膊。他刚想甩开，忽然看到了不远处的顾盼，下意识就打了招呼。

胡悠悠下巴一扬，趾高气扬道："你对我发火也没用，人家已经有男朋友了。而且我看啊，她那个小男友对她可是护得紧呢！"

明岚的眼底逐渐浮现异样。

他不知道那男生是不是顾盼的男朋友，可是男生对他带着满满的敌意却是真的，从男生的态度和刚才那次握手他便看出来了。

尽管如此，他还是相信以顾盼的个性，不可能接受一个比自己小的男生。

他果断道："那个不是她的男朋友。"

胡悠悠不以为然地轻哂一声："那可说不定。我看他们迟早会是一对。"

不想听她多说废话，明岚黑着一张脸迈步走了。

胡悠悠紧随其后，声音不依不饶地响起："喂，明岚，有时候我真的挺看不起你的，喜欢人家又不敢去告白，你什么时候能像我这样有点骨气？我喜欢你，所以我告白了。我主动出击了，不管怎么样我

## 小学渣,别看我看书

都不想让自己留下遗憾。喂,明岚……我真是不明白,明明是我先遇见你的,你凭什么去喜欢别人啊?我这么喜欢你,你喜欢我一下会死吗?我这么优秀这么漂亮,你不是应该屁颠屁颠往我身上黏吗?不过你越是这样我越是喜欢,我相信自己总有一天会把你追到手的!"

封定钰拉着顾盼在咖啡吧一个隐蔽的角落坐下,然后独自去吧台点了两杯咖啡。扭头回身时,看到顾盼无精打采的样子,他顿时眉头紧皱。

在顾盼对面坐下,他静静望着神游太虚的顾盼好几分钟,终于还是忍不住试探道:"你喜欢刚才那个学长?"

一句话将顾盼的思绪拉了回来,她恍了恍神,随即摇了摇头:"没,没有。"

这时咖啡刚好送上来,顾盼胡乱拿起其中一杯便喝了下去,试图掩饰自己的心虚。

"还说没有?"封定钰恨恨地咬牙,"你的行为跟表情已经出卖了你!"

"瞎说什么啊你?"把杯子放下,顾盼不悦地瞪了封定钰一眼。

"我有没有瞎说你心里不清楚吗?"封定钰停顿了好久,似乎在酝酿着什么,半晌后,他咬牙切齿地宣告,"好你个顾盼,我不在你身边一年,你居然就喜欢上了别人。我告诉你,我、不、准!"

"你凭什么不准?"顾盼脱口而出。说完她就后悔了,她为何要接他无厘头的话?

封定钰说:"就凭你是我的媳妇儿!身为我媳妇儿,你居然一点自觉性都没有！"

"谁是你媳妇儿？"顾盼发现这人的少爷毛病，不，应该说是中二病又犯了。

"当然是你！"封定钰脸不红心不跳，"当我媳妇儿这么久了，难道你都没有正视过自己的身份？需要我像小时候一样广而告之？"

"你不要总是胡说八道。"顾盼真的觉得跟这人交流不下去。

"我不管！反正我就是不准你喜欢别人！你只能喜欢我，只能当我媳妇儿！"

他就说啊，自家媳妇儿一定要盯紧了。当初他老爸还想送他去国外留学，只怕等他留学回来，错过她这几年，她都为别人生娃了！

不行，他绝对不允许这样的事情发生！

顾盼不耐烦地打算起身离去，下一秒却被按回了座位上。

封定钰带着满腔的不乐意："顾盼，你要跑？你始乱终弃！"

顾盼无语地摇摇头："你到底想怎么样？"

封定钰执起她的手，目光灼灼盯着她的眼睛，无比认真地说："顾盼，你给我听好了，我今天不是跟你开玩笑的。我喜欢你，很喜欢你。你不要再把我当成弟弟看了，我已经十八岁，是个成年人了。"

他从来都不是忸怩之人，他喜欢顾盼，他很清楚自己的心思，也从不隐藏这份心意。尽管顾盼从小听他说要她当他媳妇儿已经听麻木了，但他还是要郑重地告诉她这份心意，哪怕还是会像以往一样遭到拒绝。

顾盼出神地望着眼前这个男生，忽然觉得他有些陌生，很不适应

# 小学渣，别看我看书

他的款款深情。

封定钰喜欢她，她一直都知道，只不过两人打小一块儿长大，她又比他大，故而她从来不认为他对她的喜欢会是什么男女之情，只单纯觉得那是他对她的依赖，一种对姐姐的依赖。而且她也实在没法想象一个从小由自己拉扯大的熊孩子有一天会成为自己亲密无间的恋人，那画面太……诡异了。

他对她单纯只是依赖，对，现在肯定也是这样！

于是她扑哧笑了起来："你才是个刚成年的小屁孩，知道什么叫喜欢吗？你对我啊……那只是一种对姐姐的依赖，等你以后遇到自己喜欢的人了，就会明白了。"

封定钰的眼眸一寸寸暗了下去，但他还是很执拗地盯着她说："你总觉得我什么都不懂，但是我至少明白一点：我没办法想象没有你的日子，没办法眼睁睁看着你跟别人秀恩爱，绝对做不到！"

顾盼心弦一震，眼眸深深地思考了须臾，最后还是摸着封定钰的头发，耐心哄道："小钰，咱们现在不想那么多了好不好？等你以后接触了外面的世界，你就会发现，天涯处处是芳草。"

"别说其他女人是芳草，就算她们是香花，我也绝对不会多看她们一眼。我只要你！我认定你了！我跟定你了！"封定钰信誓旦旦地说着，顺势抱紧了顾盼的手臂，毛茸茸的脑袋使劲往她怀里蹭了好几下。

跟定我了？顾盼听得一脸惊悚，他们二人……是不是拿错剧本了？

晚上九点钟的女生寝室，一如既往还是只有三个人在，另外一个室友巴塔吉木去附近的教育机构做辅导老师，一般十点才会回来。

室友金唤音敷着面膜在电脑前看抖音视频，一副悠闲自得的样子。

浴室传来哗啦啦的流水声，不用想也知道肯定是宋颂在洗澡。

坐回椅子上，顾盼神色倦怠地捏着自己的额头。

宋颂裹着浴巾从浴室出来，看见顾盼回寝室了，她顿时两眼放光，不顾形象地快步跑到顾盼面前，笑眯眯地问："盼盼，你回来了？"

"嗯。你有事吗？"以顾盼对宋颂的了解，这丫头这么殷勤一般都是有求于她。

宋颂贼兮兮地笑了笑，倒也不卖关子，直截了当地开口："今天我看到你接了一个帅得不要不要的学弟，你有问他的联系方式吗？"

顾盼一怔，很快反应过来宋颂说的是封定钰。今天她一共接了四个新生，其中有两个是女生，还有一个男生是云南的，个子比较矮，皮肤比较黑，跟帅字搭不上边。

看着宋颂一脸期待的样子，她又不自觉联想到封定钰今天说的话。不知为何，她很不想把封定钰的联系方式给任何一个女生，哪怕宋颂是她的好闺蜜。

她略为心虚地摇了摇头："没有。"

宋颂一下子变得蔫巴巴了："这么帅的小学弟，你怎么没把人家的联系方式留下啊？难不成在你心里，只有明岚才是帅的吗？"

"你别瞎说。"顾盼起身，打开衣柜找出衣服打算去洗澡了。

"我又没有说错。"宋颂辩解，"那学弟那么帅，正常女生都会对他'感冒'的。你有机会接近却不问他的联系方式，那岂不是你心

## 小学渣，别看我看书

里已有西施了？"

"什么东施西施的，你少看点小说吧。"把衣服从衣柜拿出来后，顾盼一边换拖鞋，一边漫不经心地跟宋颂说话。

宋颂撇撇嘴，一脸郁闷地垂下了脑袋。

从浴室出来后，顾盼看到宋颂坐在座位上一惊一乍的，那副不停地拍着胸口的样子，不知道的人还以为她是受了什么天大的刺激。另一个室友金唤音也站在她旁边看着她的电脑，两只手搓揉着表情像是中了乐透大奖一样。

看见顾盼出来，宋颂迫不及待地向她招手："盼盼，你快过来看看咱们学校的论坛，都沸腾了！"

"怎么了？"顾盼一边走近一边问。

宋颂兴致高涨地解说："今天你接的那个小学弟上学校论坛了。"

"怎么回事？"来到电脑前，顾盼认真地审视起论坛上的帖子。

宋颂说："还不是因为他的盛世美颜！我都跟你说了那个小学弟很帅了，你居然没有问他的联系方式，你这么清心寡欲的吗？有时候我都要怀疑你爱的是不是我了。"

顾盼无语地摇了摇头，默不作声。

宋颂依然兴致满满："今天他逛校园时，有人抓拍了他的照片放到学校论坛上，现在他大火了一把。哎……他旁边这个女生……"

突然看到了一张封定钰跟一个女生的合照，宋颂顿时惊叫了起来："顾盼是你？"其他人或许认不出，但是身为顾盼闺蜜的她一眼就认出那是顾盼，而且绝对不会错。

"是我。"知道逃不过宋颂的火眼金睛,顾盼爽快地承认了。

宋颂认真地凝视了半响那张照片,最后说:"看这背景好像是食堂。我去,你都跟他吃饭了,难道还没问他的联系方式?"

"没有。"顾盼还是摇头。

特别嫌弃地瞄了顾盼一眼,宋颂也不追究了。

她了解顾盼。顾盼是那种温和中带着几分清冷的性子,待人接物从来都是点到为止又恰到好处的。今天的情况恐怕是这位学弟主动,想请她吃饭感谢她的帮助顺便搭讪。可是已有心上人的顾盼女神瞧不上对方,别说要联系方式了,估计那学弟主动给她,她都不会要。

宋颂越想越觉得是这个理儿,再继续滑了一下网页,她发现了更多顾盼跟小学弟在一起的照片,照片背景不仅有食堂,还有校园、林荫道、图书馆。

越看越不对劲,她阴恻恻地回过头,眯起眼带着深深的怀疑盯着顾盼。顾盼被她盯得头皮发麻,轻咳一声后有些心虚地问:"怎么了,你为何这么看我?"

"盼盼……"宋颂继续怀疑地看着她,"你今天跟学弟玩了这么久,真没问人家的联系方式?还是说……其实你已经问到了,只是不肯给我?"

"没有。你瞎想什么呢?"为掩盖自己的心虚,顾盼用毛巾擦了擦湿漉漉的头发,然后转身准备往自己的床铺走去。

然而她还没走出两步,宋颂的惊叫声便响起来。

"盼盼,你快来看看人家都是怎么猜测你跟学弟的关系的!"

## 小学渣，别看我看书

顾盼心里一急，旋即快速地转身再次往宋颂的电脑前凑近。

论坛上，几张抓拍的照片从完美的角度将封定钰的盛世美颜很好地展现了出来。短短的时间内，封定钰在论坛上已经被评为新一任校草，很多人拿他的美貌跟上一任校草做对比，结果大家纷纷喟叹封定钰的倾世美颜在Z大前无古人。

由于顾盼在Z大的知名度也不小，是公认的校园两大女神之一，加上今天封定钰牵她手的照片被拍了下来，很多人在论坛上纷纷猜测两人的关系。有一些直接夸张地呼吁俊男美女配一对，两人赶紧在一起吧，更有一些则猜测其实他们已经在一起了，不过也有一些说顾盼配不上封定钰的。

看了论坛上这些无聊的东西，顾盼眉头渐渐锁紧，但是她没有办法，澄清的话也许会惹得更多的麻烦，那就选择无视吧，过两天热度下去了流言自然就散了，况且新生正式进入军训后，她也要忙着着手准备舞蹈社招新一事。

顾盼赶到舞蹈社的时候，明岚正坐在电脑前看资料，他旁边站着几个舞蹈社成员，每个人的眼睛都盯着电脑看，相互在谈论着什么。

顾盼走过去，其他成员都露出一个意味深长的笑容，纷纷让出位置给顾盼。

或许已经习惯了其他成员这样，顾盼倒是落落大方地站到了明岚的身边，然后投入到招新的准备工作当中。

忙完时已经将近晚上九点，明岚提出一起去吃宵夜，顾盼很爽快地答应了。

两人刚在餐馆坐下,大一新生晚训便结束了,餐馆里陆陆续续来了不少穿着统一军训服的"小绿人"。

再过几天全校的社团就要开始招新了,两人面对面坐着,谈论的都是社团招新的事。

似是有意无意配合着对方,一餐饭两人都吃得极慢,不知不觉已过去了半个小时。

顾盼的手机振了一下,是微信接到消息的提示音。她打开微信聊天界面看了看,是封定钰发过来的,问她现在在哪里。

顾盼看了一下时间——现在已经是九点半了。这么晚了,这家伙找她肯定也没什么大事。没回复他,她退出了聊天界面,然后按了锁屏。

眼尖的明岚无意间看到了她的备注,于是问道:"你是有什么急事吗?"

顾盼微笑着摇摇头:"没什么事。"

话音刚落,手机铃声忽然响了起来。

她拿起来一看,又是封定钰打过来的。

心头划过一丝不悦,她还是耐着性子按下了接听键。

"喂,你现在在哪儿,我有事找你。"顾盼还没来得及开口,封定钰便先声夺人。

顾盼极有耐心地说:"我现在在外面吃宵夜,这么晚了你有什么事吗?"

"快点回来!有急事,我就在你寝室楼下等你!"

## 小学渣,别看我看书

封定钰说完,就不由分说地挂了电话。

顾盼无语凝噎,他还是一如既往的大少爷脾气。

就为了封定钰那句"有急事",顾盼几乎是马不停蹄地往回赶。当她气喘吁吁地回到寝室一楼大厅时,看到封定钰正沉着一张讨债脸站在宿管室窗口。

虽然他的脸色不太好看,但由于有高颜值支撑,他脸再黑也是一道靓丽的风景线。

此刻他上身穿着一件简单的灰色T恤,下身是一条五分裤,脚上踩着一双蓝色人字拖,头发还有湿气,应该是刚洗过澡……

呃……虽然一副放荡不羁的模样,但还是引得不少女生频频回头。

顾盼走到封定钰面前,伸手拍了拍他的胳膊,气息不平地问:"大少爷,什么事这么急?这么晚来找我?"

很晚吗?封定钰点亮手机屏幕看了一眼时间,屏幕上显示21:47。他咬了咬后槽牙,眼里迸出不满——既然知道这么晚了,那你为何还跟其他男生约会?

气,真的很气!

他努力定了定心神,语气冷冷地说:"你看到论坛上的帖子了吗?"

论坛上的帖子?别人猜测他们是情侣那些帖子?这不是好几天前的事儿了吗?这家伙反射弧也太长了吧?而且这家伙不是一向不理会这些八卦的吗?现在怎么突然转性了?

她点点头:"知道啊,我看到了。"

他亦直接开门见山:"既然你看到了,那你不应该给我一个交代吗？"

"交代？什么交代？"顾盼一头雾水。

"本少爷的高颜值赢得了校内众多人的关注，一下子成了网络红人。如今大家在网上纷纷猜测咱俩是情侣。那天我又跟你正式告白了，难道你不应该把这些谣言变成真的吗？"封定钰镇定自若地陈述。

顾盼看了一眼四周，觉得这不是个说话的地方，于是将封定钰拉到了一个角落，然后好声好气又一字一顿地说："你别胡闹了。"

"我没有胡闹！"封定钰面带愠怒。

"好好好，你没胡闹，没胡闹。但是我告诉你，我跟你啊……不可能。"

"为什么不可能？"封定钰的眼里瞬间燃起了小火苗，"你都当了我十几年的媳妇儿了，你现在想赖账？不想负责？"

"不是……"顾盼觉得自己好冤枉啊，她当了他十几年的媳妇儿，根本就是他一厢情愿的玩闹，她从来都没承认过好吗？

"不是什么？"封定钰死死地盯着她，眼里带着满满的威胁，一副"如果你敢不承认你是我媳妇儿你就死定了"的表情。

顾盼深吸一口气，耐心地跟他解释："咱俩是青梅竹马，是好姐弟，是好朋友，但是绝不可能是那种关系，你懂吗？"

"我不懂！我一直都是把你当成我媳妇儿的！"封定钰快速将她抱在了怀里，脑袋往她脖颈上蹭了蹭，声音里带了几分委屈，"从你出生开始便注定是要当我媳妇儿的，所以我不允许你喜欢其他人。"

他的世界太狭小，从小便是围着她转的，如果有一天离开了她的

## 小学渣，别看我看书

怀抱，他不知道还有哪里可以停靠。

青梅竹马就应该在一起，这不是理所当然的吗？

顾盼无可奈何地长吁几口气，这家伙怎么就说不通呢？

她轻轻推开了他，带着妥协的口吻说："好了，我们不讨论这个话题了。今天你军训也累了，早些回去休息吧。"

"哼，把我打发回去，然后你继续去跟那个学长约会是不是？我告诉你，不可能！我不会上当的！"

他简直快被气死了，刚刚晚训结束后他去一个餐馆打包宵夜，居然看到顾盼又跟那个学长坐在一起，而且两人有说有笑的，一副岁月静好的样子。

他当时真想冲上去大闹一场，可奈何是在大庭广众之下，他不能失了风度，也不能让顾盼失了面子，于是他极力忍下了怒火。

也没心情吃什么宵夜了，他气呼呼地转身就走，回到寝室愤愤地洗了个冷水澡。洗完澡后，他本以为她已经回到寝室了，可打电话时她居然告诉他她还在外面！

那一刻，他磅礴的怒气怎么也压不下去了，于是假装有急事将她唤了回来。

"你瞎说什么呢？我跟谁约会了？"顾盼不悦地板起脸，目光直勾勾地跟封定钰对视。

"你刚刚就是跟那学长约会了，我都看到了你还不承认！"他委屈地吸了下鼻子。

"我没……"顾盼还想说什么辩解的话，突然看到他皱着眉毛，眼眶红红的样子，于是慌乱无措之下说出口的话就变成了，"喂，你别哭啊。你一个顶天立地的男子汉，你哭什么呀？羞不羞啊？"

封定钰吸了吸鼻子，闭上眼睛狠狠一挤，两滴晶莹的泪水很配合地从眼角滑落。他低垂着脑袋，声泪俱下地陈述自己的委屈："什么顶天立地的男子汉？我在别的事情上顶天立地不就行了吗？在爱情里，谁还不是个可怜无助的小男人？"

"……"

顾盼深吸一口气，十几秒后才耐心地问："那你到底想怎么样？"

封定钰胡乱地用手背擦去眼角的泪水，目光清明地盯着她说："我知道，你一直都不想对我负责，一直都觉得我很幼稚，但我只是很喜欢你而已。"

只是很喜欢你而已……

动人的情话，配上封大少那可怜兮兮的小表情，顾盼的心弦无可避免地被触动了。

这家伙，当真这么喜欢她？当真这么离不开她？

应该不会的，一定不会的，他只是习惯于依赖她而已。

她用力晃了晃脑袋，竭力压下那不该有的情绪，好声好气地劝他："小钰，我们都长大了，总要有各自的生活的，你要适应我不在你身边的日子。"

"我才不要适应那种生活！"他鼓着腮帮子凝望着她，看了很久又说，"是不是只有我把初吻送给你，你才愿意对我负责？既然如此，那我成全你就是了。"

# 小学渣，别看我看书

"什么？"顾盼还没反应过来，某人的嘴唇就已经印了上来。

蜻蜓点水的吻浅尝辄止，顾盼全程蒙圈，但她还是知晓自己的初吻就这么没了。

而此时的封定钰早已没了原先委屈又可怜的模样，取而代之的是一如往昔高傲的表情。他抬起下巴，一脸傲娇道："哼，我现在已经把初吻都送给你了，如果你以后敢不对我负责你就死定了！还有……如果以后再让我看到你跟那个学长走么近，小心我把这天儿给掀翻了！"

信誓旦旦地丢下这些话，也不管顾盼是什么反应，封定钰雄赳赳气昂昂地擦身离去了。

顾盼后知后觉地恢复神志，摸了摸自己的嘴唇，她痛心疾首地说："我的初吻……封定钰，你个小浑蛋！"

## Part 03
## 臆想症和中二病

    大一新生的军训进行了一周,这天学校的各大社团都在室内运动场招新。当然,几十个社团齐齐在运动场摆摊招新也不可能会影响军训,因为"仁慈"的校领导为了让新生得到锻炼,把他们都派到室外运动场军训了。

    这样的想法得到高年级学长学姐的一致认可,毕竟当初他们也是这么过来的,而且"善良"的学长学姐们还希望在新生军训时烈日当空,美其名曰:我们苦点热点没关系,但一定要让学弟学妹们得到充分的锻炼!

## 小学渣,别看我看书

中午十一点半军训结束后,许许多多的"小绿人"兴致勃勃来到了室内运动场,不停地穿梭在各大社团之间,寻找自己理想的社团。

已经十二点了,顾盼发现来舞蹈社报名的新生少之又少,宣传单也没发出去几张。

真是奇怪了,往年学弟学妹都很热衷来舞蹈社的啊。难不成是因为听说今年面试时要展示才艺,所以大家都望而却步了?

顾盼有点郁闷,垂头丧气的。

"学姐?"一道带着戏谑的声音在头顶响起。

顾盼顿时精神抖擞地抬起了脑袋,但是在看到来人时,她的脸色瞬间变了。

"你来这里干什么?"她态度冷冷的。

"学姐!"另外两道欢快的声音齐齐响起,紧接着便出现了两张稚嫩的面孔。

顾盼这才发现封定钰身后的两个学弟。他们是封定钰那两个名字很难记的室友,她记得他们的脸,但是不记得名字了。

坐在顾盼旁边的几个女生看到封定钰后,眼睛都冒出了粉红色的心心。

"学姐,你这里门庭冷落,好像不太行啊。"封定钰随意瞄了一眼,很得意地说。

"不关你的事。"面对无赖的封定钰时,顾盼一贯的好脾气都被老天爷收了回去,剩下的只有不耐烦。

无视顾盼的冷言冷语,封定钰自顾自道:"你信不信只要我往那里这么一站,你们舞蹈社很快便门庭若市了。"

"……"

顾盼拒绝跟他交流,只赏了他一个眼神让他自己体会。

然而脸皮已经厚到家的封定钰碰了一鼻子灰仍乐呵呵的。他微微一笑,走到那位发宣传单的同学面前,接过了一些宣传单便径自分发了。

他本就拥有盛世美颜,现在脸上挂着一抹少有的平易近人的微笑,无端为他添了几分彩。一些女生看到他在这边发传单,很快便蜂拥而至。

拿到传单的女生大致浏览了一下后便跑来顾盼这边报了名。

如此场景令顾盼深深叹了一口气,感慨:果然是个看脸的世界。

她瞪了封定钰一眼,恰巧封定钰转过头来,两人的视线在空中交汇。封定钰得意扬扬地朝她抛了个媚眼,吓得她赶紧低下了头。

没出息!她拍了拍自己惊魂未定的胸口,然后又不自觉联想到了那天晚上的吻,一张脸渐渐染上了红晕。

不对!这到底怎么回事啊?她明明不喜欢封定钰的,怎么会被他撩得脸红心跳呢?

"学妹,这边这么热闹呢?"明岚轻轻拍了拍顾盼的肩膀,将她的思绪拉了回来。

"学长?"顾盼仰头看去,随即惊喜地笑了起来,"你怎么来了?"

"我来这边看看情况。"明岚微微一笑,看了看报名表,"挺好的,不少人报名。"

顾盼旁边的一个女生插嘴:"其实刚才情况一点也不好,不过封学弟来帮我们发宣传单后,情况就好了很多。"

## 小学渣,别看我看书

封定钰一进学校就在论坛上霸屏,这些爱逛贴吧、论坛的人认识他也在情理之中。

明岚看了一眼不远处正被女生簇拥的封定钰,眉头皱起,眼神稍微黯淡了些,也不知心里在想什么。看到顾盼面前没水,他拿起一瓶矿泉水,拧开瓶盖递到顾盼面前,语气一如既往的温柔:"来,学妹,喝水。"

"嗯?"顾盼一愣,难以置信地看着面前这瓶已打开了的矿泉水,又难以置信地仰头看了看神色自若的明岚,没有接。

不远处正在发传单的封定钰见明岚借机向顾盼大肆献殷勤,顿时觉得不爽。他把宣传单往一个女生手里一塞,大步流星走到顾盼面前,然后落落大方地接过了明岚递过来的水瓶。

"谢谢。"

众人愕然。

仰头喝了一大口水后,封定钰顿时感觉清凉从四肢百骸袭来,心情也稍微好了点。他把剩下的水递给了顾盼,用坦坦荡荡的语气道:"你喝。"

顾盼一脸黑线,他都喝过了叫她怎么喝?而且她分明看到刚才他的嘴唇是贴着瓶口的。

坐在顾盼身边的几个女生一副看好戏的表情,嘴角还挂着戏谑的笑容。

明岚抽了抽嘴角,但还是不失风度地说:"学弟,既然这水你已经喝过了,那你就自己喝吧,我帮盼盼再开一瓶。"

盼盼？叫得这么亲热？

封定钰心里一下子就更不爽了。惹他不爽，别人也别想舒坦！于是他提高了声音道："我喝过的水她怎么就不能喝了？不怕告诉你，我们两家早就定下了娃娃亲，她迟早是我的人！"

顾盼着急了："我什么时候跟你定过娃娃亲了？我怎么不知道？"如果眼刀子可以杀死人，估计封定钰现在连渣渣都不剩了。

"你敢说你不是我家的童养媳？你敢说你不是我媳妇儿？"封定钰瞪大了眼，眼神里饱含着赤裸裸的威胁。

不想跟这个没皮没脸的家伙多做纠缠，顾盼快速抢过他手中的水瓶，仰头灌了下去。喝完后，她说："我喝了，你可以走了。"

"顾胖胖，你过河拆桥！"封定钰愤愤不平，喷火的眼睛像是想将顾盼燃烧殆尽。

我过你哪条河拆你哪座桥了？顾盼黑脸的同时又觉得难堪。

她真的很想找个地洞钻进去，尤其是看到明岚那难以置信的眼神后，她顿时想死的心都有了。封定钰这家伙不管走到哪里都不忘败坏她的名声，以前在中小学也就算了，可现在大家都是成年人了，说话能不能有点分寸？

此刻在不远处声乐社那边，胡悠悠抱着双臂饶有兴趣地看着这边的好戏，嘴角溢出深深的笑容。

胡悠悠的闺蜜兼表姐柳柳同样看到了这一幕，于是心有不平道："真不知道那顾盼有什么好，为什么所有人都围着她转？先是明岚，现在连那小学弟也是如此。"

# 小学渣，别看我看书

胡悠悠倒是不以为意，而是慢悠悠道："别人喜欢她自然有别人的道理，而且她也有她的优秀之处啊。"

"她优秀个鬼啊？悠悠你可比她优秀多了。"

胡悠悠将手臂搭在了柳柳的肩上，非常赞同地点点头："你说得确实不错。我的确比她漂亮，身材比她好，嘴巴比她甜，但是……这世上能有多少个像我这么……得天独厚的人呢？其实人家顾盼本身已经很优秀了。"

柳柳无可奈何地睨了她一眼："真没见过你这样的，居然还帮她说话。"

"哦？你哪只耳朵听见我帮她说话了？"胡悠悠惊奇，"你没发现其实……我全程都在夸自己吗？优雅、知性、漂亮、优秀，这些全都是我的代名词。"

再仔细看了一下对面，她摸着下巴若有所思道："依我看，顾盼跟这个小学弟迟早会是一对，明岚那根木头没机会的。"

"你怎么这么确定？"柳柳不解。

胡悠悠冷静地分析："明岚性子慢热又闷骚，顾盼也是那种人，两个闷骚的人在一起不合适。要不然他们怎么会相互暗恋这么久了都不说破？我看啊，明岚就适合我这种明媚张扬的，而顾盼也比较适合那种小奶狗。"

"哟，爱情分析师，你厉害。"柳柳说话酸酸的，实则不赞同胡悠悠的说法。

"你不信就算了！"胡悠悠斜睨了她一眼，抽抽嘴角，"明岚那种忸怩之人,等他找到个合适的告白机会,学妹早就跟人跑喽。再者,就算学妹跟他在一起了,两个人也不可能长久,相处一段时间后他们会发现彼此并不合适。"

柳柳抿了抿唇,不再说话。

眼看着顾盼已经被那个小学弟拖去吃饭了,胡悠悠精神抖擞地整理了一下衣服,然后开口:"老娘去会会明岚。"说完便迈着曼妙的步伐向明岚走过去了。

"明岚!"她得意地向明岚抛了好几个媚眼。

听到胡悠悠那愉悦的声音,明岚脸一黑。

走到他面前,胡悠悠大大方方地揽住了他的胳膊,娇滴滴道:"你怎么不理人家?"

明岚黑着一张脸想要挣开胡悠悠,奈何对方像条八爪鱼一样黏在他身上,怎么拽都拽不开。最后他没好气地问:"胡大小姐,你有事吗?"

"人家没事就不能来找你吗?"胡悠悠使劲往他胳膊上蹭了蹭,一脸委屈的样子。

"没事你最好不要来找我!"面对胡悠悠,明岚一贯是那冷若冰霜的语气。

"明岚你好坏哦,你昨天晚上可不是这么说的,你昨天晚上明明说……"

"我跟你去吃饭吧。"明岚及时打断了她的话。

他算是怕了这个胡悠悠了,什么鬼话都敢乱说。他倒是不介意她在别人面前败坏他的名声,只是不想被顾盼听到任何关于他不好的言论。

"好。"得逞的胡悠悠开心地点点头。

去食堂的路上,被胡悠悠黏得不耐烦的明岚忍不住嘀咕了句:"脸皮真够厚的。"

"岚岚,你是在说我吗?"胡悠悠俏皮一笑,亮晶晶的眼睛盯紧明岚的侧颜。

"谁允许你这么叫我的?"

"我觉得这么叫好听啊,亲切,又能显示我俩亲密无间的关系。"胡悠悠朝他眨眨眼,典型的语不惊人死不休。

"你……你不要脸!"明岚被气得脸红一阵白一阵的。

"我要你就行了,要脸干吗啊?"说着胡悠悠又往明岚的手臂上蹭了蹭,"再说了,我也从没说过我是要脸的人啊。"

"……"明岚彻底被打败。

来到食堂点了餐以后,封定钰习惯性地把自己不喜欢吃的豆豉和香菜夹入顾盼的碗里。顾盼倒也没说什么,反而淡定地跟他一起挑菜。

挑完封定钰不喜欢吃的菜后,顾盼说:"以后不喜欢吃这些的话就不要点了。"

封定钰撇着嘴摇摇头:"这个菜好吃。"

顾盼说:"那我不在你身边你挑给谁啊?"

封定钰闻言却笑眯眯地说:"那你就一直在我身边啊。"

顾盼直接选择沉默。

封定钰摆正身子一板一眼道:"我不管!是你把我惯坏的,那你就必须对我负责。"

"……"顾盼觉得这人的中二病越发严重了。

几桌之外的地方,明岚跟胡悠悠正目不转睛地看着这一幕。不同的是,明岚满脸黑线,而胡悠悠则兴味盎然的样子。

许久以后,胡悠悠推了推明岚的手臂,狡黠地挑眉说道:"看到了吗?人家小两口已经恩恩爱爱了,你该死心了。"

明岚闷闷不乐地喝了一口汤,沉默不语。

胡悠悠继续说:"傻狍子,玩暗恋一点格调都没有,喜欢又不敢说出口。"

"同学,你话很多。"明岚不耐烦道。

"我一直都这样的啊。"胡悠悠得意扬扬,停顿了半晌又对明岚说,"我说岚岚,你闷得我都看不下去了,我看你还是从了我吧。你放心,只要你跟我在一起,我保证一定会对你好的。怎么样,条件诱惑不诱惑?"

明岚摇摇头,叹了口气。


大一新生为期一个月的军训很快进行了两周。这段时间对大一新生来说可谓艰苦卓绝,每天从早上八点训练到晚上九点,每个人几乎是一碰到床就倒头便睡,任天塌下来都不想管了。加上近来"天公作美",他们每天都要承受烈日的洗礼,偶尔还会冷不防来一场及时雨,想想真是好不酸爽。

## 小学渣,别看我看书

不过高年级的老大哥老大姐也好不到哪里去,每天进食堂闻到的就是那股酸死人的汗臭味,很多女生都选择打包回寝室吃了。

近来顾盼也很忙,她在为舞蹈社一系列的迎新工作准备着。

连续一周都要晚训,封定钰已经很久没见到顾盼了。这天傍晚解散后不用晚训,他就迫不及待地要跟顾盼约了。

打了好几个电话给顾盼,可是顾盼都不接。熟知她课程的他知晓她今天下午没课,那么她肯定又是待在舞蹈社了。

想通以后,封定钰直接打开手机导航往舞蹈社所在的方向奔去。

距离舞蹈社还有几十米时,他远远看见顾盼和明岚站在门口,顾盼一边说话一边点头,两人有说有笑地在讨论着什么。

强烈的酸味立刻从胸膛里冲出,pH值直达负数!

他二话不说给顾盼打了个电话。

这边,顾盼和明岚讨论好一系列的招新工作,确定好哪一天让新生来参加面试后,明岚顺势提出跟顾盼一起去吃晚饭,并且告诉顾盼自己有很重要的话要跟她说。

"好啊。"顾盼不拒绝,也不想拒绝。

"走吧。"明岚绅士地从顾盼手里接过资料。

正当两人迈下台阶打算一起去吃饭时,顾盼的手机毫无征兆地振动了。

她掏出来一看,果然又是封定钰那个小冤家打来的。

其实今天虽然她手机调了振动,可是她也知道封定钰打了好多通电话过来。她本想晚一点有空了再回,没想到他又打来了。

她无趣地抿了抿唇，沉吟两秒后还是接听了。

不远处的封定钰直勾勾地注视着顾盼所有的反应，视力超好的他自然也将她不耐烦的神色悉数收入眼底。

心情十分郁闷的他直接开门见山："我迷路了，你快点过来接我！"

"你现在在哪儿？"话落，顾盼又觉得自己白痴，封定钰要是知道自己在哪儿又怎么还会迷路？突然想到这家伙正给自己打电话，于是说出口的话变成了冷冰冰的，"你迷路了不会用手机导航回来啊？"

封定钰的脸色黑了几分，然后假装惊奇地说："咦，我手机的电量只剩百分之一了。"

"那你跟我描述一下你周遭有什么样的景物。"虽然她心里很不想理会封定钰，但良心上又过不去，而且习惯上也由不得她不去。

为了衬托手机快关机的"窘境"，把戏演得逼真一点，他快速地说："我在一条林荫道上，前面是树，后面也是树，头上是一朵彤云。"

"……"头上是一朵彤云？顾盼抬头看了看黄昏的天空，内心感觉到了来自这个世界深深的恶意。

林荫道？前后都是树？Z大的林荫道那么多，鬼才知道那是哪里！

手机里传来不耐烦的声音："喂，你听见了吗？听见了就快点来接我回去！"

"你周围的建筑物有什么特征？"

封定钰努力憋住大笑的冲动，装模作样地左右看了看周遭的景物，说道："其实我现在还在学校，我身旁有个楼梯口。"他又停顿了几秒，然后假装恍然大悟，"对了，这栋教学楼的墙壁上写了个C7。"说完

# 小学渣，别看我看书

便挂断电话关了手机，嘴角还扯起一抹得逞的笑容。

其实他看到的根本不是 C7 而是 G7，也就是舞蹈社所在的教学楼。不过，Z 大建校早，那些喷在建筑物上的油漆已经脱落很多了，而大写的 C 与 G 又特别像，于是他就把 G 认成了 C。

"喂？喂？"这边的顾盼还想说什么，可是封定钰的手机直接关机了，不过好在她已经听清楚了他所在的位置。

把手机收回兜里，她面带歉疚地对明岚说："学长，真是对不住，我不能跟你去吃饭了。我有个朋友出了点事，我现在要过去找他。"

明岚的眼里显露淡淡的失望，但还是善解人意道："你有急事就先去忙吧。"

顾盼又说了句抱歉后，转身去刷了辆小蓝车，骑上去便直奔 C7 教学楼而去。

若有所思望着顾盼的背影，明岚叹了口气。准备离开之际，他的目光却捕捉到了封定钰的身影，而此刻对方正用一种很不友善的眼神瞪着他。他回敬给对方一个波澜不惊的眼神，而后迈着沉稳有力的步伐离开了。

顾盼的手机声音很大，刚才的通话明岚也全部听到了。他难过的是，自己好不容易鼓起勇气准备好的告白就这么泡汤了，而且封定钰在顾盼心里居然这么重要。

他不相信一个已经成年的男生在校园里都会走丢，这简直滑天下之大稽。可是顾盼却深信不疑，并且立刻马不停蹄地跑去接人家了。

顾盼看似对封定钰很没耐心，实则将自己所有的包容与忍耐全给了封定钰……这让他想清楚了一个问题,他的告白,究竟会不会成功?

正遐思迩想之际,一张美丽的面孔冷不防凑到他面前,随之而来的是胡悠悠那一如往昔欢脱的声音:"岚岚!"

他被吓了一跳,身体不由自主地倒退了一步。待再次恢复镇定后,他板着脸不悦地说:"你怎么突然蹿出来?"

"我哪有突然蹿出来?"胡悠悠满脸无辜,"我跟在你身后很久了,只是你想得太专心没注意到我罢了。你在想什么啊这么入神,跟我分享分享呗。"

"不关你的事!"不耐烦地抛下这句话,他径直越过她往前走了。

胡悠悠不依不饶地跟在他身后:"岚岚,你就告诉我嘛,你刚才是不是在想我?"

"胡悠悠,你到底要不要脸?"明岚猛地停住了脚步。

胡悠悠一下撞到他的后背上。

揉了几下被撞疼的额头后,胡悠悠抬起头来看明岚。她发现明岚此时正用一种非常可怕又刻毒的眼神盯着自己,她顿时被吓得后退一步,小心翼翼地开口:"你……你为什么用这样的眼神看我?"

明岚继续怒视了她好久,才说:"胡悠悠,我警告你,你不要再来烦我!我已经有喜欢的人了,我不会喜欢你的!"掷地有声地留下这些话,他大步流星地走了,步子甚至越来越快,仿佛背后有什么洪水猛兽。

胡悠悠愣在原地。

好几分钟后,她才重新恢复精神往寝室方向走去。

# 小学渣,别看我看书

只是此刻,她脸上没有了面对明岚时的笑容,取而代之的是一片挥之不去的阴郁。她身影落寞,行尸走肉一般地游荡着。

走着走着,她听见有人在喊自己的名字。抬头,看见柳柳正神色慌张地朝自己走过来,她疲惫地停下了脚步,等着柳柳主动走过来。

走到胡悠悠面前,柳柳十分焦急地问:"悠悠,你刚才跑哪儿去了?我到处找不到你,都担心死了。"

暖心的话语让胡悠悠一直隐忍的泪水再也忍不住落了下来,她"哇"的一声号啕大哭起来。

柳柳立刻慌了。

柳柳不明白自己就离开了她一下而已,胡悠悠怎么就哭成这样了?

柳柳赶紧上前一步抱住她,轻拍几下她的后背,柔声安抚道:"好了,不哭了。"

胡悠悠一边颤抖着身体,一边断断续续说:"明岚他……他为什么不喜欢我?我喜欢了他这么多年,他凭什么不喜欢我?"

柳柳想说感情是不能勉强的,但一想到胡悠悠哭得这么伤心,她所有的话都咽进了肚子里,只好抱着胡悠悠,给胡悠悠无声的安慰。

胡悠悠继续说:"明明是我先遇见他的,可是为什么他眼里只有顾盼?虽然我成绩没她好,但是我比她漂亮,比她有才华,而且我人也不坏,为什么他总是看不到我?其实我不贪心的,我只是希望……只是希望他在我有生之年能够跟我谈一场恋爱,我又不会一辈子缠着他。"她缓缓摸上了自己胸口的位置,"等我离开了,他想去爱谁就去爱谁,我也不敢奢求他能够一辈子记住我。难道我这点卑微的愿望都不能实现吗?"

"好了,悠悠。"柳柳摸了摸她的头发,柔声细语地安慰,"明岚不知道珍惜你这么好的女孩,损失的是他。你别伤心,以后你一定可以遇见一个你喜欢也喜欢你的人的。"

"可是……"胡悠悠忽然抬头,目光灼灼地盯着柳柳,"我还有以后吗?"

"有的,你一定会长命百岁的。"

柳柳咬紧牙关,眼里透出刻骨的恨意。

顾盼,都是你害悠悠的,悠悠善良不找你的麻烦,可我一定会让你付出代价……

这边,顾盼骑着自行车来到了C7号教学楼下,可是她找了半天也没看到封定钰的身影。她刚想打电话给他,忽然想起他手机已经关机了。她只好继续骑着自行车绕着校园找,说不定就能找到他。

太阳都已经落山了,她还没找到封定钰,她第一次觉得校园大是多么折腾人的一件事,心里思忖他是不是已经回寝室了。但是想想又觉得不可能,那家伙一旦迷路的话只会乖乖等着她去接他,根本不会到处乱走。

难道是封定钰报的信息有误,还是说他根本就是在耍她?

不再犹豫,她索性去了他所在的男生公寓。在宿管大爷那里找到了他寝室长的电话,她二话不说打了过去。

——对方说封定钰现在不在寝室。

## 小学渣，别看我看书

不在寝室……她有些焦躁了，再次骑上自行车慌忙而去。

另一边，左顾右盼地观赏了很久风景后，封定钰忽然想开机玩个游戏。

可是开机后……他悲催地发现手机的电真的只剩百分之一了，刚想打电话告诉顾盼自己就在舞蹈社这边，手机又关机了。

他忍不住低骂了一声。

算了，还是先回寝室，把手机充了电开机后再向顾盼汇报情况吧。

刚想往寝室所在的方向走去，看到这四通八达的道路，他突然不知该怎么回去了。

真是不作死就不会死！

这时迎面走来了一对情侣，女生挽着男生的胳膊笑得一脸幸福。

不过……在看到封定钰时，女生的目光还是忍不住在他身上逗留了一会儿。

封定钰看了女生一眼，目光刚好跟女生的对上。他的面色闪现一丝波动，微微张开了嘴想要说什么，但很快又闭上了。

不行，迷路这么丢人的事情他怎么能让除了顾盼以外的女生知道呢？从小到大顾盼都能在他迷路后找到他，这次肯定也能的。

重要的是，他分明看到女生看他时两眼放光。女生肯定对他有意思！他不能为顾盼多树一个情敌，他不能让别人看上他，虽然看上他的人一直都很多。他要让顾盼知道其实他很好追的，只要多哄哄就行了！而且那个女生分明是个"有夫之妇"，他才不要跟她说话！他才不要无意间挖了别人的墙脚，他才不要害人家情侣分手，从而出现"我不杀伯仁,伯仁却因我而死"的狗血剧情!

在夕阳收起最后一道亮光后,顾盼终于在舞蹈社门口找到了封定钰。

此刻他正撇着嘴,百无聊赖地坐在石凳上发呆,眼里透出哀怨的光。

看到顾盼,封定钰只是蔫蔫地瞄了她一眼,然后继续有气无力地耷拉着脑袋。

顾盼上气不接下气地跑到他面前,重重拍了拍他的肩膀,一开口就是质问:"你既然在这里为什么和我说你在C7教学楼那边?成心耍我是不是?"

封定钰鼓着腮帮子闷闷地说:"我是后来才跑过来的。"

"我不是早就告诉过你迷路了就不要到处乱跑吗?在学校还好,要是在外面呢?你就不怕被人骗走吗?"顾盼凶神恶煞地说。

"你这是在关心我吗?"封定钰认真地盯着她,两眼溢满了璀璨的星辰。

"你这不是废话吗?"顾盼瞪着他,"我妈可是特地嘱咐我要好好看着你。你要是丢了,你爸妈还不恨死我,我爸妈还不扒了我的皮。"

"所以你是喜欢我的对不对?"封定钰一下子捉住了她的手,面带微笑地看着她。

他们什么时候讨论到这个话题了?

顾盼不自在地想要抽回自己的手,奈何他越抓越紧。

她索性不再继续做无谓的挣扎,只是好声好气地劝道:"我关心你,那是因为我一直把你当弟弟,这跟喜不喜欢你没关系。"

"你关心我就是喜欢我,不喜欢我的话,你怎么会关心我?我也不见你这么关心别人。"封定钰像得了糖一样兴奋,猛地抱住了顾盼,脑袋还往她颈窝上蹭了蹭。

顾盼无语扶额,这家伙中二病又犯了。

她轻轻地推开他,说道:"快去吃饭吧,你今晚不是还要晚训吗?"

封定钰微笑着摇了摇头说:"今晚不用训练。"

"那也要去吃饭,我也没吃呢。"顾盼率先起身,想拉封定钰去吃饭,他却坐着纹丝不动,"怎么了?"

封定钰眉毛拧成一团,腔调委屈道:"饿得走不动了。"

"走不动了?"顾盼蹙眉,看向他的眼神带着深深的怀疑。她才不会相信他会饿得走不动路,又不是几天几夜没吃饭了。

见顾盼探究地将自己上下打量,封定钰微微叹了口气后,缩着脑袋可怜兮兮地解释:"今天下午我们连的一个男生跟31连的一个男生发生了矛盾,两个人打了起来。教官知道后实施'连坐'制度,让我们整个连的男生围着操场跑了三千米,后来又罚整个连的人站了一个小时的军姿,所以现在我又累又饿,真的走不动路了。"

得,大少爷的怪毛病又出来了。

其他男生肯定早就吃了饭回寝室躺尸去了,他倒好,跑来这里跟她卖惨卖蠢。

她居高临下地看着他问:"那你想吃什么?我去食堂打包过来跟你一起吃。"

"好啊。"封定钰瞬间变得精神抖擞了,身子立马坐正,脸上也有了笑容。

顾盼则一脸无语，面色不悦地屏住呼吸瞄着他。

害怕自己表现得太过中气十足会引起顾盼的怀疑，他瞬间又蔫了下去。

他用有气无力的声音迅速道："那我要吃鸡排、鸡胸、鸡锁骨，再加一份蛋炒饭不辣。"

顾盼明显感觉到自己的呼吸重了几分，这个骗吃骗喝的小浑蛋。

她毫不客气地向他摊开手，抬起下巴道："饭卡拿来。"

Z大的校园卡是一卡通，一张卡去哪里刷都行，各家店铺也相应地安装了校园卡刷卡机。

封定钰撇撇嘴，还是心不甘情不愿地把饭卡交出来了。

哼，小气鬼，这点都要跟他计较！看来以后结婚了他得存点私房钱，不然连内裤都没得钱买。

顾盼当然不知道她只是做个泾渭分明的举动而已，某人已经脑补到了婚后生活。

十几分钟后，当顾盼提着两人的晚餐再次折回来时，封定钰仍旧要死不活地捧着脸坐在那里伤春悲秋，一副没精打采的样子。

她把塑料袋往石桌上一放，说道："你要的东西我都给你买来了。"

似乎闻到了什么不寻常的味道，封定钰使劲儿嗅了嗅："你又买臭豆腐了？"

顾盼施施然坐下来，一边打开塑料袋，一边故意说："是啊，我又不像大少爷你这么有钱，吃得起贵的东西。"

封定钰少见地被噎得无言以对。

顾盼继续说:"臭豆腐也没什么不好的啊。闻着臭,吃着香。欸,你要不要来一块?"说着便夹起一块送到他嘴边。

封定钰却嫌弃地别过了头:"不要!我才不吃这种垃圾食品。"

"行,您老人家伟大,"顾盼把臭豆腐送进了嘴里,一边咀嚼一边说,"您老人家吃的鸡排、鸡锁骨就不是垃圾食品。"

封定钰打开了塑料袋,动作娴熟地把鸡排切好,对顾盼说:"这不一样,你以后想吃什么可以告诉我,我给你买。"

"算了吧。"顾盼没当真,毫不在乎地摆摆手,"吃人嘴软,拿人手短。"

封定钰继续自作多情道:"我又不是别人,我养自己的媳妇儿是天经地义的。"

顾盼抽了抽嘴角,决定选择沉默。

两人安安静静地吃了一会儿,顾盼忽然看到封定钰放在石桌上的手机。她从书包里取出充电宝,然后伸手拿过桌上的手机。

"喂,你干吗?"封定钰立刻戒备地按住了她的手,一脸惊讶地看着她。

"你手机不是没电了吗,给你充电。"顾盼言简意赅地回答。

"哦……"封定钰长吁了一口气,几秒后他嬉皮笑脸地说,"我以为你是要查岗呢。"

"查岗?"顾盼秀眉微蹙,一时不明白他这话什么意思。

封定钰煞有介事地点点头:"电视上都是这么演的,女朋友会时不时偷看男朋友的手机查岗。不过你放心，我对其他女生都没兴趣，我只喜欢你。我刚才反应激烈也只是条件反射而已。"

"……"她说什么了吗？没有吧！

不理会这位大少爷的臆想症和中二病，顾盼直接给他的手机充上了电，然后又为他开了机。

手机打开后首先弹出的是锁定屏幕，顾盼惊奇地发现封定钰的手机锁屏用的居然是她的照片，不，准确来说是他们的合照。

她记得这张照片还是他们高中一起出去游玩时拍的，背景是动物园的一只猛虎，而他们两人在猛虎面前牵着手开怀大笑。

把手机丢回给他，顾盼没好气地撇嘴问："你干吗用这张照片做锁屏？不知道锁屏很容易被人看到的吗？"

"这有什么？"封定钰气定神闲地瞄了手机屏幕一眼，语气淡淡，"我只是告诉别人我不是单身狗罢了。"

得，又强行把她代入他媳妇儿的角色了。

不想跟这种讲不通的人多说废话，她夹起一只虾放进了嘴里，只是表情闷闷的。

封定钰瞄了她一眼，然后解开了手机锁屏，点进了微信消息界面，又把手机递给她，语气不自然地说："让你查岗好了，生什么气嘛，我又不是不专情的男人。"

"……"她什么时候说过要查岗了！

"我不要！"她一脸不耐烦地推开他的手，"说了多少遍我不是你媳妇儿。"

# 小学渣，别看我看书

"哼！"封大少爷的脾气立刻就上来了，他重重将手机倒扣在桌面上，满脸气愤地控诉她，"你这个女人，都跟我有过肌肤之亲了还想不对我负责？"

顾盼惊愕地瞪大眼睛，两只手在她和封定钰之间指来指去的，磕磕巴巴地问："我……我什么时候……跟你有过肌肤之亲了？"

封定钰鼓起腮帮子生气地看着她，高声道："你说，咱们是不是接过吻了？那还不叫有肌肤之亲？难道隔空能接吻吗？"

顾盼闻言一脸生无可恋，满脸颓废道："但明明……是你夺了我的初吻啊？"

"那我对你负责。"封定钰一秒又恢复了气定神闲的状态，动作优雅地舀了一口蛋炒饭送进嘴里，吃完后才慢条斯理道，"所以从现在开始，你必须在外人面前承认我是你男朋友。那么现在……你男朋友想吃你碗里的莴苣，还不快点夹给我！"

生气……好生气，好想一拳把他打去南天门！

"快点啊！"封定钰又催促了，"快点喂你男朋友吃饭。"

强忍下内心的不爽，顾盼还是认命地夹了一片莴苣放进封大少爷的碗里。

之后封大少爷又把自己的蛋炒饭分给她吃，并且坚定地认为她一定会喜欢。

## Part 04
## 磐石绝对无转移

回到寝室时已经是晚上八点半，顾盼刚放下手里的资料，宋颂便满脸阴沉地站到她身边，天雷滚滚地开口："顾盼！你不是说跟封学弟不熟吗？今天我都看到你们一起亲密地吃饭了！你还说你们不是情侣？你这不讲义气的家伙，都有明岚学长了，还不肯把学弟让给我，我要跟你绝交！"

噼里啪啦说了一大堆，惹得在一旁看小说的金唤音忍不住带着探究的目光看过来。

顾盼镇定自若地跟宋颂对视了几秒，然后才说："我跟他不是

# 小学渣,别看我看书

情侣。"

"不是情侣?不是情侣你们会那么亲密?你当我脑袋是'锈逗'的吗?"

顾盼只好耐心解释道:"其实我跟他是青梅竹马,我们从小一块儿长大,他只是我的邻家弟弟。"

宋颂傲娇地别过了头,一副明显不信的样子:"那你原先还骗我说你没有他的联系方式,你个大骗子!"

知道是自己的错,顾盼只能吃瘪不说话。

宋颂继续说:"青梅竹马才更有机会在一起啊。说,你们两个到底是不是情侣?"

"不是!"顾盼立刻否认,"我对封定钰没那个意思。"

"哦,你的意思是学弟一厢情愿,一直都是他在纠缠你?"宋颂恍然大悟。

"应该……是这样的。"顾盼端起桌上的杯子喝了一口水,表情有些不自然。

"那好办!"宋颂狠狠一拍大腿,立刻盖棺定论了,"这样,你把学弟的微信告诉我,我去追他。等我把他追到手以后,他肯定不会再来打扰你了。"

"这……不好吧。"顾盼有些犹豫了。虽然现在她对封定钰没什么男女之情,可这样做似乎有点怪怪的?

"有什么不好的?"宋颂提高了嗓门,"难不成你不喜欢人家又想吊着人家?顾盼你要不要这么渣,你明明已经有明岚学长了。"

.063.

"你别胡说!"顾盼立刻板起脸,"什么叫我有明岚学长了,八字都还没一撇呢。"

"怎么没有?全校的人都知道你们是一对儿!"

顾盼叹气:"好了,好了。你想追学弟是吗,我把他微信号给你就是了!"

取出手机打开微信,顾盼将封定钰推荐给了宋颂。发完消息后,她立刻锁上了屏幕,坐回椅子上。

不知为何,她有一种把封定钰送给别人的感觉,这种感觉令她很不适,胸口闷闷的,像是被大石头堵住一样。

得到封定钰的微信号,宋颂刚想立马申请加好友,寝室里却冷不丁响起了手机铃声。

顾盼看了看笑得满面春风的宋颂,垂头丧气地撑着下巴。

"你是我的小呀小苹果,怎么爱你都不嫌多,红红的小脸温暖我的心窝……"

听着早已经过时的歌曲,顾盼心如止水地拿起手机。

看到来电显示是封定钰时,她不禁想到自己刚才将他的微信给了别人。一瞬间,她莫名有一种做贼心虚的感觉。

深呼吸几口气,像是做了什么重大决定似的,数秒后她按下了接听键。

少年的声音低沉而富有磁性,封定钰在电话里说:"我在你寝室楼下,快下来。"

## 小学渣，别看我看书

来到一楼时，顾盼看见封定钰正站在大厅里。

洁白的灯光从他头顶上倾泻而下，将他英俊的轮廓雕刻得更加完美。他的表情冷淡得仿佛隔绝了外界，尽管从他身边经过的女生都在偷偷看他并且窃笑不已。他笔直地站着，身形高大挺拔。此情此景，令顾盼不得不感慨当年的小男孩如今已经是大人模样了。他依旧穿着军绿色的迷彩服，左手提着一袋东西，右手拿着手机。

顾盼走近他，带着满心的疑惑问道："有什么事吗？"

封定钰将手上的袋子塞进她手里："之前听你说话有些沙哑，我想你一定是感冒了，嗓子有些不舒服，这些药回去记得吃。"

顾盼低头看了看手里的袋子，又抬头看了看封定钰，一时说不上心里是什么滋味。

他这是……在关心她吗？大少爷什么时候也学会关心人了？她这些天确实有点小感冒，可能是空调吹多了吧。只不过她没想到他会这么细心，居然还给她买了药过来。明明是从小就形影不离的人，她却突然觉得自己有些看不懂他了。

"那什么……谢谢你。"尽管很别扭，但她还是生硬地说出了口。

"我们之间还需要说谢谢？"封定钰明显不悦了，声音也变得有点冷硬，"男朋友关心女朋友不是天经地义的吗？"

"……"算了，她还是不要说话了。

正当封定钰还想说什么时，手机突然响了一下，他知道这是手机微信来消息时的提示音。他打开微信，发现有人给他发送了一条好友申请。他疑惑地蹙着眉头喃喃自语："吃虾的小鹿？这谁啊？"

顾盼听到了封定钰的自言自语,抓着塑料袋的手指一点点收紧。

"吃虾的小鹿"是宋颂的微信昵称,看来宋颂是真的下定决心要追封定钰了。

可是……她清楚地意识到自己现在是有些不爽的啊,她难道也喜欢封定钰吗?正当她心神不宁胡思乱想时,封定钰的嘴巴又蹦出一句话:"不认识的,拒绝!"

闻言,她松了一口气,不自觉地勾起嘴角。

封定钰抬头看向顾盼时,看到的就是她傻笑的样子。

"你在笑什么?"

"没有。"顾盼头摇得似拨浪鼓,脸上却不知不觉爬上一抹可疑的红晕。

封定钰皱着眉头怀疑地将她细细审视,正想问她为何脸红时,顾盼的手机却冷不丁传来了"叮咚"一道声响。顾盼从口袋里取出手机,看见是有人给自己发微信消息时,她直接解开锁屏,点了进去。

消息是明岚发来的,他在微信里提醒她明天去舞蹈社时,别忘了带新买的舞服。

顾盼刚想给他回消息,然而看到了微信备注是明岚后的封定钰却一把抢过了她的手机。他在顾盼还未反应过来之前打开照相功能,一只手臂揽住她的腰,另一只手则举着手机,嘴巴贴上她的脸,迅速给两人拍了一张亲密合照,然后发给了明岚。

"封定钰,你在干什么!"意识到封定钰的意图后,顾盼忙不迭想去抢回自己的手机,撤回某人刚刚发给明岚的照片。

## 小学渣，别看我看书

然而高挑的男生高举着手机，任凭顾盼跳起来想抢回手机，他都始终岿然不动，只板着一张冷脸看着她。

知晓凭自己的身高肯定是抢不回手机的，顾盼索性放弃了挣扎。她双手叉腰，面罩寒霜地瞪着他，控诉道："封定钰，你别这么幼稚行不行？"

封定钰只是目不转睛地看着她，虽一言不发但眼神里的哀怨却显而易见。

顾盼这回是真的生气了，于是气呼呼地说："封定钰，除开我读大学这一年不算，我已经陪了你十七年，也够多了吧？你能不能给我一点自由，让我有自己的空间？你这样我真的很窒息！我只是个普通人，没精力陪你从一个幼稚鬼变成一个成熟的男人，我也会累，你懂吗？"

一向温和的顾盼极少露出生气的样子，封定钰一时间有些慌了，他低下头委屈地说："我不过就是发了一张照片给你那个学长而已，也没干啥啊。"

竭力按捺下一巴掌拍死他的冲动，顾盼深吸了一口气，道："这只是一张照片的问题吗？你有没有替我想过呢？人家好好地跟我说正经事，我却发了这样一张照片给他。你让人家怎么看我，你让我怎么面对人家？"

"那我撤回来就是了嘛。"封定钰底气不足地说完，点进聊天界面刚想撤回消息，却发现所发的消息已经超过两分钟，撤不回来了。

顾盼恨恨地看着封定钰，只觉得一口恶气憋在心间，难受得很。

就算撤得回来，可刚才在学长发来消息后这张照片立刻就发了出去，他应该也已经看到了。

看到消息撤不回来后，封定钰悻悻地将手机还给了顾盼，无辜地眨了眨眼。顾盼没好气地接过，冷冷地留下一句"不要再来烦我"后转身就走。

"我只是做了自己应该做的事情，难道这也有错吗？"封定钰铿锵有力的声音在身后响起，她不由得停下了脚步，转身看他。

她问："那你觉得什么事情才是正确的呢？"

他理所当然地说："我会消除一切敌情，排除一切对我不利的因素，只要是能促进你跟我在一起的事情，都是正确的！"

"你总是活在自己的设定里草木皆兵。"丢下这句话，顾盼又深深地看了他一眼，无奈地摇了摇头，迈步离开了。

封定钰撇着嘴站在原地，良久未动。

顾盼看似潇洒地离开，实则才刚走上二楼，她就有些后悔了。

她方才……是不是不该对封定钰说那么重的话啊？以那家伙的玻璃心，这会儿肯定伤心死了，说不定眼泪已经飙成了一片汪洋大海。

她情不自禁地迈下了一级阶梯想要返身回去找他，突然又顿住了脚步。

算了，反正说都说了，话说出口了哪里还能收得回来？这也算是给那家伙一个教训吧，免得他一辈子都长不大。

然而封定钰并没有顾盼想象中那么脆弱，他是玻璃心没错，但是在追媳妇儿这件事上，他可是铆足了劲，硬生生把自己逼成了一块磐石。

# 小学渣,别看我看书

嗯,不管蒲苇是不是韧如丝,但他这块磐石绝对是坚定不移的!

之后,封定钰便连续好几天没有去找顾盼,想着要给她一点"空间"。不过他还是每天不厌其烦地发消息轰炸她,怕的就是自家媳妇儿跟人跑了。一开始顾盼还会很敷衍地回一两个字,后来索性不回了。

在连续两天都得不到顾盼的回应后,封定钰着急了,于是给顾盼打了个电话过去。

此时顾盼正带领着舞蹈社的成员练舞,看了一眼手机,她没选择接听,心里想着等会儿有空了再回电话。

可是电话不厌其烦地响了好几次,她想忽略也难,于是只能被迫接通了。

一按下接听键,封定钰那委屈幽怨的声音便传了过来:"我打了你那么多次电话,为什么现在才接?"

顾盼默默扶额,叹了口气后只能说:"我刚刚在练舞,没空呢。"

"那你为什么不回我消息?"封定钰死抓着这个问题不放。

"我近来太忙了,都没空呢。"对于没回封定钰消息这个问题,顾盼心里其实一点愧疚都没有,找的借口也是极度敷衍。

封定钰立刻不满了,他愤愤不平地指控她:"你骗人!我才不信你忙得连回条消息的时间都没有,统统都是借口!"

顾盼无语问苍天,只能压低声音说:"那你想怎么样?"

"顾盼,我警告你,你以前心里喜欢谁我不管,但是现在咱们确定关系了,我不许你心里再想着别人!你只能想我!"

不知道他从哪儿学来的霸道总裁金句,总之听得顾盼直抽搐了好几下嘴角。

而且他们什么时候确定关系了？简直是胡闹。

心里是这么想的，嘴上却不想跟这个幼稚的家伙多做辩驳，顾盼只能忍下心里的不爽柔声妥协道："好好好。我不去想别人，但你没事的话也别来打扰我，好吗？"

这话听得封定钰心里更不爽了，什么叫别去打扰她？他对她怎么能叫打扰？那叫关怀！再说了，他要是不监督着点儿，她万一不小心被"红杏出墙"了怎么办？

不行！他越想越觉得不能让这样的事情发生，她可是他认定了十几年的媳妇儿，说什么也不能让人抢走了。

隔天晚上顾盼洗完澡打算入睡时，封定钰的电话又打过来了。他在电话里问顾盼今天都做了什么事、见了什么人、吃了什么东西等一系列无聊的问题，顾盼虽然很不想回答，但还是一一照答了。

两个人聊了将近半个小时才挂掉电话，之后封定钰觉得浑身都神清气爽的，连带寝室满是臭袜子的空气都清新了不少。

挂掉电话后，顾盼刚躺下来，忽然听到了对床传来宋颂满是疑惑的声音："为什么都过了这么多天封学弟还是没有答应我的好友申请？难道他没看到吗？"

顾盼很想告诉宋颂其实封定钰早就看到了，只不过他拒绝了而已，但是这样的话毕竟是伤人自尊的，所以顾盼选择沉默。

然而在下一秒，宋颂便抬眼问她："盼盼，为什么封学弟不答应我的好友申请？"

# 小学渣，别看我看书

顾盼轻咳了一声，有些心虚地说："可能……他没看到？"

"你刚才是不是跟他打电话？"宋颂眯起眼，目光犀利地盯着顾盼。

顾盼愣怔一下，随即快速摇头否认："不是。我刚刚在跟我老妈打电话呢。"

"是吗？"宋颂嘀咕，还是很疑惑，顾盼几乎是隔三岔五地打电话回家，每次通话也不见是刚刚那种汇报行程的样子啊。

于是她不依不饶地追问顾盼："封学弟是不是不爱上微信啊？"

顾盼想了一下还是说："我不太清楚，毕竟这是他自己的事情。"

见套不出话来，宋颂叫顾盼把封定钰的手机号给了她，打算直接问问，但是转念一想，对方不认识自己，就这么打电话过去显得太突兀了。于是她只能让顾盼下回跟学弟见面时带上她，来个正式介绍，如此一来，当着学弟的面儿加他微信不怕他不答应。

宋颂越想越觉得心里美滋滋的。

大一新生的军训已经进行到了第三周，顾盼和舞蹈社的其他干部选了一个新生没有晚训的时间申请，教室给新成员面试。

下午五点半，顾盼便跟其他干部来到教室忙活了。

封定钰一解散便给顾盼打电话想约她一起吃饭，奈何顾盼跟他说今晚要给新生面试，而且已经吃过饭了，所以不奉陪。封定钰想了想也没强求，只是问了一下顾盼在哪里给新生面试，然后就乖乖地回寝室洗澡了。

明岚到的时候顾盼正跟其他成员摆放教室的桌椅。他们把教室中间的桌椅移开,在教室周围围成一个大圈,方便面试者施展"功夫"。

今年的面试跟往年不同,为了提高舞蹈社整体成员的素质,开会时有人提出让面试者现场跳一支自己擅长的舞蹈,通过了才能进入舞蹈社。

虽然这样的要求显得有点不近人情,会将一些没有舞蹈功底却又想进舞蹈社的人拒之门外,但是提出者觉得舞蹈社本来就是以舞蹈为基础,没有丝毫舞蹈功底或是只想玩玩的人招进来也没用。

所以这一建议得到了全体干部的一致认可。

七点半面试正式开始了,顾盼和明岚坐在最中间,两边是其他干部。

根据顾盼给出的地址,封定钰在晚上八点半时到达了目的地。

除了舞蹈社面试的那间教室之外,隔壁教室的灯也亮着,想必是让那些还没有轮到面试的新生等候的地方。面试那间教室的门前摆着一张桌子,有一个女生守在桌前,是负责喊号与让其他人临时来此报名的。

透走廊的玻璃,封定钰看见一身小西装的顾盼正端坐着,单手托着下巴专心致志地观看正在面试的新生跳舞,偶尔还露出满意的笑容。

封定钰一时看得有些痴了,心里满满都是"我女朋友真优秀"的自豪感。不过目光一转,他看到了坐在顾盼身边的明岚,后者偶尔还跟顾盼交头接耳、私聊一两句。

虽然顾盼全程没看向明岚,只是配合地点点头,然而看到这场景封定钰还是觉得刺眼。

不爽!好不爽!封定钰握住了垂在身侧的拳头,牙齿也不自觉地

# 小学渣,别看我看书

咬紧。

在门外逗留了片刻后,他走到守在门口的那位女生面前。

女生看到封定钰那祸国殃民的盛世美颜时,一下子就不知道东南西北了。好半晌反应过来后,女生问:"学弟,你是要报名面试吗?"

封定钰点了点头,然后在报名表上填了自己的姓名、系别和联系方式之类的信息。填完全部的信息后,他问:"什么时候轮到我去面试?"

女生翻开面试的顺序表看了一下:"你前面还有十七个人。"

封定钰又往教室看了一眼,结果发现顾盼正跟明岚窃窃私语,他深吸一口气,努力告诫自己冷静下来。不经意间低头,他发现女生正花痴地盯着自己。

啧,又来一个觊觎我美色的!

在心里默默吐槽了一句,突然想到什么,他挤出一抹极具杀伤力的笑容,朝女生眨了眨眼,柔声道:"学姐,我等会儿还有急事,可以先进去面试吗?"

女生被这一笑晃得眼晕,想也没想就点了点头。

得到女生的应允,封定钰又向她眨了眨眼,道:"学姐人真好。"

这时候女生终于反应过来,她刚刚做了什么?她允许别人插队了?这可不是她的风格啊!她先是为难地看了看表格,接着又为难地看了看一脸阴沉的封定钰,最后只能妥协了。

反正其他人又没在这里看着,插一个人进去没关系的,而且她刚才已经答应人家了。

这时恰好上一个面试者出来,女生就让封定钰带上自己的报名表进去面试了。

封定钰走进去时顾盼正埋头写着什么,听到其他干部的惊呼声,她不由得抬了头。

封定钰那张欠揍的脸一映入眼帘,她的眼睛下意识眯了起来。

这家伙怎么来了?看他的架势,仿佛是过来面试的?但是这里没有他的报名表啊,难不成是临时报名的,而且还插了队?

封定钰似笑非笑地对上了她的视线,一脸的神清气爽。

把报名表交给一个学姐后,封定钰在教室中央站定,然后不卑不亢地鞠了个浅浅的躬,面带微笑道:"各位学长学姐好,我是封定钰。"说完之后视线又重新落在顾盼身上。

一个在招新当天见过封定钰的女生乐呵呵道:"学弟,你是来找我们盼盼的吗?"

另一个虽然不知道顾盼跟封定钰之间的"爱恨情仇",但是已经被封定钰的高颜值迷得七荤八素的女生说:"学弟,我们舞蹈社欢迎你这样的小鲜肉。"

还有一个更花痴的女生笑眯眯地说:"学弟这么帅,我都不忍心用面试来为难你了。"

更有一个胆大的直接问:"学弟,有女朋友了吗?你看学姐这款怎么样?"

顾盼听得一脸黑线,心里默默哀号:好歹你们也是学姐啊,形象包袱都不要了吗……

这时,明岚重重咳了一声,提醒了大家,才恢复了面试时该有的严肃状态。

大家安静下来后,封定钰微微一笑,就最后一个女生所问的问题做出了回答:"谢谢学姐的厚爱,但我已经有女朋友了。"说着还光明正大地看了看顾盼。

顾盼用手挡住额头,表示不想看到他。

明岚也顺着封定钰的视线扭头看向了一脸"生不如死"的顾盼。

"好了,开始面试吧。"努力把内心风起云涌的情绪压下去,顾盼重新恢复了淡然。她公事公办地看着封定钰说,"想必学弟已经知道了我们面试的要求。那么首先,我们想请学弟跳一段舞,可以选自己擅长的。"

封定钰这家伙从小仗着自己家里有钱就不学无术,成绩差,其他技能更不用说了。顾盼想着看看他这回怎么办,她可没想过要让他进舞蹈社。

镇定地扫视了一圈坐在自己面前的一列人,封定钰最后把目光锁定在顾盼身上,缓缓说道:"我可以跳舞,但是我只跳给你一个人看。"

其他女生的表情顿时千变万化,看向封定钰跟顾盼的眼神除了暧昧之外还有探究、考量。

明岚始终面无表情地看着封定钰。

顾盼仍旧以公事公办的口吻冷冷道:"既然是面试,舞蹈肯定是要展现给大家看的,学弟要是不愿意的话可以直接离场。"

一个女生推了推顾盼,说道:"盼盼,别这样。"

顾盼平时挺温和的,怎么这会儿说话夹枪带棒的,还把人家赶出面试现场?这种事情要是传出去岂不是被人说舞蹈社不近人情吗?

封定钰依旧很固执地说:"我说了,我可以跳舞,但是我只跳给顾盼一个人看。"

看出封定钰眼里的坚毅,其他干部都面面相觑,似乎在做什么艰难的决定。末了,一个女生说:"既然如此,那就让盼盼单独面试学弟吧。"

如果能把这么帅的学弟招入舞蹈社,那可是拉高了舞蹈社整体的颜值啊!

顾盼虽然不情愿,但是基于这是大家提出的建议,她也只能妥协了。

其他人帮忙把一台电脑和小音响搬到了一间空旷点的教室,然后还很贴心地拉上四面的窗帘,最后贼兮兮地离开了。

顾盼一边打开电脑,一边问:"学弟是要跳什么舞?"

封定钰板着一张脸直勾勾地盯着她,语气不善地问:"是不是如果我不跳舞,你就不让我进你们舞蹈社了?"

顾盼对上了他的视线,轻微叹了口气,说道:"这是规矩……"

"规矩是你们定的,你就不能为我破例吗?"封定钰一脸期待地看着她。

"规矩就是规矩,定下来了就没有破例一说。"停顿了一会儿,顾盼面露无奈,"你既然不会跳舞,干吗要来舞蹈社面试?你可以去其他社团面试啊。"

封定钰重重地冷哼一声,别过头傲娇地说:"哼,我是直男,才不会加入你们舞蹈社呢,只有明岚那种娘娘腔才会进舞蹈社这种社团。"

# 小学渣，别看我看书

"喂！"顾盼生气了，瞪大眼睛死死盯着封定钰，"你不想加入舞蹈社没人强迫你，但是你干吗背后诋毁人？学长他到底哪里得罪你了？"

同样生气了的封定钰抿紧嘴唇瞪着顾盼，针锋相对道："我不过说了他一句，你就这么维护他？你这人怎么胳膊肘往外拐呢？"

顾盼一向是那种温和的性子，极少跟人脸红。和怒气冲冲的封定钰对视片刻后，她妥协了，于是说道："我只是不希望你在背后诋毁人家，还一竿子打翻一船人。"

"那我不说了。"封定钰闷闷地低下头，别扭地颤了颤睫毛。他突然想到了一件事，于是问顾盼，"对了，你不是播音系的吗？又是配音演员，为什么不去广播站反而要来什么舞蹈社呢？"

顾盼一怔，没好气道："关你什么事啊？我喜欢跳舞，怎么就不能来舞蹈社了？"

"问问也不许啊？"封定钰委屈地撇撇嘴。

顾盼没再理会他，自顾自合上电脑装进包里，提着电脑径直离开了他们所在的教室，独留封定钰在风中凌乱。

回到面试现场，一个女生问顾盼："刚才学弟跳得怎么样？能入你的法眼吗？"女生知道顾盼要求是很高的，不过顾盼有骄傲的资本，从小就练舞的她，舞确实跳得非常好，相比起一些专业的舞蹈演员都丝毫不逊色。

顾盼瞄了女生一眼："他没跳。"

"没跳？怎么会？"女生不可思议地抬起下巴。

"骗你干吗？"说完这句话，顾盼的手机忽然振动了一下，她拿起一看，是封定钰发过来的微信消息。

"我等你，待会儿一起去吃宵夜。"

"我这儿还要很久，你先回去吧。"

封定钰没有继续回复了，但是不到一分钟，顾盼便看见封定钰从外面走了进来，坐在教室的一角自顾自地玩手机。她无奈地轻叹一声，很快收回视线，继续专心投入面试工作中去了。

过了几分钟，明岚凑过来跟她聊了两句关于面试者的话，她心领神会地点点头，而在这期间，她感觉自己的椅子被人轻轻地踢了几下。

她带着不解转身，看见封定钰正坐在她后边面沉如水地瞪着她。

这家伙什么时候坐到这里来了？

她不客气地回瞪他一眼，不消几秒又转过头继续工作了。

可是很快，当明岚再次凑过来跟她交谈时，她又感觉自己的椅子被人踢了几下。这样来来回回好几次，顾盼终于受不了了，她拿起手机给封定钰发了一条信息过去："你到底想干吗？"

封定钰秒回："不想干吗，就是看你跟别人聊天不爽而已。"

呼出一口恶气，顾盼又回："再敢打扰我，看我回去怎么收拾你！"

封定钰回道："好啊，我躺着。"

顾盼真心觉得跟这家伙交流不下去，于是她干脆锁上手机屏幕，不管封定钰作什么妖，只继续自己的工作。

晚上十点，面试全部完成，众人都如释重负般伸了个懒腰。

见状，封定钰把手机放回口袋里，淡定起身，走到顾盼面前问："可

## 小学渣,别看我看书

以走了吗?"

其他人都用看好戏的眼神盯着他们俩。

如果说一开始还不知道封定钰跟顾盼之间的关系,那么经过这一番面试,再看不出来就是傻子了。只是有一些人要感慨了,明明顾盼原先跟明岚才是一对,现在半路杀出了个程咬金,还是个颜值超高的小鲜肉!

想到刚才某人私下骚扰她的事情,顾盼故意摆着冷脸道:"我们还要讨论一下刚才的面试结果,你先回去吧。"

封定钰抿了抿唇,固执地站在原地。想了一下后,他扯住了顾盼的袖子,可怜巴巴地望着她:"手机没电了,我要跟你一起回去。"

顾盼无语地看了看他,一副明显不相信的表情。

明岚忍不住搭腔:"学弟,我们还要讨论一段时间,一时半会儿走不了,你先回去吧。"

对于情敌这种想要跟他"抢食"的生物,封定钰连眼神都吝啬给对方。

这时从门口传来了一道清脆的嗓音,声音的主人轻快地喊了一句:"明岚?"

众人的目光齐刷刷朝门口看过去。

胡悠悠的脸庞很快映入众人的眼帘,她正对着明岚笑得一脸灿烂。见众人的目光纷纷投射在自己身上,她落落大方地摆手跟大家打招呼。

明岚蹙了蹙眉,面上虽带着不悦,但还是迈步走了出去。

顾盼的目光一直跟随着明岚的身影。

她此刻忽然有些佩服胡悠悠的勇气了,喜欢一个人就大大方方的:大大方方在他身边流连,大大方方送东西给他,大大方方告诉他自己喜欢他,哪怕遭到他的拒绝、他的冷眼相待,她依旧我行我素,洒脱得令人羡慕。

而她顾盼,就没有这份勇气,她害怕说出口被拒绝后连朋友都没得做,害怕说出口遭到拒绝后连共事都觉得尴尬。

顾盼的目光跟随着明岚转,而封定钰的目光则跟随着顾盼移动。看到顾盼目不转睛地盯着明岚的背影,封定钰强行将顾盼的脑袋扳了过来,迫使她面对着自己。

当着众人的面儿,他恶意地凑近她几分,将温热的呼吸尽数喷洒在她脸上,惹得她一阵脸红心跳。

她瞪圆了眼睛怒视他,用凶狠的眼神示意:你到底想干吗?

他俊眉微蹙,薄唇微抿,眼神瞬间染上了丝丝哀伤,又露出了可怜又委屈的表情,惹得顾盼很想一拳把他嵌入墙上。

跟着胡悠悠来到光线昏暗的走廊后,明岚开门见山地问:"你找我有什么事吗?"

胡悠悠先是神秘兮兮地笑了一下,然后才从口袋里掏出一张邀请函,递给明岚。

明岚愣愣地接过,没有打开,而是疑惑地问:"这是什么?"

胡悠悠说:"这是我的生日邀请函。我爸爸说今年要给我举办一个生日派对,所以我来邀请你啊。"她稍微停顿了一下,"虽然现在离我的生日还有差不多一个月,可是人家不是说了吗?你越早给对方

小学渣，别看我看书

发邀请函，证明对方在你心里越重要，谁叫……谁叫在我心里你是最重要的人呢。"

明岚打开请束看了一下，然后淡淡回了句："我知道了。"

胡悠悠又说："这是我给你的邀请函，到时候你可别带什么乱七八糟的人去啊。"

她说这话就是怕明岚到时候会带上顾盼一起去。虽然她不讨厌顾盼，但毕竟是情敌，她当然也说不上喜欢，她不想到时候自己生日反而惹来一肚子的气。重要的是，这应该是她过的最后一个生日了，她只想跟自己喜欢的人和亲朋好友一起过。

想到这儿，她有些担心地叮嘱："你到时候可一定要来啊。因为……"她欲言又止地咬了咬唇，"因为这可能是你陪我过的最后一个生日了。"

明岚犀利地发现胡悠悠的表情有些不自然，眼眶里也潜藏着水雾，他不禁问道："为什么是最后一个？"

"因为……"胡悠悠垂眸，竭力压下眼眶里的泪水，想了半晌才说，"因为明年咱们就大四了啊，大家都离开学校去实习了。"

闻言，明岚松了口气。看胡悠悠这一脸悲伤的表情，他还以为发生什么事了呢。

不过……这丫头的演技一直超群，他早就被她骗过一次了。

他记得刚上大一时，他坚持了高中的习惯，每天傍晚都去操场跑步。那时候，胡悠悠也每天下午准时出现在操场。不过她从来都不跑步，每天去操场只是为了偶遇帅哥或者看看风景，兴致好的时候还会对累瘫在地的他来一顿冷嘲热讽。

她每天都带着一瓶水和纸巾,在他跑完步的时候及时送到他面前,然后死皮赖脸地跟他一起散步,怎么赶都赶不走。

有一回他在跑步时她照旧在旁边看着,他经过时她还不忘大喊大叫,他起了坏心思,拉着她跑了起来,不管她怎么挣扎都不放开。可是跑了还不到一圈,他后知后觉地发现她的脸色越来越苍白,呼吸越来越急促,额头上更是冒出了大滴大滴的汗珠,他六神无主地把她送去了校医院。

等待救治的过程中,他急得像热锅上的蚂蚁,愧疚占据了他身上的每一个细胞。可是医生出来后却告诉他其实胡悠悠没什么大事,只是身体太弱了才会这样。胡悠悠也一脸笑意告诉他其实她是装出来的,目的只是想让他担心一下她。

那一刻,他觉得自己被人耍了。

回忆到这里,明岚便不觉得胡悠悠这个天之骄女会有什么悲伤的事了。

这时封定钰牵着顾盼从教室出来,顾盼走到明岚跟胡悠悠面前,先是跟胡悠悠打了声招呼,然后说:"学长,那面试结果我们改天再讨论,我先回去了。"

明岚点点头,目光却不自觉落在封定钰牵着顾盼的手上。

封定钰挑衅地看了明岚一眼,然后直接由牵手改为搂着顾盼的腰。

感觉十分不习惯,顾盼抬头看了封定钰一眼,眼里放出一道寒光。

这家伙简直得寸进尺!

封定钰刻意凑近顾盼耳边,压低声音说悄悄话:"走吧,我们去吃宵夜。"

顾盼虽然觉得心里挺不爽的，但在明岚面前她不好发作，还是由封定钰拖着走了。

明岚一直望着封定钰搂着顾盼渐行渐远的背影，久久不能回神。

见明岚失魂落魄地看着顾盼的样子，其实胡悠悠心里也不好受，但她还是豪气干云地拍了拍明岚的肩膀，继续发挥毒舌功力："唉，看着自己喜欢的人跟别人跑了，这种感觉真不好受，心痛痛的哟。"

明岚看了她一眼，她继续说："你看你的学妹都跟人跑了，你真的不打算跟我凑成一对？咱们也去秀恩爱气死他们呗。"

明岚不冷不热地说了句："我没你那么无聊。"

胡悠悠不以为然道："你没听过治愈失恋最好的方法就是开始一段新的恋情吗？哦不对，你不能算失恋，因为人家学妹根本没属于过你，哈哈哈。不过再怎么样，就算输了人，咱也不能失了气场对不对？走，秀恩爱去！"

## Part 05
## 哼！没良心的顾胖胖

 

　　眼看着顾盼和封定钰进了一家餐馆，胡悠悠也不甘示弱地拉着明岚走了进去，并且坐在了离他们不远的位置上。

　　顾盼看到了明岚和胡悠悠，于是提出拼桌的建议，哪知胡悠悠直接高贵冷艳地拒绝道："不了，我们两个比较喜欢独处哦。"还甜蜜蜜地往明岚的手臂上蹭了蹭。

　　虽然感觉有些不自然，明岚却也没有推开胡悠悠。

　　封定钰则是一脸无语地看着胡悠悠那幼稚的行为。

　　上菜以后，胡悠悠不停给明岚夹菜，嘴里还甜丝丝地喊着："来，

# 小学渣，别看我看书

哈尼，吃这个。"

哈尼？明岚一脸黑线，嘴角明显抽了几下。

顾盼本想忽视隔壁的"风景"，可胡悠悠那甜死人不偿命的声音总萦绕在她耳畔，她的视线总是不由自主被吸引过去。

顾盼的目光一不在自己身上，封定钰整张脸就黑如锅底了。他也不甘示弱，夹起一片牛肉送到顾盼嘴边，嘴里也波澜不惊地喊着："宝宝，吃这个。"

宝宝？顾盼差点被口水呛到。

明岚的脸明显也黑了下来。

原来这小学弟也是个腹黑的。胡悠悠在心里感慨了一声，然后更加卖力表演，一遍遍地与明岚上演"恩爱情侣"的戏码。

于是乎一顿宵夜下来，四个人中只有胡悠悠一个人心里是爽的。

回寝室的时候，封定钰不似在餐馆时笑意盈盈的模样，而是板着一张脸气呼呼地走在前边，全然不理会走在后面的顾盼。

顾盼有点追不上他的步伐，落在后面气息不稳地喊："封定钰，你不要走那么快啊。你再走那么快，我就不送你回去了。"

"你敢！"封定钰立刻顿住了脚步，回过头来凶巴巴地瞪着顾盼。

顾盼走到他跟前，奇怪地打量着他："大少爷，你怎么了？"

"我不高兴了！"封定钰气鼓鼓的。

"你为什么不高兴啊？"刚才不是还好好的吗？

"你！"封定钰恨铁不成钢地看着她。

他好气，好想教训她一顿啊。可是他舍不得，而且他也明白她对他从来不曾有男女之情,一直以来都是他自作多情罢了,他根本没资格。可是……每回看到她用那种满腹愁肠又深情款款的眼神看明岚时,他心头的火气怎么也压不下去!

"我吃醋了,我吃醋了你不知道吗?"封定钰大声地吼着,"我不管!以后你不许喜欢那个明岚!"

"你又抽哪门子的风?"顾盼一脸无语,有气无力地看着他。

"我没抽风!我这是命令!命令你不懂吗?我命令你不许喜欢别人,只能喜欢我!"

"好了,好了,你别这么激动。"看他气急败坏的样子,顾盼忍不住安抚他,"你大少爷的命令我怎么敢不听呢?是不是?"

"我不是跟你说笑的!"

"那你到底想要我怎么样?"顾盼两手叉在腰间,脸上尽是疲惫的神态。

看到顾盼依旧是那副事不关己的样子,封定钰心里的火气就猛地往上蹿。气息不平地与她对视半分钟,他掷地有声地丢下一句"顾盼,我讨厌你",然后头也不回地跑了。

顾盼一脸蒙的站在原地。

她到底又做错了什么?跟这个脾气阴晴不定的幼稚鬼在一起,心真累!

接下来连续几天都在下雨,大一新生的军训只能被迫提前结束。

这几天里,封定钰忍着不去联系顾盼,更不似往日那般每天发消

## 小学渣,别看我看书

息轰炸她。但是,他每天都会捧着手机出神,一捧就是一整天。偶尔有消息弹进来,他一定迅速打开看是不是顾盼发来的。令他失望的是,顾盼一条消息也没发给过他。

封定钰生气了,气呼呼地把手机丢在桌上,然后爬上床用被子蒙住了脑袋。

哼!这个没良心的。他不联系她,她就不联系他,这算啥?他也是有脾气的好吗?

闷闷地仰望天花板想了很久,封定钰心里的怨气越来越重。

该死的顾胖胖,居然真的一点都不想他!只要……只要她发条信息或打个电话过来,跟他说几句好话,他就不跟她生气了,他就一定会原谅她的。他是个大度的男人,才不会介意她惹自己生气!

可是……好烦啊,这丫头怎么这么不识趣?就是不联系他呢?

终于还是忍不住了,封定钰果断地爬下床,拿起手机反反复复检查好几遍,看看顾盼到底有没有消息发过来。

可是,聊天记录确实停步在四天前啊!

他无精打采地趴在桌上,鼓着腮帮子望着漆黑的手机屏幕发呆。他觉得现在自己的世界就像这手机屏幕一样黑!

刚洗完澡从浴室出来的阿布藏旻看到封定钰精神不振地趴着,于是赶紧过来关心:"老大,你没事吧?是不是身体哪里不舒服?"

没错,短短时间内封定钰已经收服了寝室所有的人,成了寝室老大。

封定钰蔫巴巴地瞄了阿布藏旻一眼,摇头:"不是身体不舒服,是心里不舒服。"

"老大，你……是不是跟学姐闹矛盾了？"阿布藏旻知道封定钰可是把顾盼放在心尖上的，能影响封定钰心情，导致他这样失魂落魄的，恐怕也只有学姐了。

封定钰缓慢摇了摇头，随即想起了什么，又说："你说，女人是不是都没有良心啊？我不联系她，她就不联系我。"

"话不能这么说吧？"阿布藏旻憨厚地摸了摸自己的后脑勺，然后冷静地分析，"女人本来就是害羞的生物。在爱情里，本来应该由我们男人主动的。如果男人不主动出击，傻傻地等着女人来撩自己，那就等着当万年单身狗吧。何况谁叫是我们先喜欢上人家的呢？你没听过网络上的那句名言吗？谁先动心谁就输了。所以老大，认命吧。男人就是累，男人的世界就是这么悲摧！"

封定钰没想到，阿布藏旻这个看起来憨厚老实的四川小子说起话来居然头头是道！他郁闷地说："难道还是要我主动联系她吗？"

"当然啦！"阿布藏旻拍了拍封定钰的肩膀以作鼓励，"谈恋爱谈恋爱，爱情都是谈出来的。何况学姐这么漂亮，大把人追。你如果再不主动出击，到时候学姐跟别人在一起了，你没地儿哭去。"

"不行！"阿布藏旻最后一句话触动了封定钰的某根弦，他瞬间变得精神抖擞了。

"所以啊老大，别管什么面子了。男人的面子在爱情面前算个屁啊？追到媳妇儿才是王道！"阿布藏旻贱兮兮地在一旁继续给封定钰洗脑。

封定钰听完立刻点亮手机屏幕找到通讯录，二话不说就给顾盼打

## 小学渣,别看我看书

了个电话。

顾盼很快接听了:"有什么事吗?"

"我饿了。"封定钰用可怜兮兮又理所当然的语气说道。

"你饿了自己不会去吃饭吗?"顾盼的语气明显不太好,但又带着几分无奈。

"饿得起不来床了。"

"那你室友呢,叫他们给你打包啊。"

"他们都去约会了,就剩我一个人在寝室。"说到这里,封定钰觉得自己更委屈了。

而在一旁听着封定钰讲话的阿布藏旻觉得他们整个寝室的人都好冤枉,除了他还在,其他两人明明是去图书馆了!

那边的顾盼听到这句话,心里则产生了感叹:才刚入学就个个都去谈恋爱了,好厉害!都是人才!

末了,她只能说:"等着,我给你订外卖。"

订外卖?封定钰一听,心里登时不乐意了。他用更可怜的腔调说:"我饿得起不来床,拿不动筷子了,如果你不亲自送过来就等着给我收尸吧!"

说完,他非常有骨气地挂断了电话。

阿布藏旻全程看着自家老大对学姐撒娇,目瞪口呆。

封定钰抬头看了看傻站在一旁"偷听"自己打电话的阿布藏旻,没好气地说:"还傻愣着干什么,赶紧穿好衣服出去啊。"

"出去?我为什么要出去?"阿布藏旻脸上是大写加粗的问号。

"你刚才不是听到我讲话的内容了吗?等会儿我家胖胖要过来,你在这里我还怎么圆谎?"

"不是……老大,刚才你不是把电话挂了吗?人家学姐也没答应过来啊。"

"你懂什么?"封定钰没好气地踢了阿布藏旻的小腿一下,"她打小最疼我了。只要我一闹脾气,她肯定乖乖地跑过来哄我。"

阿布藏旻委屈地揉了揉自己的小腿,心里腹诽:无耻,实在是太无耻了!仗着自己年纪小就肆无忌惮地撒娇卖萌,学姐可太难了!

这边,挂断电话后的顾盼一开始并不想理会无理取闹的封定钰,依旧坐在电脑前写作业,但是过了不到三分钟,她就有些心不在焉了。

那家伙不会真的一天不吃饭,现在饿得起不来床了吧?他那么傲娇,打死也不肯拉下面子麻烦别人帮他打包的;他那么奇葩,如果她不亲自过去,即使给他订了外卖他一定也不肯吃的。

算了,十八年都麻烦过来了,还差这一次吗?

想通之后,顾盼拿起一把雨伞出了寝室,然后又跑去离她寝室很远的一家封定钰喜欢的餐馆给他打包。

封定钰的寝室在五楼,顾盼在门口登记过之后,拎着食物一路畅通无阻地上去了。

来到502寝室,门是关着的。她轻轻敲了三下,又喊:"封定钰,你在寝室吗?"

这时,原本坐在电脑前的封定钰手忙脚乱地合上电脑,一溜烟跑到了床上。

他拍了拍自己惊魂未定的胸口,装出娇娇弱弱的声音说:"我在。"

"在,你就来开门啊。"顾盼没好气地说。

"饿得下不了床了。"封定钰撇撇嘴,又说,"窗口那里有一把钥匙,你用它开门。"

听了封定钰的话,顾盼移步到窗边,摸索了几下,不一会儿便摸到了一把钥匙。进去后,她又把钥匙放回原处,随手把门带上。

"胖胖,你终于来了。"守得云开见月明的封定钰一脸欣喜,但言语中又带着几分伪装的虚弱。

"你赶紧下来吃饭吧。"顾盼一脸黑线。

封定钰听话地下床来了,只不过他的脚刚一离开爬梯踩在地上,身子立刻瘫软得倾斜到一边,顺势倒在了顾盼的怀里。

顾盼眼疾手快地接住了他,看着他那精神萎靡的样子,她叹息一声后语重心长道:"虽然你这几天不用军训也不用上课,但也别整天待在寝室连饭都不去吃。"

封定钰牢牢搂着顾盼的细腰,很乖巧地点了点头:"我知道了。"

顾盼顺了顺他的后背,又叹气道:"还有,你已经成年了,不要动不动就因为一点鸡毛蒜皮的小事麻烦我,我忙。"

封定钰从顾盼怀里抬头,两眼汪汪地看着她,不满地说道:"所以你的意思是,我成年了你就不会像以前那样对我好了是不是?"

"我不是这个意思,我的意思是……"顾盼一时半会儿也不知道该怎么解释。

"你的意思是你有喜欢的人了,你要去照顾他、对他好,所以不会理我了对吗?"

"我没有那个意思……"

"那你是什么意思?"封定钰幽黑的眼眸燃起了两团火焰,目光灼灼地盯着她。

跟他对视了半晌,最后顾盼耐着性子好声好气地说:"我的意思是……你以后不要这么依赖我。你太过依赖我,我不在你身边的时候你……"

"那你就一辈子留在我身边。"没等顾盼说完,封定钰拉过了她的手,按在他的胸口处,语气认真,"我离不开你的,你不能抛下我。"

对上他灼热的视线,顾盼脑海中不自觉地闪现了那天晚上的吻。她心弦一颤,尴尬地别过头,生硬道:"先吃饭吧,别那么多废话。"

"哼,不吃了!"见顾盼又在逃避,封少爷心里的火气一下子就上来了。

"不吃了?"顾盼惊异,"为什么不吃了?"

"吃一餐少一餐,我才不吃呢!我要你欠着我的,以后慢慢还回来!"

"不吃饭怎么行?"顾盼有点生气了,这家伙怎么阴晴不定的?"这是我大老远跑去你最喜欢的餐馆买的,怎么说你也不能辜负我的心意吧?"

闻言,封定钰的脸上立刻绽开了大大的笑容。他迅速捧起顾盼的脸颊,对准她的嘴唇亲了一口,然后才心满意足道:"我就知道你是最爱我的!"

被突如其来的吻吓到,顾盼好半天才后知后觉地反应过来,她当即红着一张脸磕磕巴巴地质问封定钰:"你……你干吗又亲我?"

"情侣之间接吻不是很正常吗?"封定钰一边不以为意地说着,一边漫不经心打开了装食物的塑料袋。看见是自己喜欢吃的食物后,他笑得更加灿烂了,回过头对还处于蒙圈状态的顾盼说,"胖胖,我爱你!"

"……"

顾盼一口气差点提不上来,一张脸烧得通红的同时心跳也不由得加速。深深呼出一口气后,她表情不自然地说:"那你好好吃饭,我先回去了。"

"嗯。"封定钰难得乖乖地点头,那精神抖擞的样子,甭提心情有多好了。

跟他春花烂漫的心情形成鲜明的对比,顾盼的心情就不怎么美丽了。

心动往往只需要一瞬间:或是对方某个不经意的举动,或是两人目光不经意的对视,或是某一次不经意的肢体接触……这些不经意发生得偶然又猝不及防,却往往最容易使一个人动心。

顾盼不知道自己现在是否爱上了封定钰,但她可以肯定的是,刚才那一瞬,她明显听见了自己怦然心动的声音。那心跳加速的频率,连她自己都觉得不可思议,但那又确确实实发生了。

站在走廊外,离寝室内的封定钰不足二十米,顾盼紧紧攥住垂在身侧的拳头，极力劝自己平静下来，可是波涛汹涌的心潮根本不受她的控制。她无论如何也阻止不了狂跳的心脏，无论如何也无法阻止脸上那越来越滚烫的感觉。

她抬头看了一眼窗外的天空，很快又收回视线盯着自己的脚下，紧紧咬着嘴唇。

刚刚那种对封定钰动心的感觉一定是错觉！她这么劝着自己，我再看他一眼肯定还是心如止水，毕竟是朝夕相处了十几年的伙伴。

于是，她折身回去看封定钰。

由于她刚才离开时太过慌乱仓促忘了关门，而封定钰也没有来关，这时从门口便可以清晰地看见封定钰正坐在桌前吃饭。

因为被顾盼疼爱而心情大好，封定钰在吃饭时嘴角都保持着上扬的弧度，每吃一口还细细品尝好久，仿佛自己吃的是山珍海味。

顾盼从门口看过去只能捕捉到封定钰的侧颜。

被晒了二十几天，他的皮肤明显黑了好几度，但还是比一般男生更白皙透亮；他又高又挺的鼻子，形状很好看；天庭饱满圆润，本来就显嫩的娃娃脸此时由于塞着食物，腮帮子鼓鼓的而显得无比纯良。

哪怕以往听到别人夸赞封定钰有多帅多帅，顾盼都不以为意，可能是看习惯了的缘故。可是此时，她竟然真的发觉了他的魅力。

不对！她刚才折身回来看他只是为了验证自己对他没感觉，面对他时依旧心如止水的，可是现在好像……事与愿违啊。

她的心跳好像比刚才更快了。

真是见鬼！

# 小学渣，别看我看书

一向温和的她也忍不住在心里吐槽，果断转身，她一边拍着自己起伏的胸口，一边往楼梯口走去。呼，还是先离开这个地方为好。

很快迎来了一年一度的十一长假。

长假第一天，顾盼暂时放下了学业的重担，美美地睡到了上午十一点。吃了午饭以后，没打算出去玩的她照旧去了图书馆。

只不过，她刚在图书馆坐了不到半个钟头，手机便振动个不停。

在图书馆不方便接听，她挂断了电话，然后给封定钰发了条微信过去："什么事？"

封定钰秒回："你在哪儿呢？快回来，我在你们寝室楼下等你。"

收回手机，顾盼认命地拿起书本离开了图书馆。

A9栋女生寝室楼下，封定钰正靠在一辆酷炫的法拉利跑车旁，抱着双臂安静地等待着顾盼。

国庆第一天正是人们出去游玩之时。经过封定钰身边的不少女生，都忍不住回头欣赏他的倾世美貌，抑或……用发光的眼睛瞄他身边的酷炫跑车。

顾盼赶到寝室楼下时，看到的就是这样一幅画面。

她加快步伐走近他，顺便瞧了一眼他身后的跑车："你买了辆新车？"

封定钰眉毛一扬，不无得意道："要在这边待好几年呢，没个交通工具怎么行？"

"那你也不用把它开来学校吧？"

"有什么不可以？反正就是一交通工具。再说了，不开来学校的话我买它干吗？"

"得得得，你说什么都是对的。"顾盼毫不在意地敷衍，接着又说，"你今天不会是想带我出去兜风吧？"

"倒不是兜风，带你去个地方。"

顾盼没反对，可是车子甫一在超市门口停下，她便奇怪地问："你带我来超市干什么？"

封定钰露出一个神秘兮兮的笑容，说："先买点菜。"

顾盼一头雾水，但还是跟着封定钰来了蔬果区。

看着大少爷挑菜那熟稔的样子，顾盼以为一年不见，这位大少爷转了性子，连做菜都学会了呢。然而她愉悦的心情持续不足两分钟，封定钰便看着她傻笑的样子，用一贯颐指气使的语气说："愣着干什么？来买菜啊！我要吃四季豆炒肉、花甲螺炒笋、可乐鸡翅和火腿炒蛋，今晚你做饭。"

"啊？"顾盼惊讶地眨了眨眼。

看着顾盼那呆呆的样子，封定钰不禁觉得好笑，但他还是极力忍住笑意，一本正经地说："咱们买点菜，今晚就在家里吃。"

顾盼不晓得封定钰今天又抽什么风了。

家里？他们的家不是在百里之外的Q市吗？这里哪儿来的家？

虽然带着满满当当的惊异，她还是乖乖听从某人的话买了不少菜。

出了超市以后，顾盼便不停地追问封定钰到底在搞什么鬼，然而封大少只是继续保持神秘微笑，什么也不肯向她透露了。

二十分钟后，封定钰带她来到了一间装饰豪华的公寓。

公寓位于Z市的领秀小区，这个小区远离闹市、环境幽美，附近还有一条河流环绕。小区内的设备齐全，有公园、健身中心、电影院之类，还有医院、敬老院、休闲广场等，能在这里居住的人非富即贵。而他们所在的公寓位于24层，通风透气、采光良好，打开窗户便可欣赏到优美的风景，是很不错的楼层。

一进入屋内，顾盼便奇怪地朝四处打量着："这是？"

封定钰把手里的塑料袋放在茶几上，回答道："这是我们的家。"

"什么我们的家？"顾盼拧着眉毛，不解地盯着封定钰。

封定钰先是满脸得意地撩了一下头发，然后才微笑着说："你没有听错，这儿就是我们以后的家。我已经把这套公寓买下来了，以后周末我们就住这里。"

顾盼没想到这短短一个月内，封定钰竟然在这边既买了房又买了车，真是土豪人生！不过……

她没好气地瞪他一眼："谁说我要跟你同居的？"

封定钰去饮水机旁接了一杯水，又折身回来把水杯递给顾盼，没有开口。

看封定钰那云淡风轻的样子，顾盼再一次坚决表明自己的立场："这套房子，要住你自己住，我是不会跟你同居的！"

封定钰横着眉毛瞧着顾盼，许久才一脸无辜地说："这是经过你妈同意的，不信你现在可以打电话问她。"

见顾盼依旧一脸敌意的样子，他补充道："我跟伯母说我吃不惯学校的食堂，希望你来给我当保姆，她二话不说就同意了。"

吃不惯学校的食堂？那他平时在校是怎么活的？中学六年又是怎么过来的？骗人也要找个好点的理由吧！而且保姆又是怎么回事？

顾盼目光犀利地盯紧封定钰，试图从他的神情中找出一点心虚，然而他仍然是那副平静如水的表情。顾盼有点相信了，问："你是不是贿赂了我妈？"

封定钰眼睛一眯，转瞬切换成了不悦的神态："顾胖胖，你这不仅仅是在侮辱我的人格，也是在侮辱伯母的人格。伯母一辈子清正廉洁，是那种轻易接受贿赂的人吗？她只不过是希望咱们俩早日修成正果而已。"

"我修你个大头鬼啊！"顾盼毫不客气地在封定钰额头上敲了一下。

封定钰委屈地揉了揉自己的额头，最后为了表明自己是"清白"的，他放下手里的马克杯，接着掏出手机，拨通了顾母的电话。

那边的顾母很快就接通了："喂，小钰，有什么事吗？"不得不说，顾母对封定钰的态度比对顾盼还好，有时候顾盼都怀疑到底谁才是老妈亲生的。

一贯懂得讨大人欢心的封定钰笑眯眯地说："顾伯母，我没事，就是有点想你了，是盼盼姐有话要对你说。"

"你这孩子，是哄伯母开心的吧，不过伯母也想小钰呢。"顾母笑了两声，"行，把电话给盼盼吧。"

封定钰甜甜地"哎"了一声，把手机递给了顾盼，还冲她挑了下眉。

# 小学渣，别看我看书

顾盼愣愣地看了他几秒钟才接过手机，一开口就问："妈，听说您让我给封定钰当保姆？"

顾母不以为然道："什么保姆？妈妈只不过希望你能好好照顾小钰而已，毕竟你们两个人都在那边读书嘛。"

"他有手有脚的，都十八岁了为什么还要我照顾？"顾盼可委屈了，眉毛都皱成了一团。

顾母轻叹了口气："盼盼，你怎么这样说话呢？出门在外本来就应该相互帮助啊。"

"可是您让我跟他住在一起，难道就不怕自己的女儿被他欺负吗？"

"那你会被他欺负吗？"顾母针锋相对地反问。

"不会……"顾盼底气不足地说。

"那不就得了吗？"顾母松了一口气，又缓缓道，"而且以你的条件，如果小钰真的能看上你，我倒觉得是你几辈子修来的福气呢。"

得，鉴定完毕，绝对是亲妈！顾盼没好气地丢下一句："先挂了！"

这时，一直听着顾家母女对话的封定钰得意扬扬地说："这回你总该相信我没骗你了吧？"

顾盼把手机还给他，凶巴巴地说："如果你不能适应环境就自己回老家去，我没那么多时间照顾你。"

封定钰抿紧双唇，气势汹汹地怒瞪她："你个大骗子！你分明就是想抛弃我了！"

顾盼无语地咬了咬下唇，意识到自己刚刚态度过激了，深吸一口气后才好声好气地说:"我不是这个意思。"

"那你是什么意思?"封定钰迅速接话,语气特别激动。

顾盼搜肠刮肚地想着该如何组织语言,磕磕巴巴道:"我的意思是……我们现在还在读书,年纪也还小,实在不宜同居,若是不小心,不小心擦枪走火了……"

封定钰极其鄙视地横了她一眼:"我只是说跟你同居又没说跟你同床,你在想什么呢?哦,你这个女人好好色。你说,你是不是早就对我有了那种无良的想法?"

"……"所以,是她理解错了吗?

在顾盼恍惚间,封定钰已经抬手去解衬衫的纽扣了,一边动作还一边视死如归地说:"不过,既然你对我有想法,那我就勉为其难地满足你吧。"

眼看他已经解开了好几颗扣子,顾盼连忙按住他的手阻止道:"你要干什么?"

"献身啊!"封定钰特别理所当然地说。

顾盼一巴掌拍在他的脑门上,咬牙道:"你脑子进水了吧?谁要你献身了?"

封定钰眉头一皱,委屈巴巴地望着她:"不是你要我献的吗?"

顾盼抬手,想要再次给他脑门赏一巴掌,封定钰却巧妙扣住了她的手腕,另一只手顺势揽住了她的腰,给了她一个看似温暖实则腹黑的笑容。

顾盼用力挣扎几下,可她那点微小的力气,根本挣脱不了已经成

# 小学渣,别看我看书

年的封定钰。

最后她对上他带笑的眼睛,故作凶狠地问:"你想干什么?"

"我饿了。"封定钰低头瞅着她,眼神清澈又无辜。

"行了,我给你做饭去。"她的语气虽然还是很凶,却带着无可奈何的妥协。

"好。"封定钰满意一笑,然后快速凑近她唇边,轻轻啄了一口才肯放开她。

在封定钰温热的嘴唇覆上来那一刻,顾盼的心跳猛地漏了一拍,紧接着她感觉到自己的心脏不停地撞击着胸腔,而且声音一阵比一阵剧烈,很快她觉得自己单薄的胸腔好像装不住那颗跳跃着的即将爆破的心脏了。

她的脸颊迅速染上红色,整个人傻傻地愣在原地,一时不知该做何反应了。

见顾盼那满脸通红的娇俏模样,封定钰又忍不住想再次一亲芳泽。

这时顾盼迅速恢复了神志,一巴掌轻轻地拍到了他脸上,顺势将他的脑袋扭到一边,没好气地嘟囔:"想找打啊?"

封定钰鼓起了腮帮子,十分不满地抱怨:"不就是亲一口吗?小气鬼!"

"就是小气!"顾盼佯装凶神恶煞地说完,然后往厨房走去了。只是一转身,她的嘴角便扬起一抹浅浅的弧度,脸颊上的红润也久久未退。

顾盼去了厨房做饭后,封定钰心安理得地坐在沙发上玩起了游戏,还大爷似的跷起了二郎腿。

大概一个小时后,顾盼清脆动听的声音在客厅响起:"吃饭了。"

闻言,封定钰迅速退出了手机游戏,随意地把手机扔在一边,然后从沙发上起身,迈步朝餐桌走过去,接着优雅地在餐桌旁落座。

他随意瞄了一眼桌上的食物,露出了一抹满意的笑容。

嗯,色香味俱全,不愧是他家未来贤良淑德的老婆做的。

他拿起筷子打算夹菜,顾盼却冷不防敲了一下他的筷子阻止他进食:"你还没洗手呢,快去洗手!"

封定钰抬头,鼓起腮帮子可怜兮兮地看着她,没有起身去洗手的意思。

见他这副油盐不进的样子,顾盼再一次催促:"快去啊,不洗手就别想吃饭!"

封定钰低声叹了口气,还是十分认命地离开餐桌洗手去了。

饭吃到一半的时候,封定钰忽然开口:"对了,等会儿你看看这房子的装饰有哪里是不合你心意的。如果不满意的话,我们再买些东西自己装饰。"

"不用了。"顾盼嘴里咬着食物,含含糊糊地开口,"我又不会在这儿常住。"

封定钰一听,立刻不悦地板起了脸,重重地将碗筷放下,目光如炬地盯着她。

某人摔碗筷的声音太大,顾盼立刻被吓得僵住了身子。小心翼翼地对上他的视线,她发现此时他的脸色比锅底还黑。

## 小学渣，别看我看书

她强装出笑脸说："您又怎么了？"

封定钰傲娇地别过了头，同时鼻腔里发出了一声清晰可闻的冷哼。

顾盼也放下碗筷，身子往前倾了倾，小心地扯了扯他的袖子："你到底又怎么了？"

保持了几秒钟这个姿势，封定钰终于把目光移回了顾盼身上，他拔高了声音振振有词地说："这里往后是我们的家，不是你想不回来就不回来的！"

"行行行，你说什么就是什么。"顾盼又妥协了。她就是这样，拿这个小魔王一点办法都没有，不管他怎么任性，她都只能顺着他、哄着他。

得到顾盼的保证，封定钰心里的不悦才逐渐压下去。重新拿起碗筷吃饭，他冷不丁又开口："对了，这边有什么好玩的地方，趁着国庆这几天你带我去逛逛吧。"

顾盼仔细想了一下说："过几天再带你去玩吧，明天我要回外婆家一趟。"

"好啊。"封定钰愉快地答应了，接着他又补充，"我跟你一起去咱外婆家。"

顾盼耐心地纠正："别把自己划入我们家的范畴。那是我外婆，不是你外婆。"

"一样的，你外婆就是我外婆。"某人强词夺理却又那么理所当然。

## Part 06
## 她心之所向

吃过晚饭后已是夜幕降临时分,封定钰开车载着顾盼回学校。

看到一派熟悉的街景,顾盼便知道此时已经接近校门口了,于是转头对封定钰说:"等会儿把车放到校门口,我们走路回去吧。"

"为什么?"

顾盼直截了当地开口:"你现在开着一辆豪车,我不想让别人以为我被你包养了。现在的网络暴力太可怕,你又那么有名,我不想成为众矢之的。"

封定钰紧抿嘴唇想了一下,最后喃喃地嘀咕:"可是你本来就被

# 小学渣，别看我看书

我包养了呀。"

顾盼白了他一眼："封定钰，你什么时候养过我？这么多年了，到底是谁在后面替你擦屁股？"

"擦屁股"三个字令纯情封大少的俊颜一下子就红了，他目视前方不敢看顾盼，支支吾吾道："你你你……擦屁股那是小时候的事了，你能不能不要拿来说事？"

"……"敢情他们的用词不在一个频道上？

最后封大少还是没有坚持用豪车将顾盼送到寝室楼下，而是把车停在自己的车位上便和顾盼一起肩并肩往校园里走去。

半路上，顾盼想到机械学院和传媒学院距离很远，于是提议两人各自回自己的寝室，可封定钰坚持要送她回去。

顾盼虽然不想揭短却还是忍不住说道："只怕等会儿到了我寝室你又不知道怎么回去了。"说完还十分"友好"地微微一笑。

顾盼带着嘲讽的笑容令封定钰有些不悦，但他还是坚持道："我手机有电！"

算了，顾盼也不想浪费时间在这种事情上跟他争执。

到了女生寝室楼下时，顾盼刚想和封定钰说再见，忽然看见宋颂扛着一口大箱子往这边走来。她看得出来箱子很沉，宋颂扛得有些吃力。

见状，她简单与封定钰说了声"我先回去了"后便径直朝宋颂走过去准备帮忙了。

宋颂看见顾盼向自己走过来，布满汗水的脸上立刻露出了笑容。

顾盼走到宋颂面前，随意瞄了箱子一眼后问道："什么东西啊这么沉?"

宋颂保持着笑容乐呵呵地说:"都是水果,我老妈给我寄过来的。"

顾盼正打算接过箱子的一端跟宋颂一起扛,宋颂却弯下身把箱子放到了地上,然后起身整了整衣服,两眼放光地看向顾盼的身后。

顾盼感觉有些奇怪,于是也顺着宋颂目光的方向看了过去。

然后下一秒她便看见了封定钰挂着一抹人畜无害的笑容站在她身后,那丰神俊朗、遗世独立的样子,少了几分在她面前时的骄纵,却多了几分在外人面前时的淡定,这无端给他添了几分魅力。

这时她听见宋颂特别激动又愉悦地喊了声:"学弟!"

封定钰微微颔首,淡定优雅地回了声:"学姐。"

"学弟好!"宋颂又喊了一声,举起右手在胸前小幅度地摇晃,挂着花痴般的笑容跟封定钰打招呼。

封定钰保持淡淡的笑容再次点了点头。

顾盼心里"咯噔"一下,她怎么感觉这两人之间的气氛有点怪异呢?

正当她想说什么时,宋颂已经上前一步走到封定钰面前,主动友好地伸出了手:"学弟你好,我叫宋颂,姓是宋朝的宋,名是歌颂的颂。"

封定钰目光深沉地看了顾盼一眼,这才伸手接过宋颂递过来的橄榄枝:"封定钰。"

两人正式认识后,宋颂双手合十置于下巴下,毫不掩饰自己的花痴:"学弟你好帅哦,可以留个联系方式吗?对了,我是盼盼的室友。"

封定钰不傻,自然明白这女生的眼神中蕴含着什么。从小到大,这种毫不掩饰对他的爱意的眼神实在太多太多了,上到七十岁老妪,

## 小学渣，别看我看书

下至三岁小女孩。他就说嘛，人长得太帅也是有压力的。哼，这么多年若不是他一直为了顾盼洁身自好，而且又为了她装作懒散纨绔的样子，恐怕她早就被他的粉丝团给包围了。

想到这里，他觉得自己真的是世界上最好的男人。

正当他想开口说些什么时，却看见顾盼拽住宋颂的手腕，将宋颂拉到了一边。

避开了封定钰，确保他听不见她们的对话后，顾盼压低声音对宋颂说："我说宋颂同学，怎么说你也是学姐，犯花痴不要那么明显好吗？"

宋颂侧目，看向顾盼的眼神带着深深的不解："犯花痴不就是要光明正大的吗？我为什么要掩饰我对小学弟的爱？"

你对他的爱？顾盼怎么觉得这话好奇怪，听着让她这么不舒服呢？

"盼盼，你别管了。"宋颂又开口，然后安抚地拍着顾盼的手背，"你放心，我一定会把小学弟追到手，不会再让他来纠缠你的。"

"不是……"顾盼还想说什么，宋颂已经挣脱了她，步伐欢快地走到封定钰面前，再次顶着花痴般的笑容对封定钰笑得光彩迷人。

封定钰眉毛紧蹙，显然已经预感到了不妙。

"学姐，你……"他张了张嘴刚想说什么时，宋颂已经从口袋里掏出自己的手机，打开微信加好友界面后将手机递在半空中。

宋颂干脆利落地说："学弟，加个微信。"

顾盼生无可恋地扶了扶额头，表示不认识这个花痴女。

看到顾盼一副"生不如死"的样子，封定钰心情愉悦地勾起嘴角。他迈步走到她身边，然后揽住了她的细腰。

顾盼与宋颂同时愣住有些不知所措。

封定钰先是深情款款地看了看顾盼，而后才正视着宋颂说："学姐刚才说的，我得问问我女朋友。毕竟，她不喜欢我和除了她以外的任何异性有所接触。"

顾盼顿觉天雷滚滚。

不过她内心却又不得不承认封定钰说的是事实，她确实不想封定钰和别的女生走得太近。

宋颂举着手机僵在原地，嘴巴由于惊讶而微微张开。

愣怔过后是茫然，茫然过后是生气。顾盼明明说不喜欢小学弟的，可是私底下早就跟学弟交往了。虽然她现在对学弟没什么感情，学弟的拒绝顶多让她有些失落，但是对于顾盼的隐瞒和欺骗，她还是有些难过。

她们不是好朋友、好闺蜜吗？怎么盼盼交了男朋友都不告诉她？如果她知道顾盼和学弟在一起了，她也会为顾盼高兴的呀。

宋颂收回手机，干笑几下极力掩饰自己的尴尬和失落。又看了顾盼一眼后，她说："那你们好好聊，我先上楼去了。"说完便蹲下身扛起箱子，逃跑似的往寝室大厅走去了。

顾盼看着宋颂的背影，抿紧嘴唇，眉头深蹙。

宋颂她……是不是生气了？宋颂性子单纯，一向大大咧咧的，什么情绪都写在脸上，看她刚才的样子……她是不是以为自己和封定钰交往了却没告诉她？

顾盼正想快点追上宋颂跟她解释清楚，封定钰凉凉的声音却适时

## 小学渣,别看我看书

响起:"唉,长得太帅也是一种罪过,蓝颜祸水啊。"

"你在胡说八道些什么?"顾盼扭头瞪他,眼里放出无形的冷箭。

封定钰一脸无辜地耸了耸肩:"我可没有胡说八道,连你室友都看上我了。不过胖胖,你得把我看紧看牢了,要不然哪天我被人抢走了,你都没地儿哭去。"

"神经病!"顾盼这会儿根本不想跟他说话,果断地转身往寝室里去了。

寝室里只有宋颂一个人在,大好的假期,其他两个室友一个回家另一个旅游去了。

宋颂低着头在拆快递,整个人闷闷不乐,低落的情绪显而易见。

顾盼走进寝室时看到的就是这样的情景。她也蹲下来准备和宋颂一起拆快递,宋颂却冷漠地推开她:"不用你帮忙,我自己来。"

顾盼脸色一白,无措地蹲在原地不敢吱声了。

喉头像是被什么东西堵住一样,她半晌都说不出话来。最后看宋颂忙活完了以后,她才小心翼翼地开口:"宋颂,事情不是你想的那样。"

宋颂身形一顿,最后面露嘲讽地看向顾盼:"别跟我说这么'玛丽苏'的话,我可什么都没想,那是你自己的事情。"

"我跟学弟不是……"慌乱无措之下顾盼都不知道该如何开口了,最后只能像狗血电视剧一样说出了这句毫无说服力的话。

"顾盼!"宋颂突然疾言厉色地吼了起来,她冷笑着看着顾盼开口道,"你以为我在意的是你和学弟在一起吗?你以为我是真的喜欢上了你的学弟吗?你错了,我在意的是你对我的虚伪和隐瞒!你明明私底下已经和学弟在一起了,面上却一再否认你们的关系,而且还告诉我只是他一直在纠缠你,你对他根本一点意思都没有!如果我知道他早就已经是你的男朋友,我绝对不会像个跳梁小丑一样在你面前闹笑话。还有,这是现实,不是小说也不是电视剧,没有那么多抢闺蜜男朋友的戏码!"说着她凄凉一笑,"也对,你根本没把我当闺蜜,我一直是一厢情愿。"

不是这样的……

顾盼心下戚戚然,却还是不知该如何开口解释,只能低着头不说话。

看顾盼一副委委屈屈的样子,宋颂心里更窝火了,她继续道:"顾盼,同学们都喜欢你温柔大方,可是你知道有时候我讨厌你什么吗?我讨厌你的胆小虚伪,明明喜欢却总是否认,明明在意却假装不在乎,就为了维护你在我们心里像是圣人一般的存在!"

"我没有!"顾盼抬起头,提高了声音否认。

"你敢说你没有吗?上个学期去汉堡的交换生名额,你明明已经被选上了可以去的,可是最后为什么放弃你心里不清楚吗?你很伟大地去成全别人,可是我看得出来你心里是在意的,你只是在扮演一个好人的角色。对丁明岚,你是心动的,可是你极力掩饰,最后反而越掩饰越深刻。之后学弟来了,他是你的竹马,你舍不得不管他,于是你一直麻痹自己,一直告诉自己只是因为他是你的弟弟你才会在意他。可是你有没有想过,如果你真的不喜欢一个人,怎么会允许他在你身边徘徊这么久?你敢说自己对学弟没有过一刻的心动吗?"

宋颂的一番话像是一道惊雷在顾盼心里炸开,她垂眸想了想,最

## 小学渣,别看我看书

后不得不承认宋颂说的是事实,她对封定钰……确实有过不止一次的心动,只是她都不敢承认抑或一直麻痹自己罢了。

"听见自己的心声了吗?你只不过一直都在否认罢了!"宋颂嘲讽地笑了起来。

顾盼的眼睛从颓败一下子变得有神,她坦然地直视着宋颂说:"宋颂,对不起,我从没有看你笑话的意思。如果……如果你非得问我和学弟是不是情侣,我只能说……"她闭上眼睛深深地思考了一下,最后说,"我还没来得及告诉你。"

"算了,这是你自己的事情,你不用告诉我。"宋颂打开衣柜拿出了自己的睡衣,关上柜子后又转头看着顾盼说,"放心,我是不会跟你抢男人的。"

"我不是那个意思。"顾盼低垂着头,声音弱弱地说。

再深深地看了顾盼一眼,宋颂恨铁不成钢地摇摇头,转身往浴室走去了。只是刚走了没几步,她又顿住,回过身对顾盼说:"我那里有水果,你吃点吧。"

顾盼一怔,旋即微微一笑,眼眶在一刹那变得红红的。

隔天封定钰来接顾盼时,看到她一双眸子暗淡无光,于是伸手在她面前晃了晃,满心疑惑地问她:"怎么了?有心事?"

顾盼扫了他一眼,很快又收回视线,轻描淡写道:"没事。"

到外婆家已经是中午十一点了,之所以在路上花了这么长时间,是因为封定钰这个路痴开车,偶尔会因为路况不对而停下来看一看导航。而顾盼明显没有心情替他指路，于是任由他一个劲儿瞎折腾去了。

导航显示快到目的地时，封定钰突然一脸羞涩地说："好紧张哦。"

顾盼缓缓地侧目望向他，不解地问："你紧张什么？"

封定钰继续保持含羞带怯的神态："你都带我见家长了，我能不紧张吗？虽然说咱们是青梅竹马，可是你的外公外婆我从来都没有见过。"

顾盼像是被踩中尾巴的猫，她依旧语气不善地说："今天是你要跟我来的，不是我主动带你来的。还有，今天是我自己来看外公外婆，不是带你见家长的。你不要自作多情。"

"没区别的。"封定钰毫不在意地轻笑道，心里那股因为见家长而紧张又愉悦的情绪怎么也压不下去。

见他这副样子，顾盼更加觉得心里不是滋味。

外婆家在郊区的富人区内，四周都是装潢华丽的别墅，每一栋都有自己的装饰风格。

顾盼的外公外婆年轻时都是市里机关单位的高干，几年前在这个景色宜人的小区买了栋小别墅养老。她舅舅现在则是 K 省公安厅的厅长，不与两位老人住在一起，只是请了个保姆照顾两位老人的生活。

按了三下铁门的门铃后，来开门的是外婆家的保姆阿玲。

阿玲一见到顾盼便乐不可支道："表小姐你来了，明少爷也在我们家哦。"然后没等顾盼反应过来，她便朝着屋里大喊，"老先生，老太太，表小姐来看你们了！"

这时顾盼想说什么阻止的话已来不及了，低低地叹了口气后，她认命地带着封定钰往屋里走去了。

这时封定钰心里蹦出了一万点疑惑,刚才保姆说的明少爷是谁?

封定钰心头的疑惑很快就解开了,因为他们还没走进屋里,屋里便同时走出了三个人,除却两位身形略微佝偻的老人家外,还有一张是他熟悉又厌恶的脸。

怎么到哪里都能遇见情敌?

"顾胖胖,明岚怎么在这儿?"封定钰不满意了,小声嘀咕。

"我怎么知道……他们家和外婆家是邻居,可能没事来串门吧……"顾盼只得这么解释了。

两位老人家面带微笑一边走过来一边说:"盼盼,你来了!"

顾盼将手中的物品悉数交给封定钰,然后加快了步伐走到两位老人面前,握住他们的手说:"外公,外婆。"然后又带着礼貌的笑容跟明岚打了声招呼。

明岚微笑着点点头,可是下一秒注意到封定钰后,他的脸下意识地变黑了。

倒是封定钰,抬起下巴趾高气扬地回视明岚,那挑衅的眼神很明显是在说:看到了吗?我和胖胖在一起了,她还带我来见家长了。

寒暄一番后,外婆注意到了顾盼带回来的男孩子,于是来回将封定钰上下打量了一番,才收回视线问顾盼:"盼盼,这位是……"

顾盼还没来得及说话,封定钰便已经上前一步,笑得像一朵花似的对两位老人说:"外公外婆你们好,我是盼盼的男朋友——封定钰,你们叫我小钰就行。"

"……"明岚和顾盼默然。

外公外婆了然地点点头,那满面的笑容完全表现了他们对封定钰的满意。很快,他们又看着顾盼,嗔怪道:"要带男朋友来看我们怎么也不事先说一声,好让我们老两口准备准备啊,你看家里现在什么都没有。"

封定钰很懂事地说:"外公外婆你们别太客气了,都是一家人。"

进了屋子以后,顾盼和明岚两人分别坐在两端的沙发上,外公外婆则一直拉着封定钰问东问西的,问题无外乎是两人是怎么认识的,封定钰今年多大了,家里都是干什么的。

当封定钰说他和顾盼是青梅竹马时,外婆板起脸假装不悦地问顾盼:"盼盼你有这么个小竹马,怎么以前都没跟外婆说过啊?"

顾盼随手拿起一个苹果乱啃,飘忽的眼神往四处打转,没打算回答外婆的问题。

见状,外婆也只能作罢,于是继续跟封定钰谈下一个问题。

当问到年龄时,知道封定钰今年只有十八岁,外婆的眉头稍稍皱了一下。

外公看出外婆的心思,于是连忙说:"小一点也没什么不好的,女大三抱金砖。"

"……"

一连串的"审讯"下来,外公外婆对封定钰简直满意到了极点,不但对封定钰夸赞连连,连顾盼都被他们夸眼光好。

顾盼越看心里越是五味杂陈。

封定钰这家伙,不管到哪里都很懂得讨长辈的欢心,收买她的父

小学渣,别看我看书

母也就算了,这不到半天的时间,居然把她外公外婆也收买了。

眼看已经到了吃午饭的时间,阿玲把饭菜全部摆在了桌子上。

这时外公外婆才后知后觉地想起有明岚这一号人的存在,于是外公推了推老花镜,慈祥地对明岚说:"岚岚也留下来一起吃饭吧?"

"好。"明岚没拒绝。

这时,封定钰阴恻恻地看了明岚一眼,眼里的挑衅意味十足。

吃饭时,外公外婆和封定钰三人又漫无边际地聊了起来,聊到天南地北,聊得忘乎所以,弄得吃一顿饭花了整整一个小时。

午饭后封定钰陪着外公下象棋,他屡屡让着外公,搞得外公自信地以为自己的棋艺又进步了。

傍晚外婆浇花时,封定钰又主动打水帮外婆一起浇花,而且平时十指不沾阳春水的他居然破天荒地帮外婆除去了花圃的杂草!

顾盼惊愕,这一刻,她觉得自己从未认识过封定钰。

逮着一个机会,顾盼不满地瞪着封定钰说:"封定钰,你到底想干吗?"

清俊的眉毛皱了皱,封定钰立刻摆出了在顾盼面前才有的委屈与可怜的小表情,他鼓着腮帮子咕哝:"我这不是在讨外公外婆欢心,好让他们放心地把你交给我吗?"

顾盼气结,脑海里顿时冒出了三个字:心机男!

下午的时候明岚由于有事回家了一趟,晚饭也没在外婆家吃。晚饭过后顾盼告诉封定钰自己会在外婆家过夜,让封定钰先回他的公寓。

听到顾盼和封定钰的对话后,神助攻的外婆很及时很热情地说:

"家里有客房,小钰要是不嫌弃可以留下来过夜。"

"不嫌弃的。"封定钰乐呵呵地说,完全想要赖着不走了。

顾盼觉得自己根本就不应该带他一起来的……她深吸一口气,然后回过头面带微笑对外婆说:"外婆,他没有带衣服过来,您看现在天气这么热,晚上不换衣服怎么行呢?"

"也是哦。"外婆思考了片刻,突然福至心灵,"要是小钰不嫌弃的话……"

"他嫌弃的!"顾盼迅速将外婆的话堵在了喉咙,然后用带着威胁的眼神望向封定钰,手指也很不安分地掐了掐他。

封定钰抿了抿唇,不客气地回瞪了顾盼一眼,最后对外婆说:"外婆,那我先回去了,明天再过来看您和外公。"

外婆将小两口的互动尽收眼底,于是笑眯眯地应声道:"好,好。"

再看了顾盼一眼,封定钰突然当着外婆的面儿俯下身亲了一下顾盼的脸蛋,然后在顾盼未反应过来之前溜了。

回到大厅后,外公依旧在专心致志地研究棋局,一副老花镜从鼻梁上滑下来又被他推了上去,滑下来又被他推了上去。

外婆坐在沙发上对顾盼说:"隔壁的明岚和你在同一所学校上大学,我原以为你们会是一对,没想到你早有个青梅竹马,而且那小伙子还不错。"

错愕过后,顾盼问:"外婆,您为什么会觉得我和学长是一对?"

"自从去年暑假你来这边以后,他几乎天天往我们家跑,还时不时送东西给我们老两口,明显醉翁之意不在酒,而且他看你的眼神,

## 小学渣，别看我看书

就像……就像当年你外公看我，两只眼睛发光发亮。"

外公听见了外婆说的话，不满地看了外婆一眼，然后又继续研究棋局去了。

顾盼敛眉思考。

学长，真的也喜欢她吗？可是她为什么从来没见他表现出来过呢？

见顾盼做思考状，外婆叹了口气后继续说："其实明岚那小子也不错，但是你不喜欢，也没办法。"

一旁的外公突然凉凉地插了句嘴："年轻人的事哟。"

接下来几个人都不说话了，客厅里又陷入了短暂的沉默。大约一分钟后，明岚低沉醇美的嗓音打破了这份寂静："学妹？"

几个人同时循声望去，原来是明岚办好事情之后又折了回来。

进入屋内，明岚先是温和有礼地向两位长辈打了招呼，接着才转头对顾盼说："学妹，一起出去散散步吧？"

直勾勾地对上明岚的眼睛，顾盼生出了一种今晚一定会发生什么事情的感觉。这种感觉很奇怪，她不知从何而来，但最后还是遵从本心跟明岚走了出去。

可能是即将下雨的缘故，晚上的天色很黑，虽是阴历月中却看不见月亮。顾盼和明岚两人沿着护城河边行走，一路上，似乎有着某种天然的默契，两人都没有说话，空气静得能听闻彼此的呼吸。

屏住呼吸，顾盼时不时偷看一眼明岚棱角分明的侧颜，几次张了张嘴想说什么，最终却还是什么都没说出口。

在她遐思之际，明岚突然停下了脚步，开门见山地问她："你和学弟在一起了?"

很简单的一句话,丝毫掩饰都没有。

嗯?顾盼也顿步,借着昏黄的路灯怔怔望着明岚,眸中一片茫然。

见顾盼不说话,明岚以为她是没听清自己的话,于是又将自己刚才的话重复了一遍。但其实顾盼一开始便听清楚了他的话,只是保持着缄默不敢开口。

见状,明岚垂首低低一笑,自嘲道:"果然如此。"

顾盼愕然,学长这副失魂落魄的样子,难不成真如外婆所说的——他喜欢她?

再次对上顾盼的视线,明岚清亮的眼眸在一瞬间变得冰冷。他扣住顾盼的肩膀,咬牙切齿地说:"顾盼,你知不知道我喜欢你?我喜欢你很久了。"

顾盼嘴巴微张,整张脸在一瞬间布满了惊讶与无措。

学长喜欢她,这件事在今日外婆提起之前她是没敢想过的,可是现在却真真切切地发生了,而且学长现在在向她告白。

顾盼脸上的表情很精彩,可是明岚猜不出她是什么意思,只能继续满含凄凉道:"是我晚了一步吗?是我一直不敢将自己的心意告诉你,所以你要跟学弟在一起是吗?是这样吗?"

顾盼移开了自己的视线,不敢再看明岚那炽热无比的眼神,停顿了几秒,她听见自己的嘴巴蹦出了一句:"学长,对不起。"

自己暗恋已久的男生也喜欢着自己,这无疑是让她高兴的,可是这份愉悦在心里仅持续了一瞬,随之而来的是她面对这份感情的恐惧。

小学渣，别看我看书

　　如果这些话学长能够在几个月之前说，或许她会高兴得一夜睡不着觉，她或许会欣然接受他的心意与他在一起。可是现在封定钰来了，一切都不同了。

　　那个幼稚的大男孩，会很强势地抱着她的手臂不让她走；会在看到她与其他异性接近时不顾自己是个已经成年的男生，厚着脸皮哭给她看；会凶巴巴地威胁她，她绝对不可以喜欢别人，和别人在一起。她真的相信，如果她跟别人在一起了，他会难过得要死，他会把这天儿给掀了。

　　她不想让他难过，这似乎已经是一种刻在骨子里的习惯，冥冥之中也有一个声音在告诉她，她这辈子注定是要与封定钰纠缠不清的，他们是分不开的。

　　看着顾盼充满愧疚的表情，明岚终于不得不承认，今天不是封定钰在胡说八道，他们是真的在一起了。

　　他的手在一瞬间变得无力，表情也颓败了下来。最后，他还是不甘心地问："你喜欢他吗？还是说，还是说……因为他只是你的竹马，你习惯了跟他在一起？"

　　明岚的话让顾盼再次陷入了沉思。

　　她不知道自己是不是真的喜欢封定钰，但是这段时间，她无法否认自己对封定钰有过几次心动。而且她也必须可耻地承认，如同封定钰不喜欢她与其他异性走得太近一般，她同样不喜欢封定钰与其他异性走得太近，上回宋颂说要追他时她不止一次地产生了危机感。

　　想到这里，她毫不躲避地对上明岚的眼睛，异常坚定地说："不是这样,我是喜欢他的。"只不过这份感情太过细水长流,以前由于缺少一个触发点她没意识到罢了,现在她承认,她与封定钰都离不开彼此。

明岚的手终于缓缓地从她肩头落了下去,他喃喃道:"好,好。我明白了。"

他明白是自己的胆怯葬送了这份感情,今天,他原本也只是想将自己的心里话说出口而已,从未想过其他的。

纵使再喜欢一个人,他也有自己的高贵与自尊,绝不会死缠烂打去追着一个已经有主的人跑,这并非他不肯去努力,而是因为他明白……如果明知别人的感情你挤不进去,再继续错误地挣扎,不仅打扰了别人,也作践了自己。

回程时两人依旧沉默,只不过气氛没有原先那般凝重了。

快到外婆家门口时,顾盼远远便看见一辆乳白色的跑车停在那里。再走近一点,她看清楚了车牌号,于是登时便知晓这是封定钰的车,封定钰又回来了?

"学妹?"明岚突然开口唤她,她带着些许疑惑看向明岚,却发现明岚的视线并未停留在自己身上,而是直直地看着某个地方。

她顺着明岚目光所指的方向看过去,然后看见了封定钰面色阴沉地站在车旁。

今晚天色极暗,而穿着一身黑的男生与浓浓的夜色融为一体,所以她刚才没有注意到他。

"封定钰?"顾盼眸光一亮,刚想上前几步走到他身边,男生却

## 小学渣,别看我看书

重重地冷哼一声,然后快速钻入车里驱车离开了。

"封定钰!"顾盼知道那个玻璃心的家伙肯定是误会了,于是忙不迭想要跑过去追上他的车子,明岚却及时用力将她拉住。

"学妹,你干什么去?"明岚面色不悦地问。

"我去追他呀。"顾盼着急地说,"那家伙一定是误会了。"

话音刚落,黑压压的天空突然劈开了一道闪电,黑暗的大地有一瞬间变得亮如白昼,很快一道惊雷也随之响起。

明岚说:"你什么时候这么不理智了?两条腿的你能追上四个轮子的跑车吗?"

"可是你没看到他生气了吗?"顾盼皱紧眉头,声音依旧很着急。

看到顾盼如此在乎封定钰的感受,明岚更是觉得心下戚戚然。他想,可能顾盼一直都没意识到自己如此在意封定钰吧?

"如果连这点小事他都不信任你,随便怀疑你,那你跟他在一起又有什么意义?"明岚抬头看了一眼黑压压的天空,然后放缓了声音,"好了,这天很快就要下大雨了,有什么事明天再说吧。"

明岚突然坏心眼地想,虽然不能够跟顾盼在一起,但是让封定钰误会一下他们,让那小子心里难受一下也好。

## Part 07
## 终究没有迷路

 

隔天清晨顾盼连早餐都没吃便匆匆赶去了封定钰的公寓。

赶到公寓时已经将近八点，太阳都升得老高了。站在紧锁的公寓门口，顾盼一时不知道该如何进去，她敲了好几次门里面都没人回应。

她忽然对封定钰昨天没留一把钥匙给自己产生了一丝抱怨。

她掏出手机给封定钰打电话，可是连续打了好几通他都没接。

这家伙到底想干什么？顾盼有些烦闷，他怎么总是不由分说地生她的气？

她再耐着性子轻轻地敲了几下门。

### 小学渣，别看我看书

终于，半分钟后，封定钰缓缓打开了门，出现在了顾盼的视野里。

此刻的他，顶着一个乱糟糟的鸡窝头，嘴唇苍白，眼底青黑，眸子黯淡，整个人显得颓败无比，全然不似往日风神俊逸的形象。

顾盼怔怔望着形象如此不堪的封定钰，一时有些目瞪口呆。而封定钰打开门几秒后才缓缓抬眸，看到来人是顾盼后，他惊慌失措地又把门关上了。

被这巨大的声响吓到，顾盼好半天才回过神，之后她继续拍着门板大喊：“封定钰，你快开门啊，快开门！”

封定钰后背紧紧贴在门板上，低着头紧抿双唇，表情像极了被人抛弃的怨妇。

在顾盼不屈不挠地敲了好久的门以后，他终于忍不住说："不是和你的心上人约会去了吗？还假惺惺地来管我干什么？"

顾盼拍门板的动作一顿，焦灼道："有什么话你能不能让我进去再说？"

又花了半分钟认真思考，封定钰最终打开了门。只是门一打开，他看都不看顾盼一眼，兀自转身回了自己的卧室，然后爬上床用被子蒙上了脑袋。

顾盼跟着他走进了卧室，坐在他床边。

一开始两人都没有说话，空气凝固了好几分钟，最后顾盼还是忍不住先开口："封定钰，你幼不幼稚，不分青红皂白就误会我是吗？"

"是，我是很幼稚，所以你去找你的心上人好了，还来管我干什么？猫哭耗子——假慈悲！"封定钰闷在被子里瓮声瓮气地开口，眼眶不由自主地泛红了。

"封定钰,我说你这个人……"顾盼还想继续说什么,突然想起了一件事,于是她起身想要掀开封定钰的被子,"声音这么哑,让我看看你是不是发烧了?"

"不用你管!"封定钰死死抱住被子不让顾盼掀开,说话的声音愈加委屈。

"我不管你谁管你?发烧了怎么能不去医院?"

"我死了不是正合你的心意吗?这样你就可以摆脱我了,可以和你的心上人双宿双飞了!我再也不会管你了!"封定钰狠狠地吸了下鼻子,奔腾的泪水再也止不住,瞬间就染湿了被子。

一想到顾盼可能会跟别的男人走,他就心痛得不行,心里的那股委屈怎么也压不下去。什么男人的面子,什么男儿有泪不轻弹,统统都见鬼去吧。他就是伤心,就是想哭,就是觉得自己委屈!

顾盼头疼,揉了揉额头,努力让自己平静下来,她才说:"封定钰,如果我真要跟别人走,就算你活个一万年你也照样阻止不了我。"

"我不阻止你了,你走吧。"他故意冷冷地说,还故意加大了吸鼻子的声音,以便让顾盼清楚地听见他委屈的声音。

"你到底要怎么样才肯不闹了?"顾盼的耐心快要告罄。她本想好好跟他解释一下,好好跟他谈一谈的,可他总是这么倔强,总有办法将她的话堵住。

封定钰知道顾盼这时已经有些生气了。但是他觉得自己也没做错啊,他只是想让她哄一哄自己而已。

# 小学渣,别看我看书

他一点一点慢慢地拉下被子,将半个脑袋暴露在顾盼的视野里。

对上他水汪汪的大眼睛,顾盼瞬间便知道这家伙刚才又哭过了。

唉,怎么还像个小孩子一样这么爱哭?明明已经是个大男孩了。

"我跟你说话你听不听?"顾盼斜睨他一眼,面色冰冷。

封定钰眨了眨单纯无辜的眼睛。良久,他才听到自己用低如蚊蚋的声音妥协道:"我听。"

"那去不去医院?"

"不去。"他连续摇了好几下头。说起去医院,他内心是抗拒的,说不定等会儿还要打屁股针呢,多丢人哪。

"不去医院你想烧成傻大个吗?"不再跟他商量,她直接掀开了被子,哪知她刚一掀开,他又死死地将被子抱住。

到底是个大男孩,虽然现在发着烧,可顾盼的力量还是敌不过他的。

"你到底想怎样?"顾盼是完全没辙了,身子一软,干脆颓丧地瘫坐了下来。

"你不跟我解释清楚昨晚的事情,我是不会去医院的。"封定钰固执起来可是九头牛都拉不回来。

顾盼低低叹息一声,然后拉过他的手,不疾不徐道:"学长昨晚向我告白了。"

封定钰浑身一僵,瞬间定在床上不动了,只闪着一双眼睛怔怔地盯着顾盼。

顾盼也目不转睛地观察着他。

他的表情很微妙,眉头紧皱,嘴唇紧抿,过了片刻又微微张开嘴巴,似乎是想说什么,可最终还是什么都没说。

狭小的房间里,两个人就这么直勾勾地对视着,空气安静得落针可闻。

最后,封定钰还是忍不住先开口了:"那你没答应他吗?"说话时他微垂着头,手指并拢在一起,声音小得像是在自言自语。

"答应他什么?"顾盼的眼里染上了浅浅笑意,"我都已经是你的女朋友了。"

嗯?封定钰猛地抬起头,眼睛在一瞬间变得无比明亮,如同溢满了璀璨的星辰。

"你你你……你的意思是……"幸福来得太突然,他一下子激动得语无伦次,好久才平复了心中那股惊涛骇浪,他小心翼翼地试探着问,"你是说……你承认是我媳妇儿了?"

顾盼娇嗔地瞪他一眼:"我承不承认有什么区别?不一直都是吗?"

"媳妇儿!"封定钰一下子回握住她的手,目光灼灼地看着她。

顾盼无奈地瞧他一眼,又说:"虽然你这个人小气、幼稚、中二、霸道、爱哭又爱生气,但也不是没有优点的,比如你……很专一啊。"

"就只有这一个优点吗?"关注点不同的封大少无精打采地问。他现在又有些难过了,原来在顾盼心目中他竟是这样一个几乎没有优点的男人。

"没了。"顾盼摇摇头,"但是不管怎么样……"她又开口,但是很快就被某人截断了——

"但是不管怎么样,你以后都是我媳妇儿了,答应了就不许耍赖。"

封定钰一把将顾盼揽入了怀里,脑袋在她颈窝上蹭了蹭,脸上挂起了心满意足的笑容。

顾盼的脸靠在他胸膛上,嘴角也扬起一抹满足的弧度。不过很快她注意到了另外一件事:此刻封定钰虽然手脚冰凉,可是整个身体都热得很。

她缓缓从他怀里抬起头来,随手从床头柜上抽出一张纸巾,一边给他擦拭泪水,一边嫌弃地问:"以后还哭吗?"

"我哪有哭?"封定钰梗着脖子,顺势挥开了她给他擦泪水的手。

顾盼嫌弃地"咦"了一声:"还说没有呢?这都哭成了一条尼罗河了,我先看看这被子……"说着便要去检查被子,然而封大少更是死命抱住被子不让她碰。

"行了,去医院吧。"她一向不以捉弄人为乐,看封定钰这小可怜的模样,她还是想给他保留几分面子的,虽然在她面前他从来没什么面子。

封定钰开开心心地起床换衣服去了,此时虽然他还发着烧,但整个人都神清气爽了不少。

临出门时,顾盼像是想起了什么,突然开口:"对了,以后不要故意淋雨,你不是琼瑶剧男主角,大雨不是检验真爱的唯一标准。"

封定钰的脸顿时青一阵红一阵的,十分精彩。

不知是不是有了爱情的滋润,封定钰在打了一针后就全好了,而且整个人比原先更加生龙活虎。接下来的几天,他每天都缠着顾盼陪他去附近的旅游景点玩。

今天他们来的是一个古镇,古镇内古朴典雅、环境幽美,这里最有特色的是那些数不尽的烟柳画桥和亭台楼阁。当然,近些年来政府为了吸引游客和增加游玩乐趣,在贯穿镇内的小河上架了各种奇形怪状的独木桥。

封定钰领着顾盼来到一座独木桥前,顾盼看了一眼那细窄的独木桥,骤然觉得遍体生寒。这样又细又窄的独木桥,真的能承受得住两个人的重量?

她下意识地后退一步,一边摇头一边对封定钰说:"别挑战这种了,咱们还是走吧。"

独木桥下是潺潺流动的河水,河水看起来虽然不是很深,但如果掉下去的话……

不,她才不想浑身湿漉漉暴露在大庭广众之下!

封定钰双手扣住她的肩膀,目光一派真诚:"胖胖,相信我,咱们不会掉下去的。"

顾盼用带着怀疑的眼神直勾勾地觑着封定钰。

这样一个在她面前爱哭爱闹的小屁孩,她真的可以相信他吗?

或许是明白顾盼心中所想,封定钰缓缓伸出手,给了她一个坚定的眼神。

顾盼深呼吸一下,在心里为自己打了一下气,最终还是将手放在了封定钰的手心里,由男生牢牢地牵着。

过独木桥的时候,顾盼提心吊胆地盯着脚下的木桥,几乎是屏住

## 小学渣，别看我看书

了呼吸，丝毫都不敢分心，她生怕自己一个不小心就掉到河里去了。

过了桥以后，顾盼浑身上下一丝力气也没有了，身子彻底软了下去。

就在她即将瘫倒在草地上时，封定钰及时扶住了她，把她紧紧扣在怀里。

顾盼满身疲惫地依靠在他胸前，呼吸的节奏有些不稳，心脏跳动的频率很快。

封定钰下巴支在她头顶上，脸上绽开浅浅的笑容。

过了片刻，他嫌弃地对顾盼说："胖胖，你真是个胆小鬼，过个桥都怕。"声音里不难听出他的得意与愉悦。

顾盼旋即从他怀里抬头，皱着眉头怒视着他道："你说什么？"

封定钰撇撇嘴，立刻收起脸上的笑容，恢复了一副乖宝宝的样子："我错了。"

顾盼这才觉得心理平衡了一点儿。

当她想从他怀里挣脱开时，他仿佛觉察到似的，更加用力地将她扣得紧紧的。他挑眉一笑，俯身在她额头上印下了一个吻，这才心满意足地放开她。

顾盼愣了愣，娇嗔地瞪他一眼，举起拳头轻轻在他胸口上捶了一下，脸上泛起了两朵红云。

这一幕，刚好被在不远处穿着汉服拍照的胡悠悠瞧见。

胡悠悠收回了自己原先摆着姿势的手脚，怔怔地立在原地，满脸惊疑地朝顾盼那边看去。

除却刚才的画面之外，她还看到顾盼和封定钰两人手牵着手，满脸笑意地往前走去,期间两人时不时互看对方一眼,眼神满含情意。

他们两个在一起了!这是胡悠悠脑海里跳出来的第一个想法。

明岚那么喜欢顾盼,现在顾盼和小学弟在一起了,那明岚岂不是要哭死吗?

想到这里,她心里一急,立刻提起裙摆匆匆地往换衣间走去,任凭身后的朋友怎么喊她都置之不理。

傍晚赶到明岚寝室时,胡悠悠看见明岚正专心致志地坐在电脑桌前计算着什么。

她轻轻敲了几下门,得到明岚的侧目一顾后也不管他是不是答应,径直走了进去。

她把买来的蛋糕放在明岚面前,然后小心翼翼地观察着他的表情。

明岚则继续全神贯注地做着自己的事,完全把胡悠悠当成了一个透明人。

胡悠悠倒也不介意,而是继续认真地观察着明岚。

观察了好长一段时间,她发现明岚自始至终都是面无表情的样子,于是猜想他是不是还不知道顾盼和封定钰在一起的事情。

正当她想要说什么时,早已被看得发毛的明岚却率先开口了:"胡大小姐,你过来找我有事吗?"

一句话让胡悠悠及时从沉迷明岚的美色以及胡思乱想当中回过神来,她轻咳了两声以掩饰自己的尴尬,然后道:"岚岚,这么美好的假期你怎么不去玩啊?"

## 小学渣,别看我看书

明岚放下手中的笔,轻描淡写地瞟她一眼,扬眉反问:"你不也没去?"

"我去了!"胡悠悠挺直了腰板回答,而后想到什么,她一瞬间又变得蔫巴了。

明岚随手翻开一页书,漫不经心地说:"有事说事,没事的话我要忙了。"

胡悠悠连忙打开自己带来的塑料袋,冲着明岚讨好一笑,说道:"岚岚,我买了点甜品过来,你尝尝看。"

"我不爱吃甜品。"明岚面无表情地说,视线一直停留在书页上。

胡悠悠固执地将甜品推到他面前,开启了撒娇模式:"听说甜品能提升一个人的幸福指数。你就吃一点,吃一点嘛。"

明岚低声叹息,最终还是拗不过胡悠悠,拿起勺子挖了几口蛋糕放入嘴里。而自始至终,胡悠悠都在两眼放光地看着明岚品尝自己带来的爱心美食。

吃了几口后,明岚把叉子插在未吃完的半块蛋糕上,问道:"你还有事吗?"

胡悠悠扬着花痴般的笑容对明岚无声地笑了好久,才晃了晃自己的脑袋,说:"有事的。"

确实是有事的,但她一时又不知道该怎么开口。

见明岚眯着眼睛瞧着自己,胡悠悠深吸一口气,索性道:"顾盼和学弟在一起了,这事你知道了吗?"说完便小心地看着明岚的表情,准备给他安慰。

"我知道。"明岚淡淡道,眼睛一动不动地盯在书本上,实则一个字也看不进去。

"那你……"胡悠悠更加小心地问,"你不会哭吧?"

"什么?"明岚终于侧目,冷冰冰的眼神奇怪地看了她一眼。

正当明岚想说什么时,胡悠悠已经快速抱住了他的脑袋,语重心长地安慰:"岚岚啊,你也别太难过了,虽然说学妹她跟别人在一起了,但是你还有我啊,我是不会离开你的。你不要哭,你一哭我就心疼。"

靠在她怀里的明岚无语地抽了抽嘴角。他抬手将她推开,站起身面对着她。

胡悠悠继续一脸关切地看着他,继续脑洞大开:"岚岚你不要这样,你越是平静我就越觉得你伤心欲绝。你要是想哭就哭出来吧,别压抑着自己,大不了我把肩膀借你就是了。"

"胡悠悠,你发什么神经?"明岚满头黑线,看向胡悠悠的眼神带着些许嫌弃。

"啊,岚岚你不伤心啊?"胡悠悠张大嘴巴,脸上尽是满满的不解。

"不关你的事!"沉声说完后,明岚悄然别过了脑袋。

说不难过肯定是假的,毕竟是自己喜欢了很久的女孩。但,或许是因为从未得到过吧,便不那么贪心。在切切的心痛过后,他感觉自己的生活与此前也并无二致。或许,他并没有自己想象中那么喜欢顾盼。

"怎么能不关我的事呢?"胡悠悠一副大义凛然的样子,"你是我喜欢的男人,现在被别的女人抛弃了、伤了心,无论如何我也要来幸灾乐祸一下,哦不对,是来安慰一下。"

## 小学渣,别看我看书

"胡悠悠,你喜欢我,是不是?"明岚突然目光灼灼地注视着她,然后一步一步将胡悠悠往柜子旁边逼去。

"是……是啊。"在喜欢明岚这件事情上,她从不遮掩,只是她一时有些不明白,明岚突然这么明知故问是几个意思?

明岚继续一步一步将胡悠悠往柜子旁边逼去,胡悠悠则不由自主地往后退去,最后被明岚完全逼到了角落里。

明岚将胡悠悠围在柜子旁,一只手撑在她耳侧,再次眯起眼危险地问道:"真的这么喜欢我?"

胡悠悠不禁睁大了眼。

明岚这是在干什么?学霸道总裁调戏小娇妻吗?好浪漫哦。

她好、喜、欢!

于是胡悠悠遵从自己的本心小鸡啄米似的点头。

明岚用一根修长的手指钩起了胡悠悠的下巴,挑眉道:"既然如此,那你肯定愿意为我做任何事吧?"

什么?胡悠悠紧张了,这……

眼看着明岚那弧形完美的嘴唇越靠越近,胡悠悠一颗心提到了嗓子眼。虽然她不封建也不介意把自己交给明岚,但是……这进展的速度似乎有点快啊。

不过……话是这么说没错,但是美男在前,有便宜不占的话似乎又说不过去。

胡悠悠深吸一口气,踮起脚,双手环着明岚的脖子便吻上了他的唇。

本想调戏人却反遭调戏的明岚一脸感叹号,他怔在原地无法动弹了。

片刻后,胡悠悠一脸餍足地放开了他,还俏皮地朝他眨眨眼。

见明岚还沉浸在刚才的吻中云里雾里的回不过神来,胡悠悠咧嘴一笑,推开明岚,红着一张小脸迅速离开了。

明岚后知后觉地回过神来,先是慌乱无措地眨了好几下眼睛,然后懊恼道:"该死的胡悠悠!"

这边,从明岚寝室出来的胡悠悠站在楼梯口大口大口地呼吸,一只手放在胸口的位置不停地拍打着。

"天哪,好激动好激动,小心脏差点保不住。"

大约两分钟后,待平复了自己的心情,她摸上了自己刚跟明岚相触过的嘴唇,扬起了一抹大大的笑容。

"我的男人!"她自信满满地说完,旋即昂首挺胸迈着大步往外走了。

回到自己寝室时,胡悠悠看见柳柳正戴着一副耳机坐在床上看视频。

她三步并作两步爬上柳柳的床,拉着后者的手臂兴高采烈地说:"柳柳,人家刚才跟明岚接吻了哦。"

"什么?"柳柳没听清,摘下耳机问。

于是胡悠悠将自己刚才说的话重复了一遍,还一脸幸福地靠在了柳柳的肩上,满脸憧憬道:"现在顾盼和学弟在一起了,明岚虽然看起来不伤心,但是心里肯定很难过,在这个时候我要多陪陪他,说不定这个时候他就爱上我了呢?"

# 小学渣,别看我看书

柳柳拍了拍她的肩膀,柔声道:"你开心就好,你开心才是最重要的。"

从这天起,胡悠悠就每天出现在明岚身边,在他身边晃悠。本来她在明岚身边出现的次数已经够频繁了,现在更甚,惹得明岚烦不胜烦,可是脸皮厚的胡悠悠坚定着自己要陪伴明岚度过失恋期的信念,怎么赶都赶不走。

国庆七天很快过去,假期结束回校后大一新生也开始正式上课了。

每个周四下午是顾盼去轮滑俱乐部上体育课的时间,轮滑俱乐部上课地点是在体育馆的负一楼,隔壁还有一些需在室内上课的俱乐部。

由于下课后班长开了一个小小的班会,故而顾盼赶到俱乐部时老师已经在点名了。

顾盼悄悄走过去,立定站好等待老师点名。突然间,她感觉有人在扯自己的衣角,扭头一看,她发现封定钰眨着一双清澈无辜的眼睛正瞅着自己。

她惊了一下,然后一脸谨慎地看着他,问道:"你怎么在这儿?"

封定钰挺直了腰板,面不改色地说:"我选的是轮滑俱乐部啊。"

"你是不是故意跟踪我?"顾盼声音沉沉的。

"没有!绝对没有!"封定钰连连摇头,"这……只能说明咱们心有灵犀。"

顾盼无奈地抿了抿唇,想封定钰愿意来就来吧,而且他们现在已经是男女朋友了。低头看了一眼某人脚上的轮滑鞋,她又皱着眉头道:

"你能行吗？"

此言一出，封定钰的脸色立刻黑了好几度，他压低声音凑近顾盼耳边道："女人，不要随便问一个男人行不行，否则我迟早会让你知道我很行！"

这家伙什么时候这么坏了？还学了一系列的霸道总裁金句。

点了名之后老师开始教学，教了十几分钟后便让同学们各自实践领悟去了。

滑了差不多一个小时，顾盼感觉有些累，于是滑到一旁的台阶上休息去了。

封定钰也滑到她身前，居高临下地看着她问："这就累了？看来你体力不行啊。"

顾盼面无表情地抬眸看他一眼，冷冷道："我既不当体育生，又不去耕田种地，要那么好的体力做什么？"

"当然是为了……为了……"封定钰词穷了，于是别扭道，"不跟你说了。你好好休息，我等会儿再来找你。"

封定钰离开后，顾盼百无聊赖地托着下巴，疲惫地看着在场地上欢快驰骋的众人。

突然，一个长相清秀的男生在她身边坐了下来，冲她微微一笑。

顾盼也回以对方一个礼貌的笑容。

她认识这个男生，跟她同一届，国贸3班的。在俱乐部上课这一个月来，男生经常来找她说话，还几次三番相约她一起吃饭，只不过很多次，她都以各种各样的理由拒绝了。男生表现得这么明显，她又

## 小学渣,别看我看书

不傻,当然明白对方的意思。有点好笑的是,她连男生的名字都没有记住。

男生满眼温柔地盯着顾盼,问:"顾盼,你怎么不去滑呀?"

顾盼其实不怎么想理会男生,但是伸手不打笑脸人,人家坐在你身边,又这么主动热情地与你说话,你还爱理不理的话就有些缺少素质了。

于是她僵硬地笑了笑,随便找了一个借口:"今天身体有点不舒服。"

"不舒服?"男生一听,脸上立刻浮现出紧张的神色,"那要不要去医院看一下?"

"不用了。"顾盼微笑着连连摇头,"其实也没什么大事。"

"不舒服怎么能拖着呢?当然要去医院看的。这样吧,我陪你去。"说着,男生起身便拉住了顾盼的手。

"真的不用了。"顾盼赶紧想收回自己的手,可是男生固执地拉着不放。

顾盼内心崩溃,她只是随便胡诌的一个借口,对方这热情劲儿让她招架不住啊。再有,如果封定钰现在看过来,见到这样一幅她跟别人拉拉扯扯的画面,说不定醋坛子又要打翻了。

她只好哭丧着脸委婉地说:"同学,你能不能先放开我的手?"

男生看了看自己拉住顾盼手腕的地方,顿时一脸尴尬,于是快速放开了:"不好意思。"

"没……没事。"顾盼生硬地摇了摇头,表情明显很不自然。

男生又说:"身体不舒服真的不能拖的。对了,你是哪里不舒服?

头、手,还是肚子?等会儿下课后我陪你去买点药吧?"

"我很好,很好。"顾盼把脸扭到一边,扶住了额头。

这时滑了一圈回来的封定钰看了过来,见到有个男生正在顾盼身边滔滔不绝地讲着什么,他心头立刻泛起一阵酸,于是迈开大步朝顾盼那边滑了过去。

来到顾盼身侧坐下,他刻意去搂住她的腰,语气温柔地问:"宝宝,怎么了?"

宝宝?顾盼吞了吞口水,感觉有点肉麻。

男生看见封定钰搂着顾盼的腰,又听到封定钰喊顾盼"宝宝",一张脸瞬间变得苍白,嘴唇也不自觉地颤抖着。他难以置信地盯着顾盼问:"顾盼,这位是你男朋友?"

顾盼怔了一下,旋即挤出一抹迷人的笑容,回抱住封定钰的腰,对男生说道:"是啊。"

"我不信!"男生也不知是突然受了什么刺激,一下子变得暴躁起来,他眼眶猩红地盯着顾盼,"顾盼,你是不是知道我喜欢你,知道我在追你,所以随便找了一个男生来充当你男朋友,好拒绝我?"

封定钰的脸罩上了一层厚厚的寒霜,他目光冷冽地紧盯着男生道:"我女朋友不是那么随便的人,她也不会做那么无聊的事。"

"他真的是我男朋友。"顾盼坚定地对着男生重复了一遍。

男生身体颓软地后退一步,一双眼睛瞬间变得空洞无神,他垂下头喃喃道:"原来,你已经有男朋友了。"突然,他的眼睛又变得明亮起来,"但是……"

## 小学渣,别看我看书

"我不介意你在千里之外仰望我女朋友,但是百里之内请不要试图接近她!"封定钰先声夺人,声音洪亮而坚定。

顾盼愕然,封定钰这说的是什么鬼话?

男生瞬间变得无精打采,气势也一下子没了,他低声道:"我明白了。"然后拖着疲惫的身子往远处走了。

望着男生稍显落寞的背影,封定钰松了一口气,说:"他以后应该不会在这个时间段来上课了。"

"也好。"顾盼点了点头。

那个男生太过热情令她总是招架不住,而且就刚才的场景看,她不知道他是不是在温柔的外表下藏着一颗执拗的心,她委实害怕。

接下来的日子平静无澜,那个男生果然如封定钰所说的不在周四下午来上课了。

时间一转眼到了十一月份,天气渐渐转凉了。

有天顾盼在电脑前连续坐了好几个小时后,刚想放松一下自己,封定钰的电话便打来了。他在电话里告诉顾盼自己在她寝室楼下等她,而顾盼生怕封大少又有什么"家国大事",于是连拖鞋都没来得及换便匆匆下楼了。

来到楼下大厅,封定钰长身玉立地站在那里等着她。她三步并作两步赶过去,照常拍了一下他的肩膀,然后问:"这么急着找我下来有事吗?"

低头看了看顾盼脚上的拖鞋,封定钰眼里的笑意一闪而过,很快他又注视着她问:"你等一下有空吗?"

"有啊。"顾盼点点头。临近期中考试,各科老师这周布置的作业比较多,但就在刚才她已经全部完成了。

封定钰从口袋里掏出两张电影票,开口的语气有些别扭:"这是我室友为了约别人去看电影买的,但是他没约到人,所以就把票送给我了。你有空的话,我们就一起去看。"

"要是我没空呢?"牢牢注视着别扭的封大少,顾盼狡黠地问。

"没空……没空就算了。"说着封定钰便要把电影票收回去。

"欸!"顾盼赶紧按住了他的手,一脸笑意地说,"男朋友带我去看电影,我怎么会不去呢?"见封定钰仍旧一副呆呆的样子,她忍不住拍了一下他的脑门,"不是说我是你媳妇儿吗?连带媳妇儿去看个电影都要用室友送的电影票?"

"什么室友送的电影票,这是我自己买的!"生怕顾盼觉得他没有诚意,封定钰急急忙忙地大声辩解,很快他又红着脸小声嘀咕,"我这不是怕你拒绝,好给自己找个台阶下吗?"

"死要面子!"嫌弃地嗔怪他一句,顾盼转身上楼换衣服去了。

## Part 08
## 爱我你就哄哄我

 

由于是周五晚上，电影院几乎是人满为患、座无虚席。

封定钰带着顾盼来到座位上坐下，然后把爆米花筒塞进顾盼怀里，顾盼二话不说又把爆米花筒塞回了他手上。

二人相互推拒了爆米花两次，最后封定钰奇怪地问："你干吗？"

顾盼轻描淡写道："爆米花太热气，我不吃的。"

封定钰抓起一把爆米花塞进嘴里，含混不清地嘀咕："不早说，早说我就不买了。"

电影院声音太大，顾盼没听见他的嘀咕，也不想再与他讲话从而影响到其他人，于是将眼睛转至大银幕上欣赏电影去了。

看了半个小时，她发现这部爱情电影非常无趣，加之她从今早开始便一直对着电脑写作业，眼睛早就困顿不堪了，于是不久之后她便靠着椅背慢慢睡过去了。

封定钰一边喝着可乐，一边津津有味地看着电影，丝毫没有注意到顾盼的状态。

电影接近尾声时出现了一些令人感动的镜头，配上与之相得益彰的音效，深深地触动了在座每一个人的心弦，大家都屏息凝神、目不转睛地盯着大银幕，一些感性的人已经悄悄流下了眼泪。

封定钰很想知道顾盼看到这样的画面会是怎样一个反应，于是悄咪咪地侧目看向了她，然而下一秒，失望立刻填满了他心底的每一个角落。

什么意思啊？跟他来看电影居然还能睡着？

他不满地嘟起了嘴。

他看了看坐在周围的几对男女，人家都是手牵着手，女生靠在男生的肩膀上，两个人甜甜蜜蜜地看着电影的。再看看自己，顾盼连睡着了都没靠在他肩膀上，难道椅背会比他的肩膀更舒服吗？

封大少心里不满了，有些委屈了，于是气呼呼地放下手中的可乐，捧起顾盼的脑袋，对准她的嘴唇不管不顾地吻了上去。

睡梦中的顾盼迷迷糊糊中觉自己的嘴唇被一片温热覆盖，而且……她感觉口腔里蹿入了一条不属于自己的舌头。

什么情况？她瞬间清醒了大半，也下意识地迅速睁开了眼睛。

# 小学渣,别看我看书

甫一睁开眼,她便看见了封定钰融在昏暗中放大的俊颜。

她用力推开封定钰,拧紧眉毛不满地瞪着他:"你干吗亲我?"而且还在大庭广众之下跟她舌吻,她还要不要活了?

封定钰倒是一副云淡风轻的模样,理所当然道:"谁叫你跟我来看电影却睡着了?"

"那你也不能……也不能……"顾盼简直生无可恋,偏偏有些字眼她又说不出口。

"这有什么?"封定钰很无所谓地说,还示意顾盼往四周看看那些恩爱的情侣。

顾盼红着脸偷偷看了一眼那些坐在角落里行为放肆的情侣,顿时感觉浑身不自在,再看了看大银幕,此刻银幕上显示的正好是男女主角在切换着角度亲吻的画面。

她对封定钰留下一句"你以后别学他们",然后率先起身离开了。

见顾盼面色不悦,封定钰知道顾盼有些生气了,于是忙不迭起身跟了上去。

来到外面时天已经全黑了,五颜六色的霓虹灯悉数亮起,在高楼大厦上闪烁。

"胖胖,你别生气嘛,我知道错了。"顾盼大步流星地走在前边,封定钰则亦步亦趋地跟在她身后,还伴随他诚恳的认错声。

顾盼没搭理他,任凭他怎么喊她都自顾自走在前边。

终于还是忍不住了,封定钰一把拉住顾盼的手腕将她拽了回来,迫使她面对着他。

"你干吗?"顾盼气呼呼地开口,一双眼睛倔强地不肯去看他。

"胖胖,我错了,你别生气好不好?你一生气……你一生气我都不知道该怎么办了。"封定钰哭丧着一张脸,一双眼睛不停地眨啊眨的,尽量显示自己可怜。

顾盼面无表情地看了他半天,待沉淀下自己的心情后,她犀利地反问一句:"知道自己错在哪儿了吗?"

封定钰低下头,吸了一口气后可怜兮兮道:"不知道,但我就是哪里都错了。"

顾盼满头黑线,又看了一眼哭丧着脸的某人,她顿时觉得浑身无力。

这家伙从来都是这样,不管他有错没错,只要她一生气他就赶紧认错,搞得她拿他一点办法都没有,两个人想吵都吵不起来。可是偏偏很多次,他明明就错了啊,而且还死不悔改!

索性她也不再卖关子了,直截了当地告诉他:"咱们虽然在一起了,但是以后在公众场合不要对我做出那种影响不好的事。还有,不要好的不学学坏的!"

封定钰一直低着头,手指不停地绞着顾盼的衣角,不情愿地小声说:"我知道了。"

深呼出一口气,顾盼扭头看向了别处。

此时天色还早,各家店铺都还没有关门,顾盼的视线聚焦在一家名叫"头等舱"的理发店上。

收回视线又看了一眼还在诚心认错的某人,她说:"我带你去理发吧。"

# 小学渣,别看我看书

"理发?"封定钰突然抬头看向她,眼睛一下子变得明亮有神。他摸了摸自己的头发,一脸茫然地问,"我头发很长了吗?"

"很长了。"顾盼点点头,"再不剪短一点你都可以做'杀马特'了。"

理发店里是两个年轻的小伙子在值班,顾盼带着封定钰进去时,店里一个客人都没有,两个小伙子都沉迷于手机中无法自拔。

推开玻璃门,封定钰轻咳了一声,那两人的注意力被吸引过来,同时放下手机,带上职业性的微笑看向封定钰和顾盼。

说明来意后,封定钰在镜子前的旋转椅上坐下,其中一个男人负责为他理发。

顾盼在一旁的沙发上坐下,随手拿起一张广告单来读。另一个男人看她独自坐着孤零零的,于是在她身侧坐下,开始和她搭讪。

男人直勾勾地盯着她,带着毫不掩饰的笑意说:"美女,陪你弟弟来理发啊?"

顾盼的眼珠转了转,没搭话,明显是不想跟这个男子聊天。

封定钰听见那男人在跟顾盼搭讪,一张俊脸立刻黑了半边。他适时出声,只是语气冷如寒冰:"我不是她弟,我是她男朋友!"

男人了然地点点头,心中有些失望,但带笑的眼睛依然执着地在顾盼身上打转。

封定钰从镜子里看见那男人一直色眯眯地盯着自家媳妇儿看,心中火气更大了。

哼,早知道就不来这里理发了!

顾盼的眼睛一直在广告单上逡巡,虽然尽量无视身边的男人,但一直被人如此炽热地盯着,心里还是有些不舒服。

突然间,广告单上的一则招聘家教的内容吸引了她的注意力。

这个学期她都挺闲的,她一直想找些事情做,可就是不知道该干什么,现在……或许她可以尝试一下去做家教。

她拿出手机将这上头的联系方式拍了下来。

理完发后,封定钰迅速交了钱,拉着顾盼的手离开了理发店,一秒都不想多待。

再次来到街道上,顾盼感觉封定钰的心情明显不好,于是问他:"怎么了?"

封定钰紧抿嘴唇,一句话都不说。

他总不能说因为自家媳妇儿长得太迷人了总是被人觊觎令他不高兴吧?但他家胖胖长得就是这么美这么有魅力怪谁?

见封定钰不说话,顾盼也不再继续纠结这个事了。这家伙就像更年期的大叔,脾气阴晴不定的,情绪来得快去得也快,说不定下一秒又哈哈大笑了。

直接跳过这个话题,她将自己想做家教的想法简单跟他说了一下,哪知却遭到了他的强烈反对。

见此,顾盼忍不住抗议:"你凭什么不让我做?"

封定钰理直气壮:"你又不缺钱,做什么家教?有这个时间还不如多陪陪我呢!"

"封定钰,你什么脑回路啊?"顾盼气息不稳地看着他,"难道做一件事非得是为了钱吗?我想体验一下做家教的感受不行吗?"

## 小学渣,别看我看书

"我不管,反正我就是不让你去!"封定钰的态度比她还强硬,丝毫不肯让步。

"封定钰,你知不知道有时候你真的很难伺候?"其实她一直不想说这句话的,因为她明白那样会伤害玻璃心的他,但现在她终于还是忍不住说出来了。

在顾盼话音落地的一瞬间,封定钰脸上的表情变得格外精彩,青与红在他脸上反复切换,清亮的眼眸中充斥着难以置信和不可思议。

他低下头,自嘲地笑了笑,然后反问:"是这样吗?"

"是。"顾盼闭着眼睛别过了头,不忍再去看他那哀戚的神色。

"就算是这样,你也别想逃开!"暴躁的封定钰气势汹汹地冲她吼了一句。

顾盼重新回头看向他,脸上的不可思议比他更甚。两人就这么鼓着腮帮子大眼瞪小眼,相互瞪了将近一分钟,最后还是封定钰忍不住先妥协了。

他小声说:"你想去就去,大不了我每天接送你就是了。"

见他终于肯让步了,顾盼也不说话,只是继续保持着沉默与他对视。

封定钰拉住她的手,放软了语气对她说:"但是不管怎么样,你都不能不要我。"

他也知道自己脾气很坏,尤其是在感情的事情上,他甚至还有些偏执。在这世上,除了顾盼这么温柔的人以外,恐怕谁也不会包容他,哪怕他长得再好,相处一段时间之后肯定还是会被抛弃,所以他才如此害怕,如此惴惴不安。

"好。"顾盼叹了口气,回握住他的手。

隔天,顾盼按照广告单上的联系方式打了电话过去,很快和对方家长约好了面试时间。

面试那一天是封定钰开着他的豪车送顾盼过去的。

对方所在的青秀小区并不高档,是中等的普通小区,小区内的街道也不宽阔,只勉勉强强能进一辆车,好在一路开进去他们都没有与其他车辆迎面相遇。

顾盼按照对方给出的地址来到了目的地,开门的是一位年过四十的女人,长得挺亲切的,一见到顾盼便笑眯眯地请她和封定钰进去。

由于两人此前已经在微信上聊过,顾盼也将自己的简历发给对方看了,所以见面聊了两句之后,这位家长便表示对顾盼非常满意,直接就让她给自家女儿上课了。

或许是这位家长望女成凤之心太过急切,一连两周顾盼每天晚上都有家教课,这可把她累得不行,好在每天封定钰都会接她来回。

大一入党的积极分子都要不定时上党课,而且不能缺席,一旦缺席便会直接被取消入党资格。这天晚上封定钰需要上党课,于是告诉顾盼他不能送她去做家教了。顾盼知道封定钰这些天陪着她也很累,于是很懂事地说:"那你好好上课,我一个人去就可以了。"

封定钰有些不放心:"下课后我去接你。"

"不用了。"顾盼说,"那里离学校也不是很远,我可以坐公交车回来。"

"哦。"封定钰嘴上也没再坚持,心里去接她的想法却没有改变。

## 小学渣,别看我看书

顾盼给小女孩上完课后已是晚上九点多了,跟小女孩一家人道了别后她便离开了。

初秋的凉风掠过树枝,在寂静的夜晚中带起窸窸窣窣的声音。走在狭窄昏暗的街道上,顾盼心里泛起一阵恐惧,下意识地加快了脚步往公交站走去。

此前不管上课到多晚,封定钰总会准时来接她,她从没独自一人在这么偏僻的小道上走过,偏偏今夜月黑风高。

"抢劫!"

一道骇人的声音冷不丁在顾盼耳畔响起,紧接着两个彪形大汉挡在了她面前,当中一个穿蓝T恤的手里还亮着一把刀。

她被吓了一跳,条件反射地后退几步,恐惧地看着他们:"你们想干什么?"

"呵呵!"两个大汉对视了一眼,然后同时淫邪又嚣张地笑了起来。

他们住在这附近,自这小姑娘来这边第一天便注意到她了。

她每天和她男朋友同进同出,二人坐着一辆豪车,气质和衣着皆属上等,由此他们判断这二人都是有钱人家的孩子。他们早就想对这两个小娃娃下手了,只不过一直没逮着机会,而且他们对那男生的底细没摸清楚,没敢轻易下手,现在只有这个女娃在,此时不出手更待何时?

顾盼又后退了几步,颤巍巍地问:"你们到底想干什么?"

"把钱交出来!"蓝衣大汉面目狰狞地晃了晃手里的刀子,一步步朝顾盼逼近。

顾盼一边惊恐万状地摇着头，一边往后退去。

眼看着蓝衣大汉的刀子已经到了顾盼眼前，灰衣大汉及时按住他的手拦下了他。

灰衣大汉看着顾盼说："虽然这小姑娘天天和那个有钱的小白脸在一起，但现在她身上应该没带多少钱。看她长得细皮嫩肉的，不如先让咱们快活快活？"

"大哥，还是你聪明。"蓝衣大汉闻言眼珠一转，将手里的刀子收回了口袋，然后用猥琐的目光将顾盼上下打量了一番。

"小姑娘，别怕，大爷一定会'照顾'好你的！"

两个大汉皆搓着双手，露出一副急不可耐的猥琐表情。

见两个大汉笑得一脸淫荡的样子，顾盼不再犹豫，果断地转身往回跑。

"想跑？"见顾盼想溜，两个大汉拔腿就跟了上去。

虽然顾盼平时热爱运动，但到底只是个女生，而两个大汉都是常年干苦力的人，体力相差悬殊，不足两分钟顾盼便被追上了。

"救命啊！"顾盼刚大声喊出一句，灰衣大汉便用手捂住了她的嘴巴。

顾盼内心焦灼万分，她拼了命奋力挣扎，不停地蹬腿想要挣脱两个男人的挟制，可她越是拼命挣扎，那两人越是将她控制得死死的。

感觉自己已经在劫难逃，顾盼的眼泪很快便不受控制地流了下来。

灰衣大汉抽出一块布堵住了她的嘴巴，另一个正准备用绳子将她的手绑起来时，两人突然看见一道强光从远处射过来。

## 小学渣,别看我看书

两个大汉心里有些害怕,于是不自觉地停下了所有的动作。

趁着这个空当,顾盼迅速将塞在嘴里的布条抽出来,大喊了一声:"救命啊!"

两个大汉迅速反应过来,在顾盼逃跑之际及时将她拽了回来。

一阵刺耳的刹车声传入了几人的耳朵,紧接着挣扎中的顾盼看见封定钰急吼吼地朝这边跑过来。

两个大汉显然也看见了封定钰,于是放开了顾盼,准备应战。

摆脱了纠缠的顾盼瘫倒在地,眼睁睁看着封定钰孤身一人与两个大汉恶战。

两个大汉虽然体格庞大,但蓝衣大汉比较肥胖,动作很不灵活。而封定钰年轻,身手矫健,两个大汉很快处于下风。

这时蓝衣大汉突然想起自己腰间挂着一把刀,于是以此作为武器对付封定钰。可是他刚将刀子抽出来,封定钰便眼疾手快地往他手上一踹,刀子不受控制地落在地上,而且顺势滑出了很远。

两个大汉想不到这小白脸身手居然这么好,在心领神会地对视一眼后,皆灰头土脸地逃走了。

一场恶斗结束,封定钰身上也不可避免地带了点狼狈。

看着头发和衣衫一片凌乱的封定钰,顾盼突然觉得,那个在她面前只会撒娇装可怜的男孩,在关键时刻也能如天神一样出现在她身边,赶走她面临的危险,驱除她内心的恐惧,为她撑起一片天。

赶走了两个大汉,封定钰回头看了看坐在地上仍处于惊惧中的顾盼,内心很快被疼惜和愧疚填满。

如果刚才他早来一点，顾盼就不会承受那样的伤害和恐惧了；如果他早来一点，他的女孩也不会像现在这样泪流满面了。

他在顾盼面前缓缓蹲下，皱紧眉头定定地望着她，伸出双手想去抱住她，却停在半空中不敢动，生怕自己惊扰了她。

"封定钰！"顾盼突然紧紧地抱住了他，不管不顾地号啕大哭，"封定钰，我好怕，我好怕。"刚才面临危险时，满心的恐惧如潮水般将她淹没。她不敢想象最坏的结果，如果她真的遭遇不测，自己是否还有勇气继续活在这世上。

"媳妇儿乖，有我在，不怕啊。没事了，没事了。"回抱住她，封定钰轻轻拍着她的肩膀安抚她。

回到寝室后，顾盼的情绪已经稳定了下来，室友们看见顾盼狼狈的样子，都赶紧跑过来关心。

顾盼将晚上的事大致讲了一遍，最后自嘲道："可能是运气不好吧。"

巴塔吉木摸着下巴想了想说："盼盼，你要是想做家教就选个正规一点的教育机构，最好是交通比较便利的。虽然那样子课酬可能会少一点，但是至少安全啊。你这样直接上门给学生补课真的太危险了，尤其你的课还都是在晚上。你知道吗，我听我同学说她上门给学生补课，那家男主人居然对她有想法，几次三番趁人不注意时对她动手动脚的，最后我同学就不干了。"

"不会吧？真的有这么危险吗？"金唤音一脸的不可思议。

## 小学渣,别看我看书

"有的。"巴塔吉木点头,"我们现在生活在学校,环境还比较单纯,可是社会上丑恶的事情多了去了,不发生在我们身边不代表没有。"

"好可怕。"宋颂抖了抖浑身的鸡皮疙瘩,又看向顾盼,"盼盼,那份家教你也别做了,真的太危险了。"

顾盼说:"不做了,今晚的事情发生后我就没打算再做了。"虽然这样子挺对不住那小女孩,也显得她做事有始无终的,但她也有自己的顾虑和考量。

一是出了这个事情她恐怕也不会有好的状态去继续做家教了,二来每年的 12 月中旬是大学英语四六级的考试时间,对于 Z 大这样的高等院校来说,大一新生也是可以参加四级考试的,她想给封定钰补习补习英语,让他早点考过四六级。

于是从进入 12 月开始,顾盼便每天给封定钰补习英语,奈何他们之间又成了这样一个状态——

"你看我干吗?看我就会了吗?看试卷啊!"顾盼不满地责备眼睛一直在自己身上打转的封大少,尽量装出凶神恶煞的样子。

"可是我不会啊。"封大少可怜兮兮地摇摇头,捧着脑袋目不转睛地盯着顾盼的侧脸,心里满满都是"我媳妇儿真好看"的自豪感。

"你不要再像小时候一样了!"顾盼恨铁不成钢,吓唬道,"四级考不过拿不到学位证的!"

"拿到毕业证就行了呀。"封大少一脸的无所谓。

"封定钰!"顾盼怒视他,"你好好地读个大学,连四级都考不过你丢不丢人？别让别人笑话你。"

封定钰沮丧地撇撇嘴，贴近顾盼一点对她说："那你亲我一下，你亲我一下我就认真学习。"

"爱学不学。"顾盼不伺候了。

封定钰圆溜溜的眼珠子转了一下，接着贱兮兮道："你的吻可是关系到我能不能过四级，能不能拿到学位证的。宝宝，你真的不打算拯救你的爱人吗？"

听着这厚颜无耻的话，顾盼不为所动，然而就在她想说"爱过不过，不过还有下次"时，封大少的嘴唇已经猝不及防地贴了上来。

"好啦，我这就好好学习，天天向上！"计谋得逞的封定钰得了便宜马上卖乖，冲顾盼嘿嘿一笑。

距离四六级考试越来越近，顾盼除了平时在学校给封定钰补课外，周末还要待在公寓给他补课一天。

又是一个周五的夜晚，顾盼安安静静地坐在公寓房间里自己的床上听广播，忽然听见有人敲门。打开门后看见的那张脸她并不意外，意外的是某人现在一副垂头丧气的表情。

她蹙眉问："怎么了，发生什么事了吗？"

封定钰定定望着她，一副欲言又止的样子，过了半晌后他才艰难开口："胖胖，我的被子今天拿出去晒……被淋湿了，今晚你能不能收留我一下？"

"今天下雨了吗？"顾盼条件反射般冒出这样一句话。她今天一下

## 小学渣，别看我看书

午都待在图书馆，回公寓的一路上地面又是干的，因此不知道下过雨。

"下了，好大的雨呢！"封定钰使劲点头，神情笃定，还夸张地展开双手表示雨下得很大。

"我去看看。"顾盼明显不相信他的话，毕竟已经成年的封定钰花花肠子实在太多了，而且他又会在她面前装可怜。

来到封定钰的房间，仔细检查了一遍他的被子后发现有一块地方是湿的，于是顾盼眯起眼睛怀疑地问："你该不会是尿床了吧？"

"顾盼！"封定钰大声吼了一句。

顾盼扑哧一笑："逗你的。"

封定钰气哼哼地扭过了头，生气地鼓着腮帮子，明显是不想跟顾盼说话了。

见封大少又生气了，顾盼也没再理他，径直转身回了自己的房间。

站在原地生气的封大少一脸问号。

他都生气了，她不应该来哄哄他吗？为什么她总是这样子对他？总是不肯来哄他？这个女人果然很欠调教，他再也不要理她了！

心里是这么有骨气地想着，脚步却还是情不自禁地跟了上去。

回了自己的房间后，顾盼很快又坐回了床上，然后继续听广播。

正当她低头看着手机换台的时候，忽然感觉被子的另一角被人掀开，接着床的另一侧很快陷了下去。

她关了广播，然后摘下耳机，面色不悦地问封定钰："你想干什么？"

"睡觉啊，还能干吗？"封定钰一副气定神闲的样子，整个人已经躺了下来。

"什么?"顾盼用力将被子掀开,然后指了指地板,"你给我下去!"

封定钰一把抢过被子,死命抱住不让它被抢走。他皱着眉控诉顾盼:"顾胖胖,你也太无情了吧?你没看见我被子湿了不能盖了吗?"

"那是你自己故意弄湿的,我为什么要负责呢?"顾盼反驳,口气带着无奈。

"我我我……我没有!"封定钰高傲地抬起下巴,眼睛睁得大大的,可是一心虚便结巴的毛病却彻底将他出卖了。

"小朋友,告诉我,你心里到底在想什么?"顾盼目光犀利地盯着他。

封定钰心脏猛沉,顾胖胖为何这么聪明,每回都能轻易看透他的"阴谋诡计"?他不过就是想抱着她一起睡觉啊。但是不管怎么样,这回他打死也不能承认。虽然他是故意看天色不好才出去晒被子的,但后来真的下了点小雨,老天爷要助他,他没办法啊。

于是他骄傲地看了她一眼,回怼道:"顾胖胖,你不要总是那么心理阴暗,我有那么不择手段吗?"

顾盼冷笑一声道:"我这么恶毒,你为什么还要缠着我?分手吧。"

"不可能!"

"分手"二字刺激了封定钰,他猛地弹坐起,目眦欲裂地瞪着顾盼。

"顾盼,我告诉你,这辈子都不可能分手!"他再一次吼道。

"你……"被他突然发狠的语气吓了一跳,顾盼小心地挪远了一点,

## 小学渣,别看我看书

谨慎地看着他,"你干吗突然这么凶?"

封定钰也意识到自己的态度有点过激,于是缓和了一下脸色,低下头小声嘀咕:"谁让你提'分手'这两个字?"

"若不是你说我心理阴暗,我会提吗?"

"不跟你说了,睡觉。"封定钰不自然地颤了几下睫毛,很快又躺了下去。

顾盼深深地舒了口气,然后捏了捏自己突突直跳的太阳穴。

这家伙永远都像一个长不大的孩子。小时候看他顶着一张娃娃脸叉着腰冲着她吼,只觉得他奶凶奶凶的,可爱得紧;可现如今,到底已经是个大男生了,他刚才这么一吼,她着实被吓得不轻。

她轻手轻脚地掀开被子,躺在了离他最远的床沿。

封定钰背对着她,两人静静地躺了很久,最后他还是忍不住转过身来面对顾盼。

他知道她还没睡着,于是抿了抿嘴角,一脸歉意地说:"胖胖,对不起,刚才不该对你那么凶的。"

"别想那么多,我也不该那么说的,睡觉吧。"顾盼淡淡地开口,眼睛都没睁开。

"我想抱着你睡。"说完他也不等她答应,直接往她身边挪了几寸,抱住了她。

顾盼倏地睁开眼,错愕地看着一脸平静的他,僵着身子说:"封定钰,男女有别。"

"不管,反正我们是男女朋友。"封定钰固执地说着,又将顾盼抱得更紧了。

顾盼无奈地叹息一声,想了一下还是妥协了:"那好吧,快睡吧。"

"知道了。"封定钰乖乖地应了一声,以顾盼觉察不到的力度吻了一下她的头发。

封定钰毛茸茸的睡衣十分温暖,顾盼的脸贴在他柔软的睡衣上,闻着男生身上那股淡淡的檀香味,不知不觉睡了过去。

顾盼睡着以后,封定钰便放肆地打量起她的眉眼。

不得不承认,他家胖胖真的长得很好看,皮肤虽然不是很白但胜在干净细腻,鼻子挺立漂亮,睫毛虽然没有他的那么长但非常浓密,完美的眉形像是修过一样。纵使已经看了十八年,但他还是觉得,这样的顾盼怎么看都不腻。

他轻轻地伸出手,小心地去描摹她脸的形状,眼神变得越发痴迷。

十指不经意触碰到她柔软的嘴唇,他心弦一震,立马触电似的弹开了。再看了看沉睡中的她,他的手又情不自禁地摸上了她的脸。

柔滑的皮肤,柔软的触感,他极其贪恋地将手覆在她的脸颊上,舍不得拿开。

他吞了吞口水,忽然觉得喉咙有些发干,身体也慢慢变得燥热起来。他浑身一震,快速缩回了自己的手,大口大口地呼吸,内心忐忑得不行。

毕竟是个成年的男生,他对男女之事并非一无所知,此刻他脑海中不受控制地越想越多。

他用力晃了晃脑袋,试图将那些想法从自己脑子里赶出去,可是他越是想要克制,那些想法就越发汹涌。

## 小学渣,别看我看书

在深呼吸了几次还是毫无作用之后,封定钰打算去洗个澡降降体温,却一时忘记了放轻动作。于是在他手忙脚乱掀开被子准备下床时,顾盼被他的动作弄醒了。

她迷迷糊糊地睁开眼睛,问:"你怎么还不睡?"

闻言,封定钰心里沉了一下,顿时害怕得像一个被抓包的小偷。

他缓缓转过头去,看见顾盼正两眼迷离地瞧着自己,丢下一句"我现在不要跟你说话"之后,便逃跑似的起身进了卧室,留下一脸莫名其妙的顾盼。

隔天清晨封定钰醒来时,顾盼刚洗漱完从浴室里出来。

"醒了?"顾盼一边走近他,一边问,"今天想吃什么?我去给你做。"

"都……都可以。"看到顾盼,封定钰的脸上不由自主地染上了红晕。

"怎么了?"见他脸红,顾盼关心了一句,说着手还准备往他额头上摸。

封定钰别过头巧妙地避开:"我没事。"说完便赶紧跳下床朝浴室走去,那疾速的脚步仿佛身后跟着一头洪水猛兽。

"这个人……真是奇怪。"顾盼再次发出了和昨晚一样的感叹。

当封定钰洗漱完神清气爽地从浴室里出来时,接到了阿布藏旻的电话。

"老大,已经开始上课了你怎么还不过来?"阿布藏旻的声音里透着焦急。

"今天不是周六吗？上什么课？"封定钰一头雾水。

"上党课啊！"阿布藏旻压低声音说，"我不是跟你说了！你快点回来吧，也不知道老师什么时候会点名，要是被抓到那可就糟了！"

挂了电话后，封定钰后知后觉地发现自己今天确实要上党课！他迅速穿好外套便疾步匆匆地往外面走去，坐在餐桌前的顾盼见他慌乱的样子，忙问："怎么了？这么着急？"

封定钰随手拿起茶几上的车钥匙，回道："我要去上党课，两个小时后就回来，你在家里等我！"

"我陪你一起吧。"

静默地看了看顾盼，封定钰想了一下，还是点头同意了。

一路上，封定钰都出奇地安静，一点都不像平时的他，这不禁让顾盼疑惑。不过她也没多问，毕竟在她看来，男人心海底针，尤其是阴晴不定的封大少的心。

回到学校时已经将近早上九点，封定钰一路带着顾盼来到上党课的教室。他想像往常一样从后门进去，可是由于天气寒冷，后门已经被关得死死的了。

没办法，他们只得走去了前门，前门也紧闭着，一扇门直接把里面和外面隔绝成了两个世界。

顾盼也知道学校对于党课考勤是严格到变态的，不仅在课堂上点名，而且还要当场录学生指纹，只不过什么时候考勤，得看老师的心情。

封定钰通过在微信上和阿布藏旻聊天知道老师在第一节课还没点名，于是打算过了课间下一节课再进去上课。

# 小学渣，别看我看书

正当他牵着顾盼准备离开时，前门却突然打开了，紧接着一个女生捂着肚子，急匆匆地往卫生间的方向走去。

而这时正好面对着前门的他们自然而然地暴露在了众人的视野里。

眼神犀利的老师注意到了他们二人，于是问道："那两位同学是干什么的？"

一个是校草，一个是校园女神，封定钰和顾盼在学校里的知名度是毋庸置疑的，出现在门口的一瞬，很多人便已经认出了他们。

一个与封定钰同班的男生乐呵呵地起哄："人家是带着女朋友过来上课的。"

老师眉头一皱，先是上下将他们打量一番，然后板起脸冷冷道："既然知道是上党课，那为什么还迟到？"

另一个看热闹不嫌事大的男生贱兮兮地笑着说："老师你不懂，沉溺在温柔乡里的人，哪还记得今天要上党课？"

于是乎，整个教室的人都哄堂大笑起来。

封定钰和顾盼对视了一眼，脸上皆是大写加粗的尴尬，而顾盼此时后知后觉地意识到什么，于是赶紧甩开了封定钰的手。

待众人的笑声渐渐平息以后，老师这才保持严肃一本正经道："好了。这位同学，虽然现在天气冷了点，但党课一样不能落下啊，下不为例。"

封定钰立马认错："对不起老师，我一定洗心革面重新做人！"

整个教室再次爆出雷霆般的笑声。

## Part 09
### 欺负

12月16号上午,在四级考试结束前半个小时,顾盼准时到达考场外等封定钰。

此时已经陆陆续续有一些考生提前交卷出来了,顾盼坐在教学楼门口的石凳上,眼睛时不时往楼梯口那里瞟。等了几分钟还没看见封定钰的身影,百无聊赖之下,她戴上耳机开始听歌。

一首歌还没听完,她感觉有人在拍自己的肩膀,于是侧目看了过去。

来人依旧是那副温润如玉、清风朗月的模样,顾盼记得自己已经好久没看到明岚了。自从上回他跟她告白,而她拒绝了之后,两人便

## 小学渣，别看我看书

没再联系，而舞蹈社近来也没发生什么事使得他们联系。

明岚站在顾盼面前，笑容柔和地问："学妹怎么在这儿？"

一如既往是一些单调，甚至近于官方的问候，仿佛告白那件事没发生过一样。

顾盼有时候也想不通，如果明岚真的喜欢她，为什么对她跟对别人没什么不同呢？除了工作之外几乎没约过她，没表现过对她的特别与关心，没有说过任何语言暗示她，甚至平常在微信上都很少主动跟她聊天。

可能每个人喜欢别人的方式不同吧。当初她不也这样别扭，这样缄默吗？

顾盼也微笑着回答："我是来等封定钰的。"认清楚自己的心后她也不再掩饰，反而觉得在别人面前说出封定钰的名字是一件很自豪的事。

明岚苦涩一笑，刚想说什么时，突然感觉自己的手臂被人挽住，侧目一看，映入眼帘的是胡悠悠那张人畜无害的笑脸。

直接无视一旁的顾盼，胡悠悠笑眯眯地对明岚说："岚岚是专门过来等我的吗？"

顾盼看了看胡悠悠挽住明岚手臂的地方，只觉得内心一片平静，再也不似往昔那样隐隐有种酸涩的感觉。

"我路过。"明岚冷冷地出声，视线很快从胡悠悠身上收回来，毫无目的地看向远方，眼里暗含一些他人无法读懂的情绪。

胡悠悠灿烂一笑，用脸蹭了蹭明岚的手臂，一脸甜蜜地说："口是心非！我知道你是专门过来等我的。"

　　望着胡悠悠那灿如朝阳的笑脸，顾盼的嘴角也不自觉弯起一抹愉悦的弧度，再看了看他们并肩站在一起的画面，她突然觉得他们两个很般配。

　　悠悠学姐活泼开朗、落落大方，对明岚学长一往情深，而学长性情比较沉闷慢热，有学姐这样活力四射的人与他在一起，他的生活才不至于枯燥乏味。

　　她和封定钰在一起了，而每个人都应该有属于自己的幸福，不是吗？

　　在遐想之际，她看见封定钰朝这边走过来，很快她又看到他停下了脚步，沉默地朝这边看着。简单与明岚他们道了别后，她径直朝封定钰走了过去。

　　原本看见顾盼来等自己，封定钰心里是非常开心的，可是下一秒当他又看见那张令自己讨厌的面孔时，心里的喜悦顿时消了一大半。

　　再瞧了一眼对面，他看见那个性格幼稚的学姐正挽着明岚的手臂一脸幸福地在说着什么，他的脸色才缓和了一点儿。好在，不是明岚和顾盼单独在一起。

　　顾盼走到封定钰跟前，茫然地看着面无表情的他，问道："怎么了？"

　　封定钰淡淡地开口："考完了。"

　　"考完了就好。"顾盼主动牵过了他的手，"走吧，去吃午饭。"

　　"你怎么不问问我考得怎么样？有没有把握呀？"封定钰蹙眉。

　　顾盼先是一愣，随即挑起嘴角笑道："问这个有意义吗？考得过

# 小学渣,别看我看书

考不过结果都已经定了,而且得等到结果出来那天才会知道。再说你好不容易考完,当然要先去放松一下,干吗还要讨论这种沉重的话题?"

"媳妇儿,你最懂我了。"封定钰抱住了她,温软的声音里含着浓浓的撒娇意味。

"少来。"顾盼轻轻一笑,食指按在他的额头上,"不管怎么样,能过就不要拖着。"

封定钰连连点头,旋即牵着顾盼的手欢天喜地地往食堂的方向走去了。

在他们的身后,明岚的视线一直黏在他们身上,眼底泛起一些难以言喻的情绪。他就这么望着他们,直至二人消失在拐角处。

而明岚不知道,当他的目光一直流连在别人身上时,他身侧的胡悠悠,真诚而炽热的目光也一直徘徊在他身上;他更不知道,明明胡悠悠心里已经难过得不行,脸上却还在强颜欢笑着。

依旧扬着一抹光彩照人的笑容,胡悠悠一脸高傲道:"啧啧,每次都只能看着自己的心上人跟别人相携而去,心里好难过好悲伤哟。"

明岚收回看向远方的视线,目光冰冷地瞟了胡悠悠一眼,开口:"关你什么事?"

想到自己的手臂还被胡悠悠挽着,他毫不温柔地甩开了她,然后侧过身面对着她说道:"胡悠悠,你以后不要再缠着我了。相信这两个月你也已经知道了,就算没有顾盼,我也不会喜欢你。你死心吧!"

闻言,胡悠悠原本光芒灼灼的眼眸一下子变得暗淡无光。她低下头咬了咬唇,半响后才重新抬头正视他,一字一顿地问:"真的是这样吗?"

"是。"或许是从未见过胡悠悠露出这样伤感的眼神,明岚一时竟无法面对她,他只能别过头去,用沉默掩饰自己的残忍。

"好,我知道了。"胡悠悠再次狠狠地咬了咬唇,努力隐忍着不让泪水泛上眼眶,尽量不让他看出她的狼狈。

她不再多说一句话,低着头,拖着沉重的步伐,一步步地离开了。

望着胡悠悠寂寥落寞的背影,明岚握紧了身侧的拳头,而这一动作,连他自己都没有觉察。他迈出一步,几次张了张嘴想喊住她,最终还是让一切归于平静。

胡悠悠回到寝室时,柳柳一脸欢喜地跑过来迎接:"悠悠,我给你买了你最爱吃的鱼片粥。"

瞧见胡悠悠愁眉不展的样子,她连忙问:"你怎么了?"

"我没事。"胡悠悠有气无力地摆摆手,随即满身疲惫地坐在了椅子上。

柳柳来到她身前,焦急地拉着她的手问:"悠悠,你有什么事就说出来,不要憋在心里,这样对你的身体不好。"

胡悠悠依旧是一副魂不守舍的样子,只摇头,没说话。

柳柳突然想到了什么,于是又问:"是不是明岚那小子欺负你了?"

闻言,胡悠悠的脸上终于浮现出一丝动容,眼睛缓缓抬了抬。

而她这些微妙的表情变化,丝毫没有逃过柳柳的法眼,柳柳心下已经了然。

# 小学渣，别看我看书

柳柳义愤填膺地说："悠悠，明岚那个瞎子你不要再理他了，计算机系不是有个同学在追你吗？你就答应那个同学的追求，不要再惦记明岚了。"

"可我就是喜欢明岚，怎么办呢？"胡悠悠的面容始终平静，"那个同学……我不喜欢他，又怎么能够勉强自己，还欺骗人家，跟他在一起呢？"

"悠悠，你不要……"柳柳无奈地长吁一声。对于胡悠悠这死心眼的性格，她都不知道该说什么了。

胡悠悠突然抬头，目光殷切地盯着柳柳问："柳柳，你说我到底是哪里不好？为什么明岚宁可惦记着一个已经和别人在一起的人，也不肯接受我。这两个月我在他身边，我看他不排斥我，我以为他已经慢慢接受我了。可是他一见到顾盼，整个人连魂儿都没了。"

"你没有哪里不好！"生怕胡悠悠再继续胡思乱想，柳柳连忙否认她对自己的消极判断。

"是……是吗？"胡悠悠擦了擦眼角的泪水，苦涩一笑后又自言自语，"那可能是因为我比不上顾盼吧？"

又颓废了一会儿，胡悠悠整个人突然变得精神起来。她像着了魔一般，慌乱地从书柜里抽出一本书，自言自语道："对，一定是这样的。一个大三了都考不过英语四级的人，怎么配得上他呢？人家顾盼那么优秀，大一就过了六级。只要我能像顾盼一样优秀，岚岚他也一定会喜欢我的。"

"悠悠，你别疯了。"柳柳一把抢过她手里的书，瞪着眼睛怒视她。

"你把书还给我!"胡悠悠起身便要去抢,嘴里还不停地嘀咕着,"只要我能努力一点儿,优秀一点儿,成绩能像顾盼一样好,岚岚就会喜欢我了。"

"你别闹了!"柳柳终于忍不住吼了出来,接着又说,"你明明知道自己身体不好,却一再让自己受刺激,你想死吗?"

"我不想!"胡悠悠也大声冲柳柳吼了一句,她停下抢书的动作,怔怔地站在原地,神色哀伤,"我喜欢一个人这么多年,我还没有把他追到手,我怎么会想死呢?我要长命百岁的。"

"想要长命百岁就不要喜欢明岚,他不过是个薄情汉而已。"柳柳恨铁不成钢地咬牙瞪着她,眼眶也不由自主地红了。

悠悠是多好的女孩啊!为什么要喜欢上明岚那样一个薄情的男子?世上的好男儿多的是,她希望陪伴悠悠的是一个爱她呵护她的男人。她从未忘记,这一路走来,悠悠是怎么用一颗爱意满满的心去对待明岚,而悠悠的付出,只怕终其一生也得不到回报。

"我不要你管!"胡悠悠生气地大吼一声,痛苦地捂着脸夺门而去。

"悠悠!"柳柳心里急了,扔下书本便追了出去。

自12月下旬开始,各大体育俱乐部便开始进行期末测试,封定钰这周四没空,无法与顾盼在同一时间段考试,所以周二他便过来参加了期末考试。

周四下午顾盼去俱乐部参加体育考试的时候,发现来参加考试的人特别多。她只惊奇了几秒,很快便换上鞋子准备考试。

## 小学渣，别看我看书

柳柳是轮滑俱乐部的助教，她曾多次看见顾盼和封定钰一起来上课。而每回她看见他们时，那二人眼角眉梢都是幸福的笑容。

她不是看不惯别人幸福的恶人，可是这两个人的幸福却让她感觉刺眼得很。尤其是顾盼，柳柳看不惯她虚伪、做作又爱装纯情的样子，她单纯得像发生什么事都与她无关一样，可偏偏发生的很多事情都是因为她！

她特地观察了一下，然后惊喜地发现今天顾盼身侧没有那只小奶狗的影子。

柳柳愉悦地挑眉一笑，真是天助我也！

考试是分批的，顾盼不喜欢凑热闹，所以在很多人考试的时候她只是在一旁静静地观看着，丝毫没有参与的意思。

那些考完试的同学已经回去吃晚饭了，现在俱乐部里只剩下零零散散一些没考试的人。

柳柳嘱咐身边的一个男生帮她顶一下岗登分数，然后去一边换上了自己的轮滑鞋。

顾盼专心地在光滑的地面上进行滑行考试，柳柳迎面朝她滑过去。

她朝左右观察了一下，嘴角勾起一抹笑意。在众人不注意时，她突然加快速度，身体不受控制一样直直朝顾盼撞过去。

等顾盼注意到有人正往自己身上撞过来时，已经来不及避开。

两个人狠狠碰撞在一起之后又迅速弹开。

柳柳巧妙地扶住了旁边的石柱，毫发无损，而顾盼则毫无意外跌倒在地。

由于地面光滑，顾盼的皮肤并没有被划破，只是膝盖重重磕在地上，一股钻心的疼痛迅速席卷了全身，膝盖处也很快泛起一片青紫。

看着顾盼倒在地上狼狈的模样，柳柳的嘴角微不可察地勾起一抹愉悦的弧度。

见到顾盼跌倒了，周围的很多同学都赶过来关心，大家七嘴八舌地问她怎么样了。

已经缓过来的顾盼微笑着摇了摇头。她抬头看向柳柳，结果发现后者平静得像什么事都没发生过一样，但在她看过去的一瞬间，柳柳的眼神突然变得冰冷，迸射出强烈的恨意。

顾盼突然被一种奇怪的感觉包围了，有些出神。一个女生见状在她面前晃了晃手，试图拉回她的思绪："顾盼，你怎么了？"

及时回神的顾盼看了看女生，摇了摇头一句话也没说，被同学扶去了校医室。

隔天清晨吃早饭时，柳柳好不得意地将昨天撞倒顾盼的事情讲给另一女生听。

柳柳说："你不知道当时有多危险，如果不是我认准旁边的石柱可以扶，恐怕我自己都得摔倒，我当时心里其实也有点害怕的。"

女生甩了个白眼给柳柳："如果你当时没那么幸运的话，恐怕是杀敌一千，自损八百了？"

柳柳无所谓一笑："那又如何？不就是受个伤吗？只要能整到那个顾盼，替悠悠出一口恶气，受再严重的伤我也愿意。"

"你就那么讨厌她？她也没做什么吧？"

## 小学渣,别看我看书

"谁让她是明岚的心上人?谁让明岚多次为了她欺负我们家悠悠呢?再说了,她才不是真的无辜,她分明是脚踏两条船。我这只是给她一个教训!"

女生起身,一边往餐具回收处走去,一边对柳柳说:"真是不懂你们。"

柳柳和女生的对话,被在不远处吃早餐的明岚听了个彻底,他的脸黑了一半,也拿起自己的餐具往回收处走去,在洗手台时毫不意外和柳柳相遇了。

因为胡悠悠的事,柳柳不仅不待见顾盼,同样也不待见明岚。看见是明岚这个薄情郎后,她果断地转身就走。

她一点都不想与明岚在同一片天空下呼吸一样的空气。

明岚却开口叫住了她:"柳同学,请等一等。"

柳柳顿步,然后回身看向明岚,面色不善地问:"有事吗?"

明岚走近她,笔直地站定,随即一字一顿道:"我的感情由我自己做主,我喜欢谁那是我自己的事。请你回去告诉胡悠悠,让她不要再做一些无聊的事情去伤害无辜的人,这样只会让我更厌恶她!"

柳柳眉毛一皱:"你这话什么意思?"

"字面上的意思。"

顾盼坐在寝室里,低头玩了很久的手机,心里反反复复纠结着一件事。最后,她深吸一口气,翻出轮滑俱乐部的 QQ 群,在里面找到柳柳的名字,然后给对方发了一条信息过去:"学姐,有时间见个面吗?"

那端很快给她回复:"我跟你似乎没什么好聊的。"

顾盼又回复:"关于我受伤的事,学姐不应该给我一个交代吗?"

这回,那端过了很久才回复:"时间、地点。"

顾盼发了时间和地点过去,然后锁上了手机打算出门。她刚起身想去换衣服,一道高大的身影却急急忙忙地闯了进来。

封定钰一进门便直接冲到顾盼面前,扣着她的肩膀焦急地问:"媳妇儿,你怎么样了?没事吧?"

见到他,顾盼一脸疑惑:"你怎么进来的?"

"阿姨见我长得纯良无害,就让我进来了。"他有些不好意思地挠了挠自己的后脑勺,笑得一脸憨厚,转而又一本正经道,"不过这不是重点,重点是你现在怎么样了,腿还疼吗?"

"好多了。"顾盼舒了口气,接着又有些遗憾地说,"只不过……元旦晚会就快到了,最近几天肯定是不能练舞了。"

"都受伤了还想什么晚会,大不了直接取消节目!"封定钰一副无所谓的样子。他才不理会其他的事,他现在关心的只有顾盼的身体。

由于又被封定钰纠缠了一段时间,等顾盼好声好气将他哄好后才一个人出门赴约。她来到约好的咖啡店时,柳柳显然已经在那里等很久了。

见到顾盼,柳柳依旧是那副波澜不惊的表情,两只眼睛坦坦荡荡地看着她。

顾盼拖着有些疼痛的膝盖缓慢走过去,在柳柳对面落座。

# 小学渣，别看我看书

顾盼向服务员点了一杯摩卡咖啡，服务员走后，柳柳直接开门见山问："说吧，找我出来想干什么？"

顾盼目光如炬地盯着面前这个态度倨傲的女生，也不再卖关子，而是坚定道："我受伤，应该是学姐故意的吧？"

柳柳冷笑一声，随即抱起双臂不屑地打量着顾盼："没想到你还有点小聪明，看来是我小瞧你了。"

顾盼露出一抹轻松的笑容："学姐过奖了。只不过，以后学姐在认为自己聪明的同时，千万不要把别人当作傻子。"

柳柳顿时握紧了拳头，用仇恨的眼光瞪着顾盼，缓缓吐出两个字："做作！"

顾盼眉目一敛，也不再笑脸相迎，而是直接敞开话题说："匹夫无罪，怀璧其罪。只不过我不明白，我到底哪里得罪了学姐，让学姐这样大费周章地来对付我。"

"够了！我最看不惯的就是你这副做作的样子，明明又绿茶又心机，偏偏装出一副岁月静好、温柔可人的样子！"柳柳毫不留情地讥讽。

"学姐，请你说话注意分寸！"顾盼同样面色不悦地瞪着她。

这时服务员将顾盼点的咖啡送上来，感觉到无形的战火在这两人之间弥漫，他很识相地迅速放下咖啡走了。

"你敢说你自己不是绿茶？明明已经跟学弟在一起了，却还要勾搭明岚。若不是因为你，明岚怎么会那样对悠悠？"说到这里，她冷笑一声，然后将顾盼浑身上下审视个遍，"真不明白你到底有什么好，那些男生都是眼瞎的！"

顾盼神色不变，慢悠悠喝了一口咖啡，说："我出身良好，长得对得起大众，性格也对得起社会，有人喜欢我不对吗？因为这个说别人眼瞎，学姐你未免过分了点。至于你说我装温柔……"她冷不丁站起身，端起桌上的咖啡便猛地向柳柳泼了过去。

"啊！"柳柳惊恐地尖叫一声，随即手忙脚乱地抹去自己脸上的咖啡。可即使这样，她的头发和胸口还是湿了一大片，样子霎时变得十分狼狈。

顾盼看着慌乱整理自己的柳柳，眸中一片宁静。

她平时是好说话，可不代表她好欺负。柳柳说她勾搭明岚，这简直就是无中生有。她承认自己以前跟明岚是有过些许暧昧，可那时她和明岚是相互有好感，而且是在双方没有对象的情况下。自从她和封定钰在一起之后，她从未与任何男生有过暧昧，况且当初她和明岚也已经说清楚了，这个锅她可不背。

"顾盼，你！"柳柳慌忙整理着自己，一脸仇恨地瞪着顾盼。

顾盼直勾勾地与柳柳对视，面容冰冷且毫无惧色。

过了十几秒，顾盼率先开口："你害我跌一跤，我泼你一杯咖啡，咱们扯平了。"

说完，她缓慢地拖着自己疼痛的膝盖走了。

看着顾盼虽然步伐艰难但背影依旧傲然的身影，柳柳攥紧了拳头，咬紧了牙齿。

走到咖啡店门外，顾盼看见明岚正站在门口不远处，而明岚也看见了她。

## 小学渣，别看我看书

明岚长身玉立，冬日的阳光将他的身影拉得老长，此时阳光从他侧面照过来，柔柔地铺洒在他脸上，使得他的面容平添了几分柔和。

明岚主动向顾盼走了过来。

顾盼猜，明岚已经将刚才她泼柳柳咖啡的一幕尽收眼底。

她挺直了腰板，面容坦荡地看着明岚。

明岚走近她，低头看了看她的膝盖处，几秒后才问："学妹，你没事吧？"

顾盼摇了摇头，什么也没说。

两人沉默了一会儿，明岚又说："学妹，对不起。因为我，让你受伤害了。"

顾盼冷静道："其实不是完全因为你，也有我个人的原因。"

明岚想了想，却也没再说什么，而是朝顾盼走近一点："我送你回去吧。"说着便打算去扶她。

顾盼后退一步，拒绝道："学长，不用了，我自己可以回去。"她不想再跟明岚有任何亲密的接触，免得让人误会，而且她的伤还没到让人扶的地步。

明岚有些尴尬缩回手，苦涩地笑了笑："那你自己小心点。"

Z大每年的元旦晚会于12月30号晚上在大礼堂举行，今年也如约到来了。

这段时间由于腿上有伤，顾盼都没能练舞，好在她们跳的古典舞在两个月前就已经开始准备了，而顾盼舞蹈功底深厚，所以就算停了一段时间没练也不会影响她的发挥。

举行晚会的当天晚上,她下午便来到舞蹈社带领各成员进行了最后一次彩排,之后大家便开始化妆、换衣服,信心满满地等待着今晚的表演。

顾盼化好妆以后,感觉有些内急,于是便去了一趟厕所。

借着厕所里明亮的灯光,顾盼注意到厕所的地板满满都是积水,她下意识地蹙了蹙眉。

这种地面积水的情况只有平常清洁工阿姨在清理厕所时才有,阿姨清理完厕所后地板很快就会风干了。

没有多余的心思想其他的,她小心翼翼地提着裙摆走了进去。

可是意外来得猝不及防,在走了没几步后,她脚下一滑,紧接着整个人不受控制地往旁边跌去。

在女生厕所不会出现英雄救美的情况下,毫无意外地,她重重摔在了地上。

原本膝盖的伤都没完全好,现在又摔了一跤。一瞬间,钻心的疼痛直直从腿上传到了大脑皮层,顿时疼得她龇牙咧嘴。

她紧紧抱住膝盖,深吸好几口气,狠狠咬着牙忍痛。由于疼痛太过剧烈,她的眼眶不由自主泛出了生理性泪水。再低头看了看,她发现自己的脚踝已经开始慢慢变肿。

"真倒霉!"她忍不住抱怨了一声。

无论如何,今晚的舞肯定是跳不成了,只能叫学长临时取消这个节目了。

坐在湿冷的地上无法动弹,顾盼清楚地感觉到积水透过她的舞服,渐渐染湿了她的臀部。一瞬间,剧烈的疼痛和刺骨的冰凉一齐朝她涌来。

又咬紧嘴唇忍受了将近十分钟,待那股疼痛感稍稍缓和了一点儿,她才艰难起身,迈着踉跄不稳的步子往外面走去。

回到舞蹈社,社员们看到顾盼狼狈的模样,都忙不迭赶过来关心。

"盼盼,你怎么了?怎么去了一趟厕所就变成这样了?"

"学姐,你的脚踝怎么这么肿?"

"学姐你是不是受伤了?要不要赶紧去医院?"

社员们你一句我一句七嘴八舌地问着,顾盼都只是无力地摇着头。

待大家都安静下来,她才一字一顿道:"我刚才……在厕所摔了一跤,现在脚又受伤了。"

闻言,社员们你看看我我看看你,皆紧蹙眉头,露出一副心疼的表情。

见大家愁眉苦脸的样子,顾盼面色苍白地笑了笑:"我没事。只是……"她低下头咬了咬嘴唇,几秒后才艰涩地说,"我今晚……恐怕不能跳舞了。"

顾盼知道自己责任重大,她们所跳的古典舞,她是领舞者,动作与其他人是不同的。如果没有她这个领舞者,那这支舞肯定跳不下去。

社员们再次面面相觑。

为了能在元旦晚会上一展风采,这支舞她们从11月初便开始排练了,现在在这最后关头放弃,一些人心里难免觉得有些可惜,觉得不甘心。

顾盼当然也明白各位社员的想法，她遗憾地低下头，再次愧疚道："对不起。"

舞蹈社的成员陷入了长久的沉默，众人脸上皆是一副为难的表情。

最后，一个女生站出来说："取消就取消吧，这是没办法的，总不能让盼盼受着伤还跟我们去跳舞吧？"

另一个女生也赞同地附和："对啊。取消吧，不跳就不跳了。"

最后经过全体成员的决定，大家都同意了取消这个节目。

看着懂事体贴的社员们，顾盼眼眶一红，泪水不听话地又涌了上来。她低下头说："谢谢你们的理解。"

一个圆脸女生说："学姐你别这么说，你受伤了我们心疼还来不及呢。"

一个身材瘦高的女生附和："对啊学姐，这是个意外，你别太自责了。"

这时，一个细心的女生想到顾盼受伤了得赶紧送去校医室，于是提议找两个人帮忙送顾盼去校医室。

顾盼想起取消节目这件事需要和正在台上当主持人的明岚说一声，于是拨通了明岚的电话。

明岚知晓顾盼受伤的事情后，将主持的工作暂时交给另外三个主持人便马不停蹄往舞蹈社赶了过来。

胡悠悠在晚会上表演的是一段钢琴独奏，她出场的顺序比较靠前，所以很早就表演完了自己的节目。节目结束后，她径直赶回声乐社换衣服。

# 小学渣,别看我看书

舞蹈社和声乐社同在 G7 栋教学楼,胡悠悠赶至教学楼楼下时,突然看见一身西装革履的明岚正行色匆匆地往舞蹈社赶。

她开口叫住了明岚:"岚岚?"

明岚一怔,旋即转过头去看向声音的主人。当看见胡悠悠步伐欢快地朝自己走过来时,他皱了皱眉。

胡悠悠来到明岚面前,将他审视一遍后认真地问:"你不是应该在礼堂那边当主持人吗?怎么回来了?你有急事?"

"没事。"没打算与她过多纠缠,明岚转身便走。

胡悠悠却及时拉住了他:"岚岚,发生什么事了?你告诉我,我们一起解决。"

明岚再次转头望向胡悠悠,眼神从刚才的毫无感情变成了冰冷至极,而且像是淬了毒一样令人不寒而栗。他直勾勾地盯着胡悠悠问:"顾盼刚才在厕所跌倒摔伤了,是不是你干的?"

胡悠悠脸色一白,旋即放开了明岚的手,身子也跟着倒退好几步。她难以置信地望着明岚,语带凄凉地问:"你这话什么意思?"

看着胡悠悠纯良无害的脸、可怜无辜的表情,明岚心中更是恼火。他终于忍不住,恶狠狠地盯着她,深恶痛绝道:"胡悠悠,你别以为我不知道你干的好事!半个月前你使顾盼摔伤了腿,现在你又故技重施,让她的脚再次受伤,你怎么这么恶毒?你是不是非要害得她跳不了舞你才甘心?我告诉你,你做这些事情,不但不能令我喜欢上你,而且只会令我越来越……"

"啪!"

一道清脆的声音响在寂静的夜空里显得格外清晰，须臾间又恢复了寂静。

胡悠悠梗着脖子气息不稳，整个人像是忍着极大的痛苦。她一句话也不说，就这么静静地望着明岚，眼里充满了失望和恨意。

被打蒙的明岚也不说话，只是捂着自己的左脸，眼含惊讶地望着她。

两人就这么对视了大半天，最后胡悠悠凄然一笑，满脸悲哀道："明岚，你真以为自己是电视剧男主角吗？我会为了你去做那些为人不齿的事？"

她又停顿了许久，才继续哽咽着说："你之所以敢如此肆无忌惮地伤害我，不过是仗着我喜欢你罢了！但是明岚……我告诉你，我胡悠悠有自己的骄傲，有自己的原则，有自己的底线，我绝不会去做那些下作的事情！"

这时顾盼和另一个扶着她的女生从舞蹈社走了出来，听见胡悠悠对明岚的控诉，心思玲珑的顾盼顿时明白了个大概。

她走到胡悠悠和明岚身侧，站定后喊了声："学长学姐。"

闻声，胡悠悠转头看向顾盼，视线在顾盼脸上停留片刻后，她低下头，仔细审视了一下顾盼的脚。她嘴角扬起一抹嘲讽的弧度，坦坦荡荡地对着明岚说："不是我做的便不是我做的，你爱信不信。"

掷地有声地抛下这句话，胡悠悠转身往三楼声乐社的教室走去了。

只是……在转身一刹那，她隐忍了许久的泪水再也忍不住，汹涌地夺眶而出。

她原以为自己已经被明岚伤得麻木了、无所谓了，早就可以微笑

## 小学渣，别看我看书

着面对他的冷漠、他的无情。可她没想到，他简简单单的几句话，还是可以让她溃不成军。刚才他的每一字、每一句，都像刀子一样狠狠扎进她的心底。原来，还是很疼的。

她闭了闭眼，努力使自己平静下来，可一闭上眼，出现在她脑海中的……是明岚那冰冷刺骨的眼神和那比刀子更加锋锐的话语。

看着胡悠悠失魂落魄的背影，顾盼眉毛一皱，对明岚说话的口吻不禁含了点责备："学长，学姐她不是那样的人，我受伤与她一点关系都没有。"

明岚用力抿紧了嘴唇，然后低头，眼里闪烁着一丝无法言喻的酸楚。

见状，顾盼推了推他，劝道："学长，去跟学姐道歉吧，她现在一定很难过。"

看了看目光真诚的顾盼，明岚不再犹豫，果断转身，阔步直奔三楼而去。

不似二楼的热闹，三楼安静得出奇。明岚走在走廊上，迎面吹来的风刮得他的脸生疼。

站在声乐社教室门口，他清楚地听见里面传出了一阵阵的呜咽声。

就这样安静地在门口站了几分钟，他始终没有推门进去。

他知道里面的胡悠悠现在很伤心，只是他没有安慰过女生，也不知道该如何安慰，他怕自己说多错多。

低声叹了口气后，明岚想，自己是个男人，怎么能如此优柔寡断。不再迟疑，他小心地推开了门。

这是他第一次进入声乐社，以前都是胡悠悠屁颠屁颠地跑到楼下找他,然后不管他多忙都等上大半天,只为和他一起吃个饭。而他,从来没有一次主动找过她。

教室里,各种各样的乐器安静地摆放在合适的位置,最醒目的是教室中央那一架巨大的钢琴,此刻胡悠悠正趴在钢琴上哭泣,连他进来了都没有觉察。

明岚轻手轻脚地走过去,他沉默了一会儿,看了看胡悠悠纤瘦的后背,最终抬起手,拍了拍她的后背。

胡悠悠转过头,看见面无表情的明岚站在身后。她心里一痛,眼神瞬间变了,全然不似往昔看见他时的炽热。

明岚注意到,胡悠悠几分钟前那精致的妆容此刻已经被毁得惨不忍睹,眼周是黑乎乎的睫毛膏,泪痕被她抹得到处都是,眼睛又红又肿,唯一还能看得过去的,也只有她高高盘起的头发了。

在他面前一直都是朝气蓬勃的她,现在变成了这副狼狈的样子,他的心不可抑制地颤了颤。不过很快,他便把这不该出现的情绪强压了下去。

胡悠悠用手指拭去眼角的泪水,稳定了自己的呼吸以后问:"有事吗?"

"我……"明岚启唇,目不转睛地望了胡悠悠半晌,才说,"对不起。"

"出去!"胡悠悠大声吼出这两个字,同时愤怒地指向门口,倔强的眼神看向别处,留给明岚的是一个冷硬的侧脸。

"刚才……对不起,是我误会你了,我……"明岚低着头,期期艾艾地又开口。

## 小学渣,别看我看书

看着明岚那委屈的表情,仿佛跟她道歉是要他的命似的,胡悠悠心头的火气更是不打一处来。她再次指了指门口,注视着他吼道:"出去!"

与胡悠悠对视了片刻,明岚的眼神也一寸寸凉了下去,眼里的愧疚很快消失殆尽。

既然如此,他又何必自讨没趣?

转身离去时,他心里始终相信,胡悠悠的火气来得快去得也快,过不了两天肯定又热情似火地往他身上黏。

看着明岚毫不留恋的背影,汹涌的泪水再次模糊了胡悠悠的视线。

柳柳说得对,明岚他就是个薄情汉,他是没有心的。她追逐了他几年,可是他对她始终没有半分情意。今晚的事,他甚至都没有经过查证便主观臆断、一口咬定是她做的,她在他心里就这么不堪吗?

又哭了几分钟,胡悠悠像是突然想起了什么事,迅速擦干脸上的泪水,走到梳妆台前卸了妆,重新开始描画。直到镜子里再次出现那个容光焕发的美少女,她才满意地抿了抿唇,然后扬起一抹光彩照人的笑容往外走去。

二楼的舞蹈社很是热闹,明岚处在一大群身穿粉红色舞服的社员中间,面色冷静地跟众人讨论着解决今晚节目的措施。

站在门口的胡悠悠低头想了须臾,最后还是推门而入。她靓丽的容颜出现在舞蹈社的一瞬,社员们都停止了讨论,纷纷把目光投向了她。

以前胡悠悠三天两头来舞蹈社找明岚,还时不时给大家带一些奶茶和小零食过来,所以舞蹈社的成员对她印象都非常好。见到是她,大家都面带微笑向她打招呼。

胡悠悠的视线没在明岚身上停留，而是直接走到众人中间，问道："发生什么事了？需要我帮忙吗？"

大家把今晚的情况详细地与胡悠悠说了一遍，最后一位女生面带沮丧道："毕竟练了那么久的舞，现在放弃真的蛮可惜的，但是也没有办法。"

胡悠悠吁了一口气，露出一个轻松的笑容，说道："我可以试一试吗？"

嗯？众人把疑惑不解的目光投向了胡悠悠。

胡悠悠清明有神的目光扫视一遍众人："我可以试一下当你们的领舞者。"她咬了咬唇，停顿了一下才继续说，"或许我没有顾盼跳得那么好，但是我会尽力的。"

众人先是怔了一下，随即带上笑容异口同声道："我们求之不得！"

明岚面无表情地审视了胡悠悠好久，最后还是忍不住问："你能行吗？"

胡悠悠看都不看他一眼，兀自走到那件挂起的舞服旁边，从上面将衣服取了下来，她正打算穿上，却发现舞服是湿的。

一位女生说："你等一下，我拿吹风机来吹一下。"

胡悠悠点了点头，继续无视明岚，走到一边的电脑前打开了练舞的视频。

胡悠悠的行为令明岚心里有些莫名的不爽。他记得以前胡悠悠一见到他便死皮赖脸地缠上来，恨不得整个人都黏在他身上，不管他走

# 小学渣，别看我看书

到哪里，她的目光都聚焦在他身上，跟随着他流转，可现在他却一再遭到她的忽视。

他有些受不了这种无视，于是抬步走近她，拽住了她的手腕，说："你不会就不要瞎捣乱！"

胡悠悠也盯紧他，回敬他一个冰凉傲然的眼神，然后不卑不亢道："所以在你心里，我就什么都不会是吗？"

明岚颓然，手上的力道顿失了几分，一张脸也微微发白。他张了张嘴想说什么，最后还是沉默了，只是缓缓放开了她。

不再看他一眼，胡悠悠继续扭头看舞蹈视频。

女生将吹干的舞服送过来，看到明岚呆立在一边，不禁疑惑道："学长，你不是要主持晚会吗？怎么还在这儿？"

另一个女生也摆手说："学长你快回去吧，这里有我们就行了。"

明岚点了点头，又深深地看了胡悠悠一眼，然后转身走了。

走到门口之际，他还是忍不住回头看一眼，看看那道目光是否如往昔跟随在他身后，可令他失望的是，胡悠悠只是目不转睛地看着电脑，根本没注意到他。

他重重地冷哼一声，扭头走了。

他觉得自己有些奇怪，以前胡悠悠缠着他时，他恨不得摆脱掉她这块牛皮糖，她火热的目光，在他看来像是要将他生吞了一般，令他很厌恶。可如今，她的目光不在他身上流连了，他却感觉很不适应，很不爽。

考虑到胡悠悠练舞需要时间，明岚回到礼堂后跟其他主持人沟通，特地把古典舞的表演时间往后推了推。

胡悠悠看了几遍视频后，凭借着自己强大的记忆力记下了所有的动作，然后换好衣服开始练习。

小时候她看妈妈跳舞觉得很优美，她也想跳，可是由于心脏有毛病，父母不许她做剧烈运动，她只好趁着父母不注意偷偷学了一些难度不是很大的舞步，没想到今天能派上用场。但即便如此，对这个难度超大的古典舞，她也没有把握。

一个小时后，当胡悠悠带着舞蹈社成员来到礼堂时，恰巧碰到正准备上台的明岚。

一群身穿粉红色古典舞服的女生在校园中行走无疑是十分扎眼的，而身着浅绿色舞服的胡悠悠在一众成员中更是显眼。

看到胡悠悠优雅地步行而来，明岚不由自主地停下了脚步，定定地朝她望过去。

一袭青衣曳地，腰间的玉带紧束她盈盈一握的腰肢，头发盘成了一个流云髻，灼灼莹亮的眼睛周围画上了漂亮的眼影，平时饱满白皙的鹅蛋脸加了朱粉更显气色，朱唇点点，掩盖在朱唇下的是洁白整齐的瓠犀。

明岚从未想过，不久前在他面前哭得跟小花猫似的女孩，转眼变成了摄人心魄的古典美人。他不由得看得有些痴迷，一时忘了自己要上台的事。

明岚身后的小学妹见他站着迟迟不动，不由得轻声提醒："学长，我们该上台了。"

明岚眨了眨眼,及时恢复神志,然后施施然上台去了。

再次从台上下来时,热情的舞蹈社成员纷纷招手唤他过去。

明岚径直走到胡悠悠面前,低下头,用难得柔和的声音问:"准备得怎么样了?"

胡悠悠傲慢地觑他一眼,抱着双臂阴阳怪气地说:"不行的话我就不会来了。"

明岚顿时被噎住了,随即又放心地想,胡悠悠就是这样,一句话能把人怼死,看她现在的气势,应该是已经恢复如常了。

古典舞表演进行得很顺利,台下掌声热烈,谢幕后众人带着轻松的笑容从舞台上鱼贯而下,胡悠悠感觉呼吸有些困难,抬手抚了抚自己的左心房处,做了几个深呼吸。

等在舞台一侧的明岚见状疾步走到她身边,扶起弯着腰做呼吸的胡悠悠,一脸关切地问:"怎么了?"

"我没事!"胡悠悠故作坚强地直起身子,冷冷地甩开了明岚的手,目光自始至终没看他一眼。

明岚心弦一颤,抿了抿嘴唇,随即低下头掩盖自己一闪而过的失落。

胡悠悠没理会他,捂着自己的胸口,自顾自往舞蹈社所在的方向走去了。

见胡悠悠身形微颤的模样,明岚思忖了片刻,再次阔步追了上去。他强拽住胡悠悠的手腕:"我送你回去。"

"不要!"胡悠悠重重地甩开了他的手,然后徐徐侧目,面无表情地看着他。

见他一脸无措的样子,她又没出息地心软了,于是她放软了语气说:"晚会还没结束,你不是还有事要忙吗?我自己回去就可以了。"

"那好吧……"明岚得到了回应,便没再坚持。

回到舞蹈社换下舞服后,胡悠悠径直回了声乐社,坐在梳妆台前开始卸妆。

她取出一片化妆棉,然后蘸上一点卸妆水,小心翼翼地一点点先从眼睛开始卸起。

当她差不多卸完时,柳柳突然怒气冲冲地推开大门,大步流星走进来,站在胡悠悠身后气急败坏地问她:"悠悠,你为什么要帮顾盼?"

胡悠悠脸色未变,一边继续卸妆,一边淡定地说:"我不是在帮她,我只是在做一些我认为对的事情罢了。"

她停顿一下又继续说:"柳柳,我知道你一直都不喜欢顾盼,但是我的事跟她没有任何关系。"

"怎么跟她没有关系?"柳柳的火气依然很盛,"如果不是因为她,明岚会那么对你吗?悠悠,我真不知道你脑子是怎么长的,我好不容易设了圈套顾盼让她在厕所跌倒,你居然还冒着危险帮她跳舞?你不知道你不能跳舞的吗?"

在柳柳像连珠炮一样指责胡悠悠的时候,胡悠悠已经放下了手里的卸妆棉,然后缓缓起身。面对着一脸火气的柳柳,她难以置信地问:"你说什么?你说顾盼在厕所摔倒是你设计的?"

"是啊。"这么"光荣"的事,柳柳丝毫不觉得有什么好隐瞒的,她继续坦然道,"上回体育课考试,我也让她吃了一次亏。我连续算

## 小学渣,别看我看书

计了她两次,为的就是让她不能跳舞,不能继续出风头,没想到你还去帮她!"

"难怪……难怪明岚会以为顾盼摔倒是我做的,你怎么能……"话还没说完,胡悠悠突然面色苍白地捂住胸口,紧接着铺天盖地的黑暗便席卷了她。

半个小时后,当元旦晚会宣告结束时,明岚也结束了主持工作,他拿着话筒从舞台上下来。突然间,他感觉胸口传来一阵钝痛,他下意识地捂住了胸口,握在手里的话筒因力道顿失而不受控制地掉到了地上。

见状,身后的小学弟及时扶住他:"学长,你没事吧?"

明岚缓缓抬头,茫然地看了看灯光明亮的大礼堂四周,又收回视线认真分辨了一下周遭的声音。当听见一阵令他心乱如麻的救护车警笛时,他问:"为什么会有救护车的警报声?"

"啊?"小学弟扶了扶黑框眼镜,也茫然地看了看四周,最后他腼腆一笑,回答道,"可能是校外的吧?学长问这个干什么?"

明岚摇了摇头,什么话也没说。

不知为何,这阵救护车的警报声令他莫名烦躁、莫名心慌,仿佛生命中有什么重要的东西即将失去一样。

## Part 10
### 他的承诺,掷地有声

Z大今年寒假正式的放假时间是1月10号,但由于顾盼脚上有伤,她需要延迟几天才能返乡。当然,封定钰会陪着她。

自考完试后,家里两位太后一直问顾盼和封定钰什么时候回去,为了不让家长担心,她没把自己受伤的事告诉家里人,只说自己考完试后在学校还有点事要忙。

纷纷扬扬的大雪连续下了几天,两人回家那天正是风雪肆虐最严重的一天,顾盼提着行李箱从女生寝室下来时,看见封定钰正站在大厅等她。

# 小学渣,别看我看书

一袭黑色风衣将他挺拔的身形衬托得更加颀长,高高的衣领包裹住他修长的脖子,将他棱角分明的面容映衬得更加清晰。他一手拿着手机,一手搭在行李箱的拉杆上,嘴角似有若无地翘起,眼里染着丝丝笑意。

见到顾盼从楼梯下来,他眼里的笑意一秒变浓,迅速将手机收回书包,迈步向顾盼走了过去。

走到顾盼跟前,他主动拿过她的行李箱,然后柔声问道:"冷吗?"

顾盼指了指自己的鼻子,有些夸张地说:"才出来一下鼻头就红了。"

封定钰展颜一笑,凑近顾盼的鼻尖蜻蜓点水般吻了一下。

顾盼错愕得睁大眼睛,皱着眉毛问:"我不是说过不许在公共场合亲我的吗?"

封定钰嘟起嘴,一脸无辜地说:"学校的人都走光了,哪儿还有人啊?"

顾盼:"……"

"好啦,走吧。"封定钰敞开风衣,打算把顾盼收入怀里。

顾盼看了看他的动作,乖乖钻入了他怀里,任由他搂着往校门走去。

走了一小段路,顾盼仰头对封定钰说:"你说,我们两个现在这样像不像连体婴?"

"才不是!"封定钰几乎是不假思索地回答,"你这么矮,别人顶多以为是我提了三口行李箱。"

顾盼在他的肩上轻轻拍了一下,恨恨道:"封定钰,你怎么说话呢?"

封定钰皱了皱眉,小声咕哝:"这本来就是实话呀,难道说句实话也有错吗?"

顾盼仰头看着他,脸上带着满满的无奈:"大少爷,你知道作为一个男生应该怎么哄女朋友吗?怎样让女朋友开心吗?"

封定钰认真思考了一下,然后停下脚步,挺直腰板,俨然一副军人接受命令的庄严模样,正正经经道:"亲亲、抱抱、举高高、买买买!"

"就这些?"

"啊,这些不能把女孩子哄好吗?"

"也不是……就是……"顾盼叹了口气,无奈地说,"算啦,以后慢慢在'实践'中告诉你吧,走吧。"

两人继续往前走,行李箱在雪地上缓缓滑行,画出了几道弯弯曲曲的弧线,不过这些弧线几分钟后又被漫天飘洒的雪花给覆盖了。

快到校门口的时候,顾盼看见明岚拿着一本书正往一辆黑色的车子走去。

两人之间有二十多米的距离,由于有个醋坛子在身边,顾盼并不打算与明岚打招呼。然而明岚仿佛能感应到自己身后有人似的,竟停下了脚步,然后幽幽回过了头。

见到是顾盼和封定钰二人,明岚带上一抹温润和善的笑容与顾盼打招呼:"学妹,你们怎么今天才回去?"

顾盼笑了笑,回答道:"前几天在学校还有点事,拖到了今天才回。"

明岚了然地点点头。

接着三人都沉默地立在原地,气氛一时有些尴尬。

顾盼咳了一声,对明岚说:"学长,那我们先回去了。"

静静地看着顾盼和封定钰二人相拥而去的背影,明岚抿了抿唇。

原以为看到自己喜欢的女孩跟她男友相拥而去的场景,自己的心会隐隐作痛,但是不知为何,他此刻却心如止水。

"楠楠?"一道清脆的声音传入耳中,明岚以为是胡悠悠在叫自己,于是下意识地回过了头。

然而下一刻他看见的场景却是一个穿着红色棉衣的女孩,拖着一口沉重的行李箱,辛苦地追着一个步伐淡定的男孩。男孩一只手拉着行李箱,另一只手插在兜里,脸色看似冰冷,可嘴角却挂着一丝浅浅到令人无法察觉的笑容。

"楠楠,楠楠你等等我嘛,你走这么快干吗,明知道人家腿短。"终于追上了男孩,女孩不停地摇晃着男孩的手臂,讨好似的冲他笑得无比灿烂。

明岚突然想起了胡悠悠,于是又感觉胸口有隐隐的疼痛传来。

他有多久没看见她了呢?他记得她以前总是三天两头来找他,买各种东西讨好他,甚至还红着脸说一些笑话逗他开心。可是自从上次元旦晚会之后,这半个月来他都没有看见她的身影。难道真的是那次他话语太重伤害了她,以致于她以后都不来找他了?

不知为何,这个认知让他很不高兴。

他晃了晃自己的脑袋,努力劝自己不去想这件事,但心里那股不甘却越来越浓。他觉得自己像是无缘无故被人抛弃了，这种感觉令他很不爽。

钻进车子后，他先是脱下自己的风衣，用力抖了几下，掸落了沾在上面的雪花，然后才拿起手机。

低头看着自己的手机通讯录，明岚的视线徘徊在胡悠悠的联系方式上，认真思考了很久，他还是忍不住拨了个电话过去。

另一边，正躺在病床上休息的胡悠悠迷迷糊糊听到自己的手机铃声响了，她努力挪动身子，伸手去拿手机。

见到来电显示是明岚以后，她立刻绽开了一抹灿烂的笑容，努力撑起身子，然后清了清嗓子，在电话自动挂断之前按了接听键。

胡悠悠高兴地在手机彼端说："岚岚？"

"嗯。"明岚在应了一声之后，也不知该说什么了。

短暂的沉默之后，还是胡悠悠先说："岚岚，你怎么突然想起给我打电话了？"印象里，明岚主动给她打电话的次数并不多，除非有什么不得不说的事，不然他都像躲瘟疫一样躲着她，能不跟她接触就尽量不跟她接触，更遑论没事时主动打电话找她了。

明岚说："你最近怎么样了？"

"哈？"胡悠悠先是愣了一下，反应过来后整个人高兴得都要飞起来了。

岚岚居然主动打电话过来关心她？

努力压下由于病痛带来的痛苦与辛酸，胡悠悠一如往昔语调轻快地说："我很好啊，能吃吃，能喝喝。"

## 小学渣,别看我看书

"你……你最近怎么不来找我了?"虽然问出这样的问题很尴尬,但明岚还是问了。只不过此话一出,他的脸便渐渐染上了红晕。

"哈?"胡悠悠再次一愣,想到了什么之后,她尽量让自己变得轻松,"最近半个月不是期末考试吗?你忙我也忙,所以就没去打扰你。"

"可是我听说这次期末考试,你一科考试都没有参加。"明岚说这句话时觉得自己很奇怪,他从什么时候开始这么关注她了?之前在胡悠悠超过一周没来找自己时,他便主动去问了他们班同学关于她的情况,于是知道了她没来参加期末考试。

当时他就想打电话问她了,可是心里的骄傲让他怎么也拉不下面子。

"这个嘛……"

即使不是面对面聊天,胡悠悠此时也不由得尴尬得抓了抓头发。她搜肠刮肚地想了一会儿该怎么应付明岚,最后大义凛然道:"关于这个期末考试呢,前段时间我妈妈在维也纳举办了一场个人音乐演奏会,我赶过去参加了,所以没能及时回来参加期末考试。"

"参加音乐演奏会比期末考试还重要吗?"明岚声音沉沉的,明显有些不悦了。

胡悠悠咬了咬嘴唇,说:"我妈妈好不容易才举办一次个人音乐演奏会,我当然要去捧场啦!期末考试的话,我下个学期回去再参加补考不就可以了吗?"

"随便你吧。"明岚声音里的温度开始逐渐变冷,但同时也带着几分无奈。

接下来两个人又陷入了长达二十秒的沉默,最后胡悠悠小心翼翼地开口问:"那个……岚岚,如果有一天我不再去打扰你了,你会怎么样?"

怎么样?

明岚抬头看了看窗外还飘着雪花的灰蒙蒙的天空,深思了几秒之后,言不由衷道:"我想我会很开心。"

"那就好……那就好。"胡悠悠顶着苍白的脸,苦涩地笑了笑。

明岚能听出胡悠悠话语里的勉强与苦涩,但他不知发生了何事。不想继续尬聊,他说:"那如果没什么事情的话,我就先挂了。"

挂了电话后,胡悠悠捂着脸低低抽泣起来。

胡妈妈提着一盒营养汤来到医院,推开病房门时,看见胡悠悠低头抽泣的样子,急急忙忙地一边疾步过去一边问:"宝贝,你这是怎么了?怎么哭了?"

听到母亲的声音,胡悠悠从被子里抬起了头,两眼通红地看着她。

看到胡悠悠满脸泪痕的样子,胡妈妈心疼死了。她随手将保温桶搁在床头柜上,赶紧抱住了胡悠悠:"宝贝,发生什么事了?快跟妈妈说说。你不要哭,哭对你身体不好。"

"妈!"胡悠悠一头扎进妈妈的怀里,一边抽泣,一边断断续续说,"妈,我不想……我不想死。"

她还没有让自己喜欢的男生喜欢上自己,她怎么甘心就这样死了呢?如果就此死去,那她的一生,岂不是活得太失败了吗?

## 小学渣，别看我看书

"孩子，你不会死的，你一定会好起来的。"胡妈妈轻轻拍着胡悠悠的肩膀，连声安慰。

封定钰和顾盼回到Q市时已经接近晚上七点。

回到家里还没进门，封定钰便隐约听见从自家屋里传出了一阵阵欢声笑语。

果然，打开门一看，四个家长齐齐坐在家中候着，四人脸上尽是光彩照人的笑容，这让封定钰不禁怀疑是否发生了什么喜事。不过很快他又意识到这已经是常态，于是便也不感觉奇怪了。

他慢条斯理地走进去，然后一一跟在座几位长辈打了招呼。

由于没有看见顾盼的身影，顾妈妈奇怪地问："我们家盼盼呢？"

"她先回家放东西。"封定钰礼貌地回答，然后拖着自己的行李箱回房间了。

顾妈妈还想说什么时，手机冷不丁响了起来。

她拿起手机一看，来电显示是"女儿"。接通电话后，顾妈妈两三句话便叫顾盼今晚过来封家一起吃晚饭。

晚饭期间，四位家长的目光齐齐落在两个孩子身上，询问各种各样的问题。

封妈妈给封定钰舀了一碗汤："小钰，大学生活怎么样？"

封定钰眉头一皱，有些不耐烦道："妈，我记得这个问题我已经回答过不下五遍了，现在我的答案还是——也就那样。"

有顾盼在身边，他只要每天和她在一起就行了，其他的事他根本不关注。

顾妈妈给封定钰夹了块牛肉，带上慈母般的笑容问道："小钰在大学里是否遇到了自己喜欢的女孩子？阿姨可以帮你参谋参谋。"

封妈妈看了看顾妈妈，面露不悦："我们家小钰是要娶盼盼的，怎么能喜欢别的女孩子？喜欢盼盼就可以了！"

顾妈妈把视线投向了正闷头扒饭的顾盼，柔声问道："盼盼你呢？你怎么想？"

"妈，我每天都忙着学习和搞各种活动了，哪有时间谈恋爱？"顾盼抬头瞧了母亲一眼，很快又心虚地低下头扒饭。

封定钰难以置信地扭头看向顾盼，登时俊眉紧蹙，嘴唇紧抿。

这时顾盼悄悄看了封定钰一眼，看见他的神情，她瞬间便明白这家伙对于她没有将他们的"奸情"供认不讳明显不满了。

她看见他嘴唇微张，似乎想将他们的"奸情"公之于众，于是赶紧在桌下踢了他一脚。

封定钰委屈地嘟了嘟嘴，立刻就不声张了。

吃完饭后，顾盼几乎是逃跑似的主动请缨去厨房洗碗。

洗着洗着，她看见一双骨节分明的大手伸进了盆子里，然后握住了她的手。

抬头，她发现是一脸委屈的封定钰，于是不解地问："怎么这副表情？"

封定钰保持沉默，想了片刻才问："你为什么不在几位长辈面前承认我们之间的关系？我就这么见不得人吗？"

## 小学渣,别看我看书

"你想什么呢?"顾盼叹息,"我只是暂时还不想告诉他们而已。"

"那你想什么时候告诉他们?"封定钰对这个问题穷追不舍。

"找个合适机会再说吧。"

"哼,你根本就不想告诉他们!你根本就是怕!你根本就是还想着跟我分手!"封定钰重重地甩开顾盼的手,生气地背过身去不理顾盼了。

"我没有那个意思。"顾盼好声好气地哄他,"我只是觉得现在还不太合适,而且两位老妈太疯狂了。如果她们知道我和你在一起了,说不定立刻就让我们订婚、结婚,然后生孩子。"

"这不好吗?"封定钰回过身来,继续委屈巴巴地看着顾盼,"难道你不愿意嫁给我?不愿意跟我生孩子?"

"你神经病吧?"不顾手上还残留着一些洗洁精,顾盼一巴掌直接招呼在了封定钰的脑门上,"你还没到法定结婚年龄,结什么婚?生什么孩子?"

封定钰不悦地摸了摸脑门,感觉脑门上的头发又湿又滑,他正视顾盼说:"我不管!反正我们的关系是光明正大的,你必须得承认!哼,别以为我不知道你都没在朋友圈给我刷过存在感!"

在朋友圈刷存在感?这么幼稚的事情她才不会干呢!

顾盼说:"这重要吗?以你在学校的知名度,我跟你在一起的事还有谁不知道?"

"这可不一定。"封定钰嘀咕,"总之我就是很没有安全感。"

见他这副小可怜的模样,顾盼心软了。她握住他的手,耐心地说:

"我答应你,找个合适的机会跟长辈们说。"

"胖胖,你最好了。"封定钰立刻像小孩子得了糖一样,一脸感动又满心甜蜜,他情难自禁地想去拥抱顾盼,却被顾盼单手推开他即将逼近的身躯。

她无奈地摇着头说:"注意形象。"

新年一晃而过,时间的指针很快移到了2月中旬。对于封定钰和顾盼来说,这个年过得与往年并没有什么区别。除了……顾盼总是想方设法掩盖他们的"奸情",而封定钰总是绞尽脑汁制造机会在家长面前暴露他们的"奸情"。

只不过每回封定钰都被顾盼的"眼神杀"给瞪了回去。

2月16号这天是大学英语四六级查询成绩的日子。

封定钰在电脑前正襟危坐,紧张地搓着双手,迟迟不敢点开链接。

见他这副样子,顾盼忍不住拍了一下他的肩头,笑着调侃:"你这么紧张啊?"

封定钰抬头瞧了她一眼,又低下头嘀咕:"我这不是怕过不了,你责备我吗?"

顾盼哑然失笑:"我责备你干吗?这次不过还有机会,要乐观啊少年。"

听见顾盼这么说,封定钰心里松了一口气,他视死如归地点开链接,然后将姓名和准考证号输了进去,静候几秒后跳出了分数界面。

看到自己的分数后,他嘴唇翕动几下,还没来得及说什么,耳边

# 小学渣，别看我看书

便传来顾盼惊喜的声音："436分，封定钰，你过了耶。"

封定钰先是一怔，随即从椅子上跳起来，欣喜若狂地抱住了顾盼："我过了！"

被他过紧的拥抱抱得有点不适应，顾盼刚想让他放开自己，他却索性将她抱起，接着在原地旋转了几圈，一时间她被他转得头昏脑涨的。

待封定钰那股高兴劲儿过了后，他才慢慢放下顾盼，兴奋地看着顾盼说："家有贤妻，万事不惊！"

顾盼不满地拍了拍他的肩头，嗔怪道："不就是过个四级吗？至于高兴成这样吗？"

封定钰不赞同她的话，连连摇头道："我高兴的是你对我的帮助。"

他定定地望着顾盼，眼神近乎痴迷，而且柔软得犹如一汪春水。他吞了吞口水，原本晶亮的眸子逐渐变暗，他哑声低低地唤了句："媳妇儿？"

顾盼被他突然转变的画风弄得不知所措，她预感到接下来会有什么危险的事情发生，正当她想推开封定钰逃脱这是非之地时，某人的吻已经猝不及防地落了下来。

也不知封大少是不是因为过了四级太激动，总之这次的吻来势汹汹，顾盼一时有些难以招架。

正当她神思恍惚，想奋力挣扎以挣脱封定钰的束缚时，突然听见开门声，一个熟悉的声音也随之响起："小钰、盼盼，出来吃……"

话说到一半便戛然而止，看见眼前这一幕，封妈妈整个人石化在了原地。

听到老妈的声音,封定钰赶紧松开顾盼,先是表情不自然地理了理衣服,然后语气责备道:"妈,你进我房间怎么不敲门啊?"

顾盼顿时想死的心都有了,她随手扯过枕头,将脸埋在了床上。

封妈妈晃了晃脑袋使自己恢复神志,突然想到了什么,于是假装板着个脸冷冷地问:"封定钰你怎么能对盼盼做这种事呢?人家还没答应做你女朋友!"

封定钰握住了顾盼的手,然后看了看……自己的枕头,接着特别自豪地说:"妈,胖胖现在是我的女朋友了。"

封妈妈语气凶巴巴的:"给你们点时间收拾,等会儿出来把话说清楚!"

不要啊!顾盼的内心是抗拒的。

封定钰慢慢拿开了覆盖在顾盼脸上的枕头,俯下身温柔地对她说:"我妈走了。"

"封定钰,你是不是故意的?"顾盼恶狠狠地瞪着他。

"我没有!"封定钰连忙矢口否认,然后又极其无辜地说,"我也没料到我妈会进来啊,而且她还忘了敲门。"

顾盼将信将疑地盯着他,试图从他的表情里找出一丝破绽,可是她越是盯得牢,他越是抬高下巴表现得坦然,最后她也没辙了。

封定钰扬了扬眉,不无得意道:"是时候将我们的爱情公之于众了。"

牢牢牵着顾盼的手,封定钰打开了房间的门。

客厅里的气氛安静得有点吓人,在他们暴露在视野里的那一瞬,四位家长齐齐朝他们二人看了过来。

看见几位家长的表情,顾盼下意识地想逃。觉察到顾盼的动作,封定钰用力将她拽了回来。他定定地望着她,给了她一个让她安心的眼神,悄悄说:"别怕。有我在。"

看到封定钰前所未有的认真模样,顾盼思忖了片刻,决定相信他。

"你们两个到底怎么回事?"顾盼和封定钰在沙发上坐下后,顾爸爸洪钟般的声音便随之响起,他如炬的目光在两个年轻人身上来回流转。

"顾伯父,我和盼盼姐在一起了。"封定钰依旧紧紧握着顾盼的手,开口道。

"这是什么时候的事?"顾妈妈开口,犀利的眼睛一直盯着顾盼。

"从我上大学开始。"封定钰坦坦荡荡地对上顾妈妈的眼睛,再次回答。

没那么早好吗?顾盼很想纠正封定钰,可是又不敢开口,而且她也知道现在解释这个根本一点意义都没有。

"盼盼,你说。"顾爸爸把目光投向了顾盼,顿时吓得顾盼打了个寒战。

顾盼低着头咬紧嘴唇,隔了很久才小声开口:"我们确实在一起了。"

两对家长同时与自家老伴对视了一眼,于是出现了以下几种不同的表情:顾爸爸面色凝重,顾妈妈一脸无辜,封妈妈脸上有大功告成的喜悦,封爸爸则不喜不悲。

见几位家长久久沉默着不开口,顾盼一颗心顿时提到了嗓子眼,她低头盯着自己的棉拖,咬着嘴唇不敢出声。

这时,顾爸爸开口了:"盼盼,你可要想清楚,这小子不但不会照顾人,而且还需要你照顾。你是女孩子,爸爸希望你找一个会照顾你的可靠男人。"

听到这话,封定钰就不满了,他刚想说什么为自己正名,封爸爸却率先替儿子说话:"顾老大,你这话我就不爱听了,你凭什么说我儿子不会照顾人?"

"我管你爱不爱听!实话实说难道也有错?我好好的一个女儿就这么被你们家臭小子给拐走了,我还不能发表几句意见?"顾爸爸目光冰冷地瞄了封爸爸一眼。

"好好好,行吧,你说你说。"封爸爸立刻举手投降。

封妈妈假装用手帕抹了抹泪,生无可恋地靠在老公肩上,哭丧着脸说:"老公,你老大他埋汰我们儿子。"

封爸爸拍拍老婆的手背,柔声安抚:"老婆,这是没有办法的。谁让我们儿子要娶他们家女儿呢,哪个女婿没被岳父埋汰过?当初我不也是这么过来的吗?"然后悄悄给了封定钰一个眼神:儿子,看你的了,给我怼死顾老大。

得到老爸的鼓励,封定钰瞬间勇气倍增。他牢牢盯着顾盼,掷地有声地开口:"或许在大家眼里我只是一个不够成熟、不够懂事的孩子。但是我保证,从今天开始不会让顾盼受任何委屈,我会好好爱她,好好照顾她,不会让她难过。"

# 小学渣,别看我看书

好老套的告白……顾盼在心里默默吐槽了一句。

听着封定钰坚定有力的话语,顾妈妈顿时感动了。她擦拭着眼角的泪花,一脸欣慰地说:"真不愧是我家女婿,真有担当!"

顾爸爸和顾盼皆无语地看了顾妈妈一眼。

顾爸爸皱着眉头严肃地对顾盼说:"顾盼,你可要想清楚,别行差踏错!"

在顾爸爸眼里,封定钰这小子就是遗传了他爸爸的"二"和傻,小时候整天听封定钰念念有词地喊着顾盼媳妇儿,他早就不爽了。这小子其他还行,做女婿绝对不行!

对上老爸那犀利的眼神,顾盼有些胆怯。

她知道老爸是为她考虑,目前为止封定钰确实不是个理想的男朋友,更不是个理想的结婚对象,但是……经过这么多年她已经明白,封定钰离不开她,不能没有她,而且她也喜欢他。所以哪怕知道他有种种缺点,她还是愿意无条件包容他、接纳他,他们早就是彼此生命中不可或缺的一部分了。

顾盼坦然对上爸爸的视线,冷静又庄重道:"爸爸,您应该了解我性格的,如果不是真心喜欢一个人,我不可能与对方在一起。"

"是啊,顾伯父,我跟盼盼是两情相悦。"封定钰及时出声。

顾爸爸冷冰冰地瞪了封定钰一眼,良久才说:"既然在一起了就好好相处,不要跟有的年轻人一样三天两头闹事情,分分合合的。"

"爸爸,我们不会的。"顾盼坚定地握紧封定钰的手,目光柔和地看着他,"既然决定跟他在一起了,那便是想好要过一辈子的。"

自家好不容易才养大的白菜就这么被别人家的猪给拱走了，顾爸爸心里一万个不愿意："两个人先交往吧，结婚的话，得等盼盼满了二十七岁再说。"

"二十七岁？"顾妈妈立刻跳起来了，激动地瞪着自家老公，"顾玉麟，你这是要把我女儿熬成老黄花吗？"

"二十七岁很老吗？现在的年轻人谁不是三十岁以后才结婚？"顾爸爸不满地回视老婆，随即耍起了无赖，"我不管，反正我女儿不早婚！不答应这个条件的话大不了我女儿不嫁了，我养她一辈子！"

说完这些话，他板着个脸摔门而去，回自己家了，留下一屋子的人在风中凌乱。

几场大雪之后，在元宵节这天风雪终于止歇，只不过气温依旧没有回暖的迹象。这么冷的天气只适合待在被窝里，所以封定钰喊顾盼出去逛街时她内心是拒绝的。但架不住他的软磨硬泡，顾盼最终还是跟着封定钰出了门。

虽是在寒冷的天气，但正逢节日的商场依旧热闹。封定钰几天前不小心让手机进水……报销了，今天是特地拉着顾盼出来买手机的。

封定钰买东西一向爽快，买好手机后两人在去书店的路上遇见了一个女生。

顾盼认得这个女生，名字叫虞连，以前跟封定钰是同一个班的，从初中开始就喜欢黏着封定钰，可惜封定钰一直郎心如铁不为所动。

看见封定钰后，女生根本没有意识到他身边还有个顾盼，直接喜

# 小学渣，别看我看书

出望外地跑过来，带着笑容对封定钰说："封定钰，好久不见。"

"好久不见。"封定钰也极有礼貌地与对方打了招呼。

这时虞连才注意到封定钰身边的顾盼，而且她目光一转，不经意间看见封定钰正牵着顾盼的手，两人的手指牢牢相扣。

虞连自然也是认识顾盼的，而且非常讨厌她！

从初中开始虞连便喜欢黏着封定钰，可是不管她怎么做，如何在他面前刷存在感，封定钰都只看得见顾盼一个人。

虞连伸出手指在封定钰和顾盼之间来回指了指，半晌后才难以置信地问："你们两个在一起了？"

"嗯。"封定钰言简意赅地回答。

虞连一听，胸中的火气瞬间就涌了上来，她气呼呼地看着封定钰说："你为什么要和一个老女人在一起？她可比你大两岁啊！"

很快，她又把视线转向了顾盼，疾言厉色地控诉道："还有你，老牛吃嫩草不觉得可耻吗？"

顾盼动了动嘴唇刚想说什么，封定钰却率先开口了。他面色不悦地瞪着虞连："嘴巴放干净点！谁是老女人？"

"她就是老女人！"虞连身体颤抖，用手指着顾盼，一张脸白得全无血色。

虞连好不甘心，她为封定钰做了那么多事，可是他自始至终连看都不看她一眼，一颗心扑在顾盼这个老女人身上。可是这个老女人除了从小跟他一块儿长大之外，根本没有为他做过任何事情！

封定钰铿锵有力地开口："虞连，我警告你，顾盼是我的女朋友，如果你再对她出言不逊,小心我对你不客气!"

"封定钰!你居然为了这个老女人吼我!"虞连崩溃地大喊一声,惹得周围许多行人纷纷把目光投了过来。

封定钰最受不了别人侮辱顾盼,正当他上前一步想说什么时,顾盼却及时拉住了他。

顾盼面无表情地看了看虞连,说:"你说得没错,我是比他大两岁,我是老女人,但我也是他女朋友。小姑娘,他不喜欢你,命里无时,莫强求。"

"你!"虞连没想到这个看似温柔的学姐说话居然如此伤人。

"你好自为之。"留下这句话,顾盼拉着封定钰越过虞连离开了商场。

之后一路上,封定钰都在认真观察着顾盼的脸色。过了好半天,他小心翼翼道:"媳妇儿,对不起,都是我的错,让别人冒犯你了。"

顾盼停下脚步,定定地望着封定钰,见他皱着眉头一副惭愧的样子,她胸中的那一点点闷气快速地消散了。

她安抚他:"行了,别又是这副表情。小女孩的话我还不至于放在心上。"

封定钰脱去顾盼的毛绒手套,然后将她温暖柔软的小手贴在他冰凉的脸上,感动地咕哝:"我就知道媳妇儿对我最好了。"

"好了,好了!"见他这个样子,顾盼不由得笑了,"你还不是仗着我宠你?"

"男朋友不就是用来宠的吗?"封定钰说这话根本脸不红心不跳。

小学渣，
别看我
看书

"你再说一遍？"顾盼佯装举起拳头。明明是颠倒黑白的话，可是从这家伙嘴里说出来，居然没有丝毫违和感。

"媳妇儿，我又错了。"封定钰见状赶紧抱住了脑袋，还习惯性地露出一个可怜兮兮的表情。

"哼，撒娇鬼。"顾盼转而用手指在封定钰的额头上点了点，笑得温柔又宠溺。

出了商场后，街道上是一片冰天雪地之景，干枯的树梢上镶嵌着一些晶莹的冰柱，地上的雪踩上去会发出"嘎吱嘎吱"的声响。

不知不觉间，顾盼和封定钰来到了一个湖边。

经过一段时间寒冷空气的洗礼后，湖水早已结冰，此刻有不少人正在冰封的湖面上滑冰。

顾盼停下了脚步，双手撑在大理石栏杆上，举目眺望着不远处自由嬉戏的人。

在离岸边十几米的地方，刚才针对过顾盼的虞连此时也穿着一双溜冰鞋在湖面上滑行。不经意转头，她看见了站在岸边的顾盼和封定钰。

她抽了抽嘴角，转身便想往另一边滑去。可在她转身之际，一个女孩突然不受控制地朝她冲过来。惊慌失措之下她来不及躲闪，只能迎面和那人撞上。

女孩在与虞连相撞之后迅速弹开，滑出几米后恰好被自己的男朋友接住。

虞连可就没这么幸运了，与女孩相撞后她重重跌倒在地。一时间，她屁股下受到重重撞击的湖面迅速裂开，感受到这一变化的她还没来得及喊救命，整个人便落入了冰冷刺骨的湖水中。

在岸上看风景的顾盼见到这一幕时瞳孔骤然一缩，接着便不假思索地跳入湖水中。

"胖胖！"封定钰惊呼一声，几乎是条件反射地伸出手想去抓顾盼，可手指擦过她的衣角，终究只能目瞪口呆地看着顾盼消失在眼前。

原本在湖面上滑冰的人看见冰裂后，纷纷后退，惊慌地上了岸。

封定钰双拳紧握，红着眼眶呆呆地看着平静的湖面，一时回不过神来。

过了十几秒后，他突然想起了什么，于是疯了一样向身边的人疾呼："看什么热闹？快去找人来救人啊！"

他从未如此失态过，亦从未如此害怕过，他颤抖着双手，整个身体也几乎是颤抖的。

几分钟后，顾盼拖着已经昏迷的虞连上了岸，并让她平躺在草地上。

封定钰忙不迭冲到顾盼身边，关切地问："胖胖，胖胖，你怎么样？怎么样？"

他注意到，她苍白的嘴唇不住发抖，牙齿也在不停地打战，一双眼睛疲惫地半眯着，整个人是一种随时都会睡过去的状态。

顾盼有气无力地看了封定钰一眼，随即很快收回视线。

她觉得身体极其寒冷，冷得深入骨髓。身上本就厚重的衣服此刻由于浸了水，穿在她身上就像千斤重的石头一样，使她很难受。又看了看还在迷昏的虞连，她伸出手想给虞连挤出肚子里的水，却不料一头栽倒在地。

顾盼再次醒来时已是第二天傍晚,身边坐着一宿未睡的封定钰。

见顾盼醒了,封定钰连忙拿起一个枕头放在她身后,然后扶她起来让她靠着。

顾盼疲惫地打量了一遍四周:"这是什么地方?"

"医院。"封定钰冷冷地回答。

意识到封定钰语调的不对劲,顾盼伸手在他面前晃了晃:"你怎么了?"

"没事。"封定钰闷闷不乐,傲娇地别过了头。

见他这副样子,顾盼更觉得疲惫,她还没彻底缓过劲儿来,不想理会封定钰的小脾气,于是也不说话了。

这厢,封定钰等了一会儿仍然没等到顾盼给自己一个说法,于是他生起气来:"你就没有什么想对我说的吗?"

"你要我说什么?"顾盼挑眉反问。

顾盼的态度令封定钰心头的怒火一下子就燃了起来,他腾地起身,气冲冲道:"顾盼,你知不知道我昨天有多害怕?这么冷的湖水,你居然毫不犹豫地跳下去救人!如果你有个三长两短,你叫我怎么办?你想让我一辈子打光棍吗?"

看到他急得跳脚的样子,顾盼反而轻松地笑了。她拉着他的手让他坐下,然后耐心地说:"我现在不是没事吗?你这么激动干吗?"

"我能不激动吗?我能不激动吗?"封定钰继续毫无杀伤力地吼

着,"我在岸上看不见你的身影,我以为你沉下去了,我心里有多害怕你……"

顾盼趁他喋喋不休之际在他唇上轻啄了一口,莞尔一笑道:"好了,我知道让你担心了,是我不好。但是在当时那样的情况下,我不可能见死不救的,也不应该见死不救,你说是吗?"

听顾盼这么一说,封定钰原先的气势与怒火一下子就没有了,但他还是抱怨道:"但是我们可以找其他人来救人啊,你自己也是个小女生呢,不知道我担心吗?"

顾盼扬了扬眉:"我记得我跳入水里的时候她已经昏迷了。如果等到其他人来救援,她可能会被冻死的。紧急情况,没有办法的。"

"好吧……但是你以后不许再让我担心了。"封定钰一把将她拥入怀里,霸道地说。

"好。"顾盼高高兴兴地应下,只觉得一股浓浓的甜蜜充溢在心间。

两人腻歪了一会儿,顾盼突然想到了什么,忙问:"对了,虞连怎么样了?"

"不知道!"封定钰很没耐心的样子,"反正死不了就是了!"

顾盼一巴掌拍在他的胸口处,面露不悦:"怎么说话的?再怎么说她也是你同学啊!"

封定钰底气不足地嘀咕:"可是她冒犯了你。"别人冒犯他、指责他可以,但是他绝不允许任何人伤害顾盼。

顾盼刚想开口说什么,突然听到病房的门被打开的声音,于是她将所有的话收回肚子里,看向病房门口。

很快，虞连柔弱的身影便出现在视线里，此时她穿着一身蓝色条纹的病号服。

顾盼和封定钰相视一眼，而后封定钰放开了顾盼。

虞连走到床边站直，咬紧嘴唇看着顾盼，久久没有开口。

顾盼和封定钰再次面面相觑，却也默契地没有出声，而是等待着来人先开口。

过了半晌，虞连终于缓慢地开口："学姐，谢谢你。"她的眼睛不敢看向顾盼，眸中的躲闪与为难显而易见。

顾盼微不可察地叹了口气，然后说："不用谢，我只是做了我力所能及的事情。"

"学姐，对不起。"虞连知道救她耗费了顾盼很大的力气，说力所能及实在是轻描淡写，于是又开口，"我昨天不该那样冒犯你的。"

顾盼温柔一笑："没事，都过去了。"

## Part 11 最亲爱的女孩

  寒假开学一个月后,顾盼收到以前合作过的制片人发来的消息,对方请她为他们最近拍的一部剧——《君心难测》里面的女主角配音。

  《君心难测》听名字像是一部古装剧,但实际上是一部架空的民国剧。故事里男主角是一个手握重兵的五省巡阅使、大督军,而女主角是一个从德国留学归来的医生。他们在战地相遇,作为医生的女主救了男主并悉心照顾他,此后的相处让两人渐渐生出了情愫,可是后来由于种种错过与误会,两人终究不能相守。

  这部剧里女主角是那种敢爱敢恨、果断冷静的性格,因此所配的

## 小学渣,别看我看书

声音应该是沉静中又带点魅惑,而顾盼的音色就很符合女主人设。

制片人发了配音演员表过来,顾盼看到给男主角配音的是吴晟。

说起这个吴晟,CV圈应该是无人不知,无人不晓。他是CV界大咖,一个集才华与天分于一身的人才,近年来很多正剧的男主角都是由他配音的。不过同时也有很多关于他的负面新闻,据说他和娱乐圈的很多女明星都传出过绯闻,交往过的女朋友不下二十个,私生活可以说是很混乱了。

顾盼去录音棚的第一天便遇见了吴晟,当时他正姿态慵懒地倚在沙发上闭目养神。

不得不承认,除了有一个人人艳羡的良好家世、一副得天独厚的好嗓子,吴晟的天然优势还有他的颜值。他的颜值很高,一张脸比很多荧屏上的男演员还帅,难怪有不少女星愿意往他身上黏。

见到顾盼的第一眼,吴晟也小小地惊艳了一下。长相清丽,眉眼间却带着一股勾人的风情,整体气质圣洁如莲。这样的女子他极少接触,因此一下子对顾盼来了兴趣。

从正式配音第一天开始,吴晟的目光便有意无意落在顾盼身上。在配音时,吴晟的视线不是专注地看向电视屏幕,而是用挑逗的眼神看向顾盼,尤其是当男主角对女主角讲一些深情款款的情话时,他还不忘对顾盼抛儿个媚眼。很多次在工作结束后,他都主动邀请顾盼一起吃饭,顾盼不想跟他有过多的交集,于是每次都用各种各样的理由拒绝。

某天走出录音棚后,顾盼又看见了笑得风情万种的吴晟。他开着他那辆骚包酷炫的玛莎拉蒂跑车,停在离顾盼不远处的路边。

顾盼正想躲去一边,便看到吴晟打开车门下了车,动作优雅地摘下墨镜,向她挑了挑眉:"美女,一起吃个饭吧?"

"多谢吴先生的邀请,但我还有事,就先回学校了。"纵然心里很不喜欢这个花心大少,顾盼也懂得伸手不打笑脸人的道理。

吴晟见状跨步挡在她面前,问道:"拒绝我?"

顾盼硬着头皮说:"我真的还有事。"

吴晟不以为然地轻嗤一声:"每次都以这个理由拒绝我,你知不知道这样子我的心会很痛的。"他说着还夸张地捂住自己的胸口。

"不好意思,我今天是真的有事。"顾盼完全不想浪费时间和精力跟这个人周旋。

"就陪我吃个饭,不浪费你多少时间的。"说完,他不由分说地拽着顾盼的手,拖着她往他车边走去。

"喂,你放开我!放开我!"顾盼一边奋力挣扎,一边叫嚷。

"嘘!"吴晟伸出右手的食指挡在顾盼的唇前,笑得一脸魅惑,"宝贝儿,今天就陪我吃个饭,等会儿吃完饭送你回学校。"

顾盼更加烦躁,继续用力地挣扎,奈何她那点微小的气力根本抵不过一个男人,最后只能硬生生被他塞进车里。

吴晟心情愉悦地坐回驾驶座上,发动了车子。

然而他的车子刚开出不到三百米,一辆乳白色跑车却突然加速横亘在面前,挡住了他的去路。

吴晟心惊肉跳地迅速踩下刹车,这才避免了两辆车相撞的惨剧。

# 小学渣,别看我看书

他做了个深呼吸,还没来得及弄清楚这是怎么回事,便看见从对面车上走下来一个年轻的小伙子。对方大步流星走近他车旁,弯腰,然后敲了敲他的车窗。

为了在公众面前保持形象,吴晟依旧挂着那抹亲切的笑容,动作优雅地下了车。只是下车后他还没站稳,左脸上便挨了重重的一拳。

脸上传来火辣辣的疼痛,他不由得用舌头在口腔里狠狠顶了几下,再次抬头看向对方时,眼睛已经充满了怒火。

趁吴晟打开车门之际,顾盼赶紧下了车。她清楚地看见当封定钰给了吴晟一拳之后,吴晟很快也回敬了他一拳,两个人就这样你一拳我一脚地打起来,大有不死不休之势。

吴晟虽然平时看起来吊儿郎当又不着边际,但他有功夫底子在,身手并不输封定钰。

几个回合下来,封定钰挨了吴晟几拳,吴晟同样也挨了封定钰几拳,两人都讨不到任何好处,却还不罢休地打着。

"不要打了!"顾盼喊了一声。

可是两个男人似乎根本没听见她的话。

"不要再打了!"她又喊了一声,然而她话音刚落,就看到吴晟一拳重重地砸在封定钰脸上,打得封定钰翻了个身,紧接着整个人跌倒在地。封定钰的手腕内侧擦到粗糙的地面,瞬间被磨破了一大层皮,淋漓的鲜血汩汩地从他手腕处渗出来。

眼看着吴晟又要冲上前去准备再给封定钰一拳,顾盼健步如飞地跑到封定钰身边,展开双臂挡在封定钰面前。

吴晟见到这番场景,抬手擦了擦自己嘴角的血迹,脸上依旧是那抹优雅玩味的笑容。

他凑到顾盼面前,伸出食指挑起她的下巴道:"宝贝儿,这个小鬼根本保护不了你。"

"走开!"顾盼冷若冰霜地拍落吴晟挑起自己下巴的手。

"宝贝儿,你真有意思,我对你是越发感兴趣了。"他对顾盼眨眨眼,然后越过她,看了一眼模样狼狈的封定钰,嘴角露出轻蔑的笑容。

吴晟掏出一张纸巾擦了擦手,然后居高临下地看着封定钰说:"保护不了别人的废物,不自量力!"

听了这句话,封定钰瞬间脑门充血,忍无可忍地站起来想跟吴晟决一死战,然而顾盼及时按住了他。

顾盼先是将吴晟扫视了一遍,随即带着笑容说:"毕竟不是每个人都像吴先生这么厉害能够打遍天下无敌手的,只不过……"她轻蔑的目光落在吴晟手背的伤疤上,嘲讽道,"跟一个有夫之妇牵扯不清,然后被人家的老公满大街追着跑,这种感觉应该很新奇、很刺激吧?"

"你!"吴晟顿时气得面色铁青。谁不知道这是他的一段黑历史,但事情已经过去很久了,没人敢再提起,没想到这丫头居然敢在他面前重提这件事。

看吴晟脸上的表情精彩纷呈,顾盼露出了愉悦的笑容。

侮辱她——可以,侮辱她的男人——不行!

她决定了,以后就在线上配音,她绝对不会再来录音棚跟这个男人见面了。配好这部剧,以后有和这个男人合作的剧,她绝对不会接!

## 小学渣，别看我看书

顾盼扶起封定钰，看着他鲜血不止的伤口，心疼地问："痛吗？"

若是以往，封定钰一定毫不犹豫地撒娇卖萌喊痛，可是刚才吴晟的话使他的自尊心受到了严重的伤害。

他第一次觉得自己这么没用，连自己心爱的女人都保护不了。

他别扭地转过头去，不敢迎上顾盼那关切的目光。

见他又开始闹别扭了，顾盼捧着他的脑袋将他的视线扭过来："怎么了？"

"走吧，去医院。"封定钰郁闷地开口，聚拢的眉毛却没有舒展开。

顾盼带着封定钰去医院包扎好伤口，在一楼大厅缴过医药费后，两人在转身欲离开之际看见了一道熟悉的身影。

由于那身影是向光而来的，所以顾盼看得很清楚。

此时，胡悠悠穿着一身蓝色条纹的病号服，眯着双目无精打采地坐在轮椅上，她手中拿着一朵鲜艳的红玫瑰，嘴角挂着一丝浅淡的笑容。

除此之外顾盼还注意到，胡悠悠的身形比几个月前消瘦了许多，原本圆润饱满的脸颊也深深凹了进去，嘴唇更是苍白得如同一张白纸。

她的脑子还没想清楚是否要过去打招呼，身体却已经率先做出了行动。

见到顾盼的举动，再看了看不远处的胡悠悠，封定钰也跟着走了过去。

顾盼走到胡悠悠面前，异常艰难地喊了声："学姐？"

闻声，在胡悠悠身后推轮椅的胡妈妈停下了步伐，而胡悠悠闻声也徐徐睁开眼睛。见到来人是顾盼后,胡悠悠扯出一抹笑容:"学妹,你怎么会在医院?"

顾盼转头看向了封定钰被纱布包裹着的手腕,胡悠悠也顺着她的目光看过去,瞬间明白了。

春天即将到来,医院花园里的花已经含苞欲放。

顾盼推着胡悠悠在花园里徜徉,两人静静走着,顾盼忍了很久终究还是没忍住,她将轮椅停在一棵榕树下,然后蹲在胡悠悠面前问:"学姐,能不能告诉我发生了什么事?为什么就几个月不见,你……你就瘦成了这样?"

胡悠悠眨了眨眼,眼底沉淀着一丝疼痛。叹息一声后,她将手抚在了自己的胸口上,缓缓道:"其实我……患有先天性心脏病。"

"心脏病?"顾盼难以理解,她没想到平时明媚张扬,永远都充满活力的胡悠悠竟然有这种先天性疾病。

胡悠悠点了点头:"这种病很难治愈,除非找到匹配的心脏。可是,有些人即使找到匹配的心脏移植,到后期也不可避免会出现一些排斥现象。"说到这里,她苦涩一笑,"其实小时候医生就断言我活不过二十岁,可是现在我已经二十一岁了。"

顾盼握住胡悠悠的手,抿了抿嘴唇,像是在斟酌什么,过了一会儿她问:"那明岚学长知道这件事吗?"

胡悠悠带着浅笑微微摇头:"他不知道……也没有必要让他知道……"

# 小学渣，别看我看书

从医院赶回学校的路上，封定钰发现顾盼一直拧着眉毛，一副忧心忡忡的样子。回到学校后，两人本来打算一起去食堂吃饭的，可是顾盼却突然对封定钰说："你自己去吃饭吧，我有些急事要去处理。"

封定钰知晓顾盼要去处理的是什么事，也很懂事的没有过问。

胡悠悠没想到明岚会来看自己。

当那道日思夜想的身影出现在眼前时，她觉得恍如隔世。

已经好几个月没见到他了呢，这段时间没有她接连不断的骚扰，不知道他会不会感觉安静些，日子过得舒坦些。

她搁下手中的书本，对明岚挤出一个大大的笑容，问道："你怎么来了？"

明岚生硬地梗着脖子，没有说话。

不过几个月没见，她竟已消瘦成了这副样子，这还是在他面前一直扬着高傲自信笑容的胡悠悠吗？

他拖着沉重的步伐走到病床边坐下，怔怔地看了她好久都没出声。

见明岚一直不说话，只一味盯着自己看，胡悠悠顿时有些不好意思。

她摸了摸自己消瘦憔悴的面颊，强颜欢笑道："早知道你要来，我就先化个妆了。现在的我……好难看。"

"为什么不告诉我这件事？"明岚终于开口了，眼睛里闪烁着沉痛。

"啊？"胡悠悠一怔，"哪件事？"

"我是问你，你生病的事为什么不告诉我？"明岚一字一顿地开口，声音里带着一丝压抑的痛楚。

"嗨,不是没那个必要嘛!"胡悠悠轻描淡写道。

她已经猜到这件事是顾盼告诉明岚的,她不怪顾盼,但是她不想让更多的人为她生病的事徒增烦恼。

看着胡悠悠这副满不在乎的样子,明岚心里有些窝火,但更多的是心痛,对她一个人默默承受病痛的心痛。

顿了顿,他拉过她的手,低着头不敢直视她的眼睛,轻声说:"你……你别离开我。"

直至看到女孩的身体如同空中摇曳的枯枝,加上这几个月来身边没有她,他的种种不习惯,脑子里不经意间出现她的笑脸,不经意间对她的思念,他才明白,这个女孩原来早已融入了他的生活。

他不希望她离开,一点儿都不希望!

胡悠悠先是一怔,随即笑得十分俏皮:"岚岚该不会是突然爱上我了吧?"

"如果我说的确如此呢?"明岚抬起头,坦坦荡荡地看着她,眼睛里没有丝毫的躲闪与掩饰。

"你又打趣我……"胡悠悠无奈地摇摇头,嘴角还是那抹温淡的笑意。

"我没有打趣你!"明岚坚定地看着她,隔了一小会儿,他又说,"等你好了,我们就在一起吧?"

"好啊。"胡悠悠泪中带笑地点点头。

即使知道自己可能永远也好不了,即使知道自己只剩几个月的时

## 小学渣，别看我看书

间了，但她还是贪求这一丝温暖与柔情。她从不敢奢求明岚会记住她一辈子，她只是希望自己付出了这么多年的感情能够得到些许的回应。

看着胡悠悠故作坚强的样子，明岚只觉得如鲠在喉，心头难受得很。

昨晚顾盼告诉他关于胡悠悠的病情时，他才对自己与胡悠悠之间的感情有了一次真正的审视。

原来这几年来，陪伴在他身边的一直都是胡悠悠，她在他得意的时候真心地为他高兴；在他失意的时候，虽然表面上对他冷嘲热讽，却始终对他不离不弃；在他需要帮助的时候，他还没开口，她便已经忙着帮他解决困难了。

可是，他当初为什么会觉得一切是理所当然？他为什么选择性地对这些事情视而不见呢？他真是个浑蛋！

日子就这么无波无澜地过着，明岚每天下课后都会马不停蹄地往医院赶。

这天，他在收拾好东西准备去医院时，在经过传媒学院的教学楼时遇见了顾盼。

两人先是愣怔着对视了一眼，随即顾盼率先迈步朝明岚走过去。

走到明岚跟前停下，顾盼直接开门见山地询问了关于胡悠悠的情况。

人来人往的教学楼前不方便谈话，于是明岚带着顾盼往教学楼前的湖边走去。

顾盼静默地跟在明岚身后，若有所思地望着他的背影。

她发现这段时间明岚变了很多。

原本她在他身上感受到的是一股温润清朗的气息,那种气息使人如沐春风,可是近来,她觉得他身上聚敛了一股阴沉压抑的气息,使人一靠近便觉得难受。

她知晓他为什么会这样,因为她和他一样,也心疼那个女孩。

那个脸上永远扬着明媚灿烂笑容的女孩,那个身上似乎永远都有用不完的精力的女孩,那个明明话很多却令人无法讨厌的女孩。她记得,哪怕当初她们算是情敌,却从未像小说或电视剧里的狗血剧情那样明争暗斗过。

可就是这么好的一个女孩,如今却虚弱地躺在医院的病床上,而且老天爷随时都有可能将她的生命收走。

来到湖边,明岚怔怔望着波光粼粼的湖面,压抑着心绪沉默了半晌,这才声音沉沉地开口:"她不好。"

看着明岚落寞的身影,顾盼也不知道该说什么来安慰他,只能咬紧嘴唇,低下头盯着自己的鞋面。

两人就这样陷入了无声的静默中,只能听见风掠过树梢时带起枝叶晃动的声音以及不远处传来的一些学生欢快的笑声。

明岚闭眼、又睁眼,这样反反复复做了许多次,最后长叹一声。就在顾盼以为他不会开口时,他说:"医生说,她只剩这一两个月的时间了。"

都说女人是感性的生物,顾盼也不例外,听闻这个消息的她,眼睛不可抑制地蒙上了一层水雾。

良久没有听见顾盼的声音,明岚又自顾自地说:"有时候,我发现自己挺蠢的。"

"学长为什么这么说?"顾盼有些惊愕,终于忍不住开口问。

明岚再次沉默了片刻,说:"她在我身后追逐了这么多年,但是我一直都不知道自己对她的心意。以前我以为自己喜欢的是你,可是当我听说你跟学弟在一起的时候,我除了失望和一丝难过之外,心里并无多大的起伏。不过现在……我一想到以后她不会在我身边晃悠,不会再对我喋喋不休,不会再对我笑,甚至不会再对我冷嘲热讽了,我的心就痛得无法呼吸。"说着说着,他的眼里不受控制地溢出了泪水。他垂下头,似乎不想让人看到他的软弱。

背对着顾盼,他不着痕迹地抬手将泪水拭去。

顾盼从未见过,一贯内敛沉稳的学长会露出这样伤感的样子。

他应该是爱得很深吧?毕竟他和胡悠悠已经相处几年了。这几年来,她的点点滴滴早就融入了他的生活中;她的一颦一笑早就烙印在了他的脑海里;她的一举一动,哪怕他不承认,也竭力压制着,却也真真实实地牵动了他的心。倘若哪天这些被硬生生地剥去,那种感觉无异于剥皮抽筋,令人痛不欲生。

何况,是他亏欠了她四年。

"学长——"顾盼上前,轻轻拍了拍明岚的肩膀,"学姐她一定会好起来的。"

她清楚自己说这话有多么苍白无力,情况他们都清楚,只是除了安慰,她也不知道该说些什么罢了。

明岚目光呆滞地望着远方的天空,许久没有说话。

有时候人感觉无助不是因为自己做了什么,而是因为自己什么都做不了。明岚现在就是这种感觉,他只能眼睁睁看着胡悠悠的身体一天天颓败下去,可他始终……无能为力。

须臾后,顾盼开口:"我今天下午没课,跟你一起去看看学姐吧?"

明岚终于转头看向了顾盼,可是与此同时,他看到了顾盼身后不远处的封定钰。他知道那小子对顾盼的占有欲,于是苦笑一下,摇了摇头说:"不必了。我去陪她就可以了。"

顾盼咬了咬嘴唇,眼里有失望一闪而过,最后还是点头不再勉强。

顾盼当天没有去,不过隔天上午她便带着封定钰一起去看胡悠悠。

二人来到医院时,柳柳正坐在胡悠悠的病床前欢快地说着什么,惹得胡悠悠笑得非常开心。

顾盼深吸一口气,然后带着封定钰走进去,将水果搁在床头柜上。

看见来人是顾盼后,柳柳的脸上瞬间罩上了寒霜,她跟胡悠悠简单说了一声之后便自觉离开了病房。

见到顾盼带着封定钰来看自己,胡悠悠心里很高兴,眼睛都变得亮闪闪的。

她欢快地问:"学妹学弟,你们怎么来了?"

顾盼的视线随意往四周扫了一圈:"明岚学长呢?他今天没有来吗?"

胡悠悠说:"来啦,他现在下去买午餐了。"

顾盼点点头,在柳柳刚才坐过的位置坐下,带着笑脸问胡悠悠:"学姐现在感觉怎么样?"

# 小学渣,别看我看书

胡悠悠一脸娇羞的样子:"挺好的呀。岚岚每天都来陪我,我每天都很开心。"

顾盼嘴角扬起的弧度瞬间加大,她朝胡悠悠眨了眨眼,说了句很俏皮的话:"那学姐可要好好养身体,重出江湖。"

胡悠悠高贵冷艳地把头一甩,说:"是啊,老娘以后要重出江湖,祸害苍生!"

"以后害我一个人还不够啊?"一道带着戏谑的嗓音传来,紧接着一脸笑意的明岚便出现在众人的视野里,此时他的视线只投在胡悠悠身上,眉宇之间都带着满满的宠溺。

听闻明岚的话,胡悠悠俏脸一红,索性低下头不去看他了。

顾盼与封定钰相视一眼,知道不该打扰他们二人单独相处,于是随便找了个借口便离开了。

明岚将食盒放在床头柜上,看了看一脸红晕的悠悠,刮了刮她的鼻子,调笑道:"怎么脸红了?"

"没事,没事。"胡悠悠连连摇头。

"你今天心情很好?"明岚挑了挑眉,脸上的笑容有些挑逗意味。

"嘿嘿。"胡悠悠笑了笑说,"今天柳柳过来看我,学弟和学妹也来看我,这么多人惦记着我,我觉得很开心。"

"你开心就好。"明岚忍不住摸了摸她的头发,不过很快又抽回手。

他微微侧了下身,动作轻缓地打开食盒,用瓷盅盛了一碗汤,又拿起勺子舀了一勺,吹了吹汤上的热气,将汤勺送到胡悠悠面前。

胡悠悠咬紧嘴唇,难以置信地看着他。

"喝啊。"见胡悠悠愣着半天不动,明岚忍不住催促道。

胡悠悠傻愣愣地点点头,乖乖张开嘴巴。

喝完一盅汤后,胡悠悠还是忍不住问:"岚岚,你今天为什么突然对我这么好?"

明岚抬眼,认真地看着她,然后一本正经地说:"男朋友对女朋友好不是天经地义的吗?"

胡悠悠震惊地瞪大双眼:"女朋友?我?"

明岚握住她的手,认真地对上她的眼睛道:"是你,就在刚才,你是我的女朋友了。"

胡悠悠心里虽然有些许意外,但还是乐得想要跳起来高声疾呼。

她害怕这突如其来的幸福是一场梦,于是狠狠掐了一下自己的大腿。直到大腿上那股清晰的疼痛传来,她才发现这是真的。由于太过激动,她一下子变得语无伦次了,她再次不确定地问:"你你你……你说的是真的吗?"

"你不愿意?"明岚挑眉反问。

胡悠悠低着头专注地想了一下:"愿意当然是愿意的,只不过……"

"不要想那么多。"明岚迅速打断了她,"我之前说等你好了我们就在一起,但我现在反悔了,我们要抓住每一天,好好地在一起。"

"嗯!"胡悠悠幸福地点了点头。

时间飞逝,转眼一个多月又过去了。这段时间除了明岚每天都会来陪胡悠悠外,顾盼也三天两头带着封定钰过来,虽然封定钰一般一句话都不说。

这日,胡悠悠躺在病床上,呆呆望着窗外火红的海棠花,突然变得多愁善感起来。

明岚推门而至时,看到的就是她面色凝重、目光呆滞的模样。

抿紧双唇驻足了几秒,明岚还是迈步走近床边,随后温柔地问她:"怎么了?"

见到来人是明岚,胡悠悠并不意外,她的目光没有转向明岚,而是一直停留在窗外的海棠花上。

她说:"春天这么快又到了。不知怎的,我突然好想去普罗旺斯看薰衣草。"

"过两天你病好一些了,我们就一起去看。"明岚握紧她的手,深情款款地凝望着她,"如果你喜欢,以后每年我都可以陪你去看。"

胡悠悠扬唇一笑,却不置一词。

不管明岚是同情她,还是真的喜欢她,这段时间他都对她有求必应,悉心地照顾她,温柔地宠着她,她不想从这样的温柔乡出来,她贪恋着这样温柔地对待自己的明岚。但是她也明白自己的身体情况已经越来越糟糕,就像风中摇曳的烛火,随时都有可能被风吹灭。

见胡悠悠敛着眉思绪越飘越远的样子,明岚快速俯下身,在她苍白的唇上轻轻地啄了一口。

胡悠悠一脸惊愕地回过神来。虽然他们确立情侣关系一个多月了,但是从来都没接过吻。

明岚没有对自己突然偷吻她予以任何解释,而是直接转移话题道:

"再过半个月是我生日,我想请一些朋友来医院庆祝。"

"来医院庆祝?"胡悠悠一副不敢相信的表情,"可是医院不会同意的。"

"会同意的。"明岚说,"我们不闹,只是简简单单地聚一下。"

半个月的时间一晃而过,很快到了明岚生日这天。

这天,明岚约了几个好友来胡悠悠的病房庆祝,因为邀请了顾盼,所以作为曾经情敌的封定钰也来了。

胡悠悠知晓柳柳和顾盼之前有些矛盾,也知道柳柳曾经对顾盼做的事,于是劝柳柳借这个机会跟顾盼道个歉。脾气倔强的柳柳一开始没答应,可是看到胡悠悠那殷切的目光和憔悴的面容后,还是点头答应了。

明岚订的生日蛋糕上面写的不只是他一个人的名字,还有胡悠悠的名字。当胡悠悠对此有不解时,明岚告诉她:"我的生日是5月21号,而你的是10月21号,我们相差了五个月。以后我的生日你跟我一起过,你的生日我也跟你一起过。"

说不感动肯定是假的,哪怕胡悠悠知道这终究只会成为一个不能实现的梦想,她还是泪中带笑地点点头,坚定地告诉他:"以后每年都要一起过。"

生日庆祝到一半时,柳柳给顾盼倒了一杯酒,然后在众人的疑惑中举起酒杯对顾盼说:"学妹,我为自己曾经对你做过的事情道歉。我敬你一杯,希望你能原谅我以前的所作所为,对不起。"

**小学渣，别看我看书**

看着柳柳喝光了杯子里的酒，顾盼对上她的视线后微微一笑，也仰头一饮而尽。

就算对方以后的交集不会太多，但既然对方已经道歉了，顾盼也不会揪着当初的事情不放。而且当初柳柳设计害她受伤，为的也是胡悠悠，其实柳柳也是一个对朋友很好的人啊。

冰释前嫌后，气氛比原先更好了，大家都欢乐地替明岚和胡悠悠庆祝生日。

往后的日子就这么平静地过着，可是只有每天陪着胡悠悠的明岚知道，胡悠悠的身体已经越来越糟糕了。

他每天晚上都会陪胡悠悠到很晚才会离开，隔天清晨又早早过来，学校的课他也不上了，请了一个月的假。

这日凌晨一点，在明岚刚离开不久后，一道细长的闪电划破黑暗的夜空，震耳欲聋的雷声从远处的天空传来，原本已经入睡的胡悠悠被这巨大的雷声吓醒了。

她猛然睁开眼，惊恐万状地看了一眼窗外，恰巧看见一道明亮的闪电划过天际，紧接着那隆隆的雷声又连续敲打着她的耳膜。

由于是农历月中，喜欢赏月的她连续几日都没把窗帘拉上，此刻她看见一道道闪电穿过玻璃伸进了病房内，像一个个巨大的魔鬼要将她吞噬。

她心里感觉到前所未有的害怕，幽黑的瞳孔在黑暗中无限放大。她的呼吸开始变得急促，并且越来越沉重，胸口处传来了一阵剧烈的疼痛。这疼痛感刺激了她身体的每一个细胞,她被剧痛搅得不由自主地弓起了身体。

可偏偏老天爷就是不愿意放过她似的,一道道闪电透过玻璃伸入病房里,闪电就像一个恶魔张着血盆大口,好像随时都有可能将她吞噬。

疼痛折磨间,胡悠悠感觉自己的意识开始变得涣散。她努力睁开眼,恍惚间看见在闪电明亮处站着明岚的身影,正对她招手笑得一脸温柔。

她突然觉得闪电没那么可怕了。

她艰难地伸出手,想要去触摸明岚,然而一道惊雷响在她耳边,她被吓得张大了嘴巴,也没能握住明岚的手。

在意识快要消散之际,她的泪水顺着脸颊滑落。

"明岚,对不起……"

在心里说完这一句后,随着一双手无力地垂下,她陷入了永远的黑暗中。

窗外雨打芭蕉,暴风雨洗净了一地的灰尘,然而在一间黑暗的病房内,一个已经失去了生命气息的女孩子眼角挂着一滴琥珀泪。

由于担忧昨晚的闪电和惊雷会吓到胡悠悠,明岚隔天一大早便赶过来了。

他推门而入时,感觉与往常并没有什么不同,胡悠悠此刻正安安静静地躺在床上睡着。

他阔步走过去,见她的手大刺刺地露在被子外面,宠溺又无奈地笑了笑。

## 小学渣,别看我看书

"这傻瓜,不知道把手放到被子外面会着凉吗?"说着他便打算将她的手放回被窝里,可是当他触及她手的那一刻,他感觉到了一股令人心悸的冰凉。

他的动作突然顿住,他压抑了几下呼吸,将视线缓缓移至胡悠悠的脸上,呆呆地看着她。

他嗓音干哑,低低地喊了一声:"悠悠?"

空气静默了好久,他目不转睛地凝望着她,可是床上的人一点反应都没有,双目依旧紧紧闭着。

"悠悠?"他不屈不挠地又喊了一声,可她还是没有任何反应。

他深吸了一口气,然后像是做了什么重大决定似的,缓慢地俯下身,伸出颤抖的手指,往她的鼻孔下探去。

他认真地感受着,生怕自己错过了她的每一次呼吸。可是,他将自己的手在她鼻尖下放了半分钟,都未曾感觉到丝毫的气息。

他疲惫地收回自己的手,然后小心翼翼地拉起她的手,无力地坐在床边,吻了吻她的手背。

"胡大小姐,你看你,又调皮了。我都亲你了,你还不理我?

"好吧,你这个小懒猪就继续睡吧,等会儿饿了我再去给你买你想吃的,好不好?我亲爱的女孩。"

## Part 12
## 为未来而努力啊

　　由于这天是周末，平日很忙的顾盼在早上八点多钟也带着封定钰来看胡悠悠了。

　　来到病房时，两人看见明岚静静地坐在病床边，将胡悠悠的手贴在他的脸上，面容平静得没有丝毫波澜。

　　顾盼停下脚步，认认真真地看了明岚一眼，接着清楚地看见了他眼眶里氤氲的水雾。那浓浓的水雾布满他的眼眶，好像随时都会掉下来，却始终未曾落下。

　　再看了看床上的人更加苍白的面容，她瞬间明白了什么。

### 小学渣,别看我看书

  这个事实强烈冲击着她的心灵,她不由自主地后退一步,手上拎着的袋子也掉到了地上。她抬起手,捂住嘴巴努力不让自己哭出声,奔腾的泪水却在一瞬间涌了出来。

  封定钰这时也明白了什么,他握紧拳头,抿紧嘴唇,脸上虽没有任何表情,但眼睛里的沉痛显而易见。

  这时胡妈妈从外面走了进来,见到顾盼捂嘴哭泣时,她先是皱了皱眉,然后将视线移向了床上的人。

  她微微张开了嘴巴,不敢胡思乱想擅自猜测什么,而是疾步走到病床边,低下头轻轻地唤了一声:"悠悠?"

  见胡悠悠没有任何反应,她一颗心提到了嗓子眼,于是又加大音量反反复复唤了几声。如此这般仍旧得不到回应之后,她开始不管不顾地摇晃着胡悠悠的身体,大叫着:"医生!医生!快来人啊!悠悠,悠悠你怎么了?你不要睡,不要睡!"

  "啊!"胡妈妈终于忍不住歇斯底里地大喊一声,悲痛欲绝地哭着,"悠悠,你就这么走了,你叫爸爸妈妈以后怎么办?"

  "她没有走!"明岚突然出声,"她只是暂时睡着了。"

  胡妈妈难以置信地看着一脸平静的明岚,意识到什么之后,又开始不管不顾地号啕大哭起来。

  医生被哭喊声吸引过来,在检查了一番后,对众人惋惜地摇了摇头:"抱歉,病人已经……"

  "你胡说!悠悠前几天明明状态很好的!怎么可能……你们还我女儿啊!"

"对不起,病人前几日确实病情稳定,这种情况我们也没有料到……"

医生还在和崩溃的胡妈妈说着什么,明岚却扯起嘴角笑了几下,笑容里没有丝毫温度。

顾盼拖着沉重的步伐,一步一步朝明岚走过去,然后轻轻在他肩上拍了一下。

明岚猛地抬头看向顾盼,原本空洞呆滞的眼神在一瞬间变得明亮有神起来。他紧紧握住顾盼的手,像是抓住一根救命稻草一样,急切地问:"学妹,你从不撒谎的,你说,悠悠她没有走对不对?她只是暂时睡着了,对不对?"

"学长……"顾盼捂住了嘴巴,很想说些安慰他的话,可是她的喉头酸涩,最终只吐出几个字,"学长,你要节哀。"

"我不要节哀!"明岚的情绪陡然变得激动,他狠狠地甩开顾盼的手,目眦欲裂地瞪着她,"她明明没有死,你凭什么叫我节哀?"

说着,他转头看向了胡悠悠,颤抖着说:"你不是说想去普罗旺斯看薰衣草吗?走,我现在就带你去!"

他动作凶猛地掀开洁白的被子,在医生和众人没反应过来之际,迅速弯身抱起胡悠悠,带着一股疯狂与执拗,不管不顾地往外面跑去。

"学长!"顾盼惊恐万状地叫了一声,随即拔腿便追了上去,封定钰紧随其后。

"我的女儿!"胡妈妈一边哭着,一边拖着疲惫的身子追了上去。

胡悠悠的病房在三楼,明岚没有坐电梯,而是抱着她疯狂地从楼梯跑了下去。

## 小学渣,别看我看书

一楼是人来人往的地方,很多人在看到一个男生抱着一个女生急匆匆往外面跑去时,都忍不住驻足观看。

很快,明岚跑到了医院的院子里。这时他一个不慎,脚上踢到了一块松动的砖头,于是身子不受控制地往前倾。

眼看着胡悠悠就要从他手上脱离,他瞳孔骤然一缩,奋力往前一探又接住了她,然后抱着她在地上滚了好几圈。

之后他不顾自己满身的狼狈,跪在地上将胡悠悠抱在怀里,摸着她的脸非常担心又无措地问:"悠悠,你有没有被摔着?哪里摔疼了?"

顾盼和封定钰追上来时,看到的就是这一幅明岚陷入疯魔的画面。

两人站在不远处,沉痛地看着这一切。

顾盼几乎将整个身子倚在封定钰怀里,整个人已经哭得上气不接下气。

在不管自己怎么做都得不到任何回应之时,明岚终于像一只陷入绝望中的困兽,发出哀痛的呼号声,而他一直努力隐忍的泪水,此刻终于突破防线,汹涌地从眼眶掉落,无声无息地落到了地上。

他低着头看向胡悠悠的脸:"胡悠悠,你这个骗子,不是说好以后每年都要一起过生日的吗?不是说等你好了,我们就去普罗旺斯看薰衣草的吗?你为什么不遵守诺言?"

他不留 隙地紧抱着她,仿佛要将她的身体嵌入他的骨血里,他把脸贴在她的额头上,嘴里喃喃道:"悠悠,你别离开,别离开我。我以后再也不欺负你了,我让你欺负好不好?

"你是这个世界上对我最好的人,你离开了,叫我以后怎么办?

我到哪里去找一个像你这样好的人？

"不，我不会去找其他人的，我只想跟你在一起！我们要永远在一起，对吗？"

顾盼缓步走过去，在明岚面前蹲下。良久，她终于小心翼翼地开口喊他："学长……"

"你们走吧。"明岚淡淡地说了一声，眼神自始至终没有丝毫分到顾盼身上。

"学长……"顾盼再次试探性地喊了一声。

"走吧。"明岚仍然是那副心如死灰的样子，"让我再跟她单独相处一会儿。"

顾盼也不再固执，再次深深地看了一眼明岚，之后带着封定钰离开了。

明岚搂着胡悠悠，痴傻一般在地上跪了好久。很久以后，他缓缓地抬起头仰望天空。

他发现，原本晴朗的天空在不知不觉间已经聚满了乌云，乌云嚣张地盘踞在天空中，嚣张地向人们宣示它的邪恶。

神思恍惚间，他仿佛看见了那个永远都笑靥如花的女孩正站在乌云上。

"你还不知道我的名字吧？我叫胡悠悠，胡是胡闹的胡，悠是忽悠的悠。怎么样，是不是很有趣？"

"哦，你不喜欢我叫你欧巴，那我叫你哥哥好了……哎，行了，别那副死表情，以后我就叫你岚岚好啦。"

## 小学渣,别看我看书

"岚岚,我有没有跟你说过你长得很像一个人?很像我未来男朋友。"

"……"

往昔一道道欢快飞扬的声音在他耳畔响起,可惜从此往后,他再也听不到这样俏皮动听的声音了。

悠悠……以前你总觉得我狠心,狠心地不顾你的感受,狠心地对你的感情不屑一顾,但是现在你比我更狠心,你狠心地把我抛下,永远地,把我抛下了。

离开医院这段短暂的路程,顾盼一直哭得不能自已,封定钰则默默无语,一直搀扶着她。两人在路边等车时,天空轰然响起一阵惊雷,等两人钻进车里后,倾盆大雨便瞬间而至。

顾盼靠在封定钰怀里,她一直努力地想要控制住自己,可泪水还是止不住地往外涌,身体也不停颤抖着。

拭去脸上的泪水,顾盼扭头看了一会儿窗外的雨帘,回过头对封定钰说:"我一直以为生老病死不过人之常情,任何人的死亡,哪怕是我自己,我都可以坦然面对。可是今天……在看到朋友在自己面前变得毫无生机时,我才发现,死亡,原来是这么可怕的一件事……"

"不要想那么多。"封定钰轻轻地拍着顾盼的后背,温柔地安抚道。

胡悠悠素日对人大方、待人友好,结交了不少朋友,因此她葬礼那天,来了不少人。

胡悠悠是酷爱自由、向往蓝天白云的人，所以胡妈妈没有将她的骨灰埋入黑暗的泥土中，而是撒进了广阔无垠的大海里。

　　人们穿着黑色的服装整齐地站在海边，听着汹涌的海浪撞击岩石的声音，任由腥咸的海风刮在脸上，钻入鼻孔里，每个人都安静得如同一尊石雕。

　　明岚穿着一身黑色的西装，站在胡妈妈身后，英俊的脸上始终毫无表情。没有人能够看到，他左手的掌心，紧握着一撮栗色的长发。

　　自胡悠悠葬礼那日后，顾盼便再也没有见过明岚。原先她并未做他想，只觉得明岚正是伤心的时候，她还是不去打扰的好。

　　但是近来舞蹈社出现了一些事情，需要明岚拿主意才行。

　　在打了好几通电话明岚都不接以后，顾盼忍不住去他班上找他了。

　　问了一个明岚的同班同学后，顾盼才知晓，原来明岚已经一个多月没来上课了。而另一个跟明岚关系比较好的男生告诉她，自从胡悠悠过世后他便一蹶不振，整天躲在房间里喝闷酒，偏偏明岚的父母都不在家，没人管得了他。

　　顾盼决定亲自去明岚家一趟。思考过后，她给封定钰打了一个电话："我要去学长家，你跟我一起去吧。"

　　来到明岚家时，来开门的是明岚家的保姆方姨。看见来人是顾盼，方姨像是见到了救世主似的，欣慰又担忧地对顾盼说："姑娘，你终于来了。这几天岚岚一直躲在房间里喝酒，我怎么劝他都不听。现在你来了真是太好了!你快劝劝他吧。"

见两人如此熟络的样子,封定钰皱起眉头问:"你们很熟?"

无力鄙视某人的路痴,顾盼淡淡地说:"我外婆家就在前面,之前我来外婆家时,经常到明家来玩。"

"哦!"封定钰心下了然了。

方姨拿来钥匙将明岚房间的门打开。

顾盼推开门,瞬间一股浓重的酒精味扑鼻而来,她忍不住抬手在鼻前摇了摇,试图将那股刺鼻的酒精味赶远一些。

房间的窗帘都被拉得紧紧的,没有一丝光亮透进来。在黑暗中,顾盼看不清明岚在哪个位置,只能听到时不时传来的打嗝声。

顾盼径直往窗边走去,然后"哗啦"一下拉开了窗帘。

一瞬间,阳光透过玻璃照了进来,被这光亮刺到的明岚连忙抬手挡了挡眼睛,接着顾盼又把玻璃窗打开,让外面的新鲜空气流进来。

好不容易适应了这光亮之后,明岚缓缓睁开眼,然后看见顾盼正盯着自己。

他扬唇傻笑了一下。真是奇怪,眼前怎么会出现顾盼的身影?明明他想见到的是悠悠,只有悠悠啊。

这么苦涩地想着,他又倒了一口酒送进嘴里。

真是奇怪。他不禁又感慨,明明喝了那么多酒,明明身子已经很软了,明明脑袋已经晕了,可是为什么……意识却还是如此清醒?

顾盼见状,走过去弯下身一把夺过酒瓶,然后冷冷地凝视着他。

"你干什么?"明岚伸手便想去夺回酒瓶,可是顾盼牢牢抓在手里不放,只是居高临下地俯视着他。

他将手支在地上,踉踉跄跄地起身,期间还打了一个酒嗝。他身子微晃地站着,还没来得及说什么,顾盼便率先开口:"学长,你为什么要这样?"

"我不这样?那你们想我怎么样?"明岚崩溃地抓着自己的头发,声嘶力竭却毫无杀伤力地朝顾盼吼着。

"人死不能复生,学姐她一定不希望看到你这个样子。"顾盼尽量使自己的声音变得平和。

"瞧瞧!"明岚讥讽地笑了起来,泪水却不停地往下掉,"又是这套老生常谈的说辞,所有人都这样说,说她一定不希望看到我这样。可是我就是要这样!我就是要这样!因为我只有这样,她的灵魂才会得不到安宁,她才会一辈子守在我身边。你懂……"

一道响亮的巴掌声打断明岚的嘶吼,顾盼一脸失望地看着他:"你觉得这就是你爱她的方式吗?这就是你纪念她的方式吗?如果你真的爱她,为什么生前不知道珍惜,死后在这里装深情有什么用!"

明岚一愣,然后仰望着天花板,冷冷地笑了几声说:"是啊,所以我现在不是得到惩罚了吗?我现在不是得到报应了吗?"

"学长。"顾盼有些后悔自己口无择言说那些话刺激他了。其实明岚没有不珍惜,在认清楚自己的心意后,他一直都做得很好,只不过……他太晚才认清自己的心了。

"学长,对不起。"顾盼低喃着说出了这句话,停顿了半晌她又说,"可是你真的不能一辈子这样,你必须接受事实。对得起学姐对你喜

## 小学渣,别看我看书

欢的,是更好的你,你一定不愿意再继续辜负她了,对吗?"

从明岚家里出来后,顾盼发现封定钰一路上一句话也不说。

她知道,他这段时间已经很懂事了。其实这些人与他无关的,可他还是义无反顾地陪着她来回跑。

"怎么了?"坐在副驾驶座上的顾盼侧目望向嘴唇紧绷的封定钰。

"没事。"封定钰淡淡地吐出这两个字,"就是有点感慨。"

顾盼闻言用力地抱住了他,认真地对他说:"封定钰,我好爱你,我们一定要好好在一起。"

封定钰也回身抱了抱她,轻声说:"嗯,我也好爱你。"

两天后,顾盼再次见到了明岚,此时明岚已经褪去两天前的颓败,重新恢复了光彩熠熠的样子。

他穿着一身休闲装走到她面前,微笑着唤了她一声。

"学长!"看到明岚这个样子,顾盼也发自内心地笑了起来。

明岚提出让顾盼陪他散散步,顾盼点头答应了。

两人走在树木茂密的林荫道上,一路上都很默契地没有说话。

在即将走到林荫道尽头时,明岚突然停下脚步,开口道:"学妹,我要走了。"

"走?"顾盼也顿步,惊愕地望着明岚,"学长,你要去哪儿?"

明岚把视线投向了不远处的操场上,看了片刻后,他淡笑着开口:"法国。悠悠说她喜欢看法国的梧桐树和薰衣草,我带她过去,以后我们一起生活在那里。"

顾盼闻言咬着嘴唇不说话。

"学妹,放心吧。"明岚拍了拍她的肩膀,面庞一如既往的温和,"我不会再颓废了,等到我真正放得下的时候,也许会真正开启一段新的生活。"

"嗯。"顾盼终于点了点头,"学长,那你以后一定要保重。"

"嗯。"明岚也郑重地点了点头,一只手依恋地摸了摸口袋里的头发。

春季学期很快结束,一转眼暑假又来临了。

顾盼打算考研,于是从暑假开始,她决定留在封定钰的公寓里准备考研的事。封定钰本想陪着自家媳妇儿一起奋斗,奈何老爸叫他回自家公司实习。

临走时,封定钰依依不舍地拉着顾盼的手,大有"执手相看泪眼"之势,他闷闷地说:"媳妇儿,我们一起回家嘛,你在家也可以复习的。"

顾盼耐心地告诉他:"根据我十几年来的经验,在家我是不会想学习的。权衡利弊之下,我还是决定留在这边。"

"可是我舍不得这么久见不到你。"封定钰眨巴着水汪汪的大眼睛。

顾盼眉毛一横,对他这么黏人明显不满了:"你当初一年时间不也熬过来了?"

封定钰委屈地吸了吸鼻子,接着说:"当年我都思之如狂了。"

# 小学渣,别看我看书

"快点走吧你!"顾盼不想再跟他"你侬我侬"下去,直接将他推进了安检口。

"没良心的女人。"封定钰嘴上这么嘀咕着,却也老老实实一个人回家了。

接下来的日子,封定钰几乎每天晚上都会准时打电话过来,哪怕他工作再忙。

有一日,封定钰告诉顾盼他过几天要乘坐飞往阿德莱德的航班和封爸爸一起出差去考察海外市场。

顾盼对封定钰的工作不熟悉,也没有细问,只是简单叮嘱了他几句便重新投入学习中。她知道封定钰英语不太好,以后又要继承封家越做越大的公司,她不想他由于这个短板而被人笑话,所以她准备跨专业考英语的研究生,希望以后能做封定钰的左膀右臂。

几天后,封定钰即将登上去阿德莱德的飞机,顾盼特意赶回去送他。

机场里,顾盼依依不舍地拉着他的手说:"我心里总觉得有点担心,前几天看到外国一架飞机出事了,我有点害怕,要不你别去了吧?"

封定钰满脸笑意地揉着她的头发,轻声说:"我已经答应老爸了,怎么能不去呢?放心吧,我这么'欧气'爆棚,空难这种小概率事件不会降临到我头上的。"

"可是……"顾盼还是不放心,"自从悠悠学姐的事情后,我就觉得生命无常,死亡或许离我们真的很近,我害怕……"

"好了。"封定钰一把将顾盼揽入怀里,亲了亲她的头发,"从小到大都是你在保护我,为我担心,我没有几件事情是做得成的。但我现在是个男人了,我有自己要承担的责任,我会保护好自己,保护好你,而且,我要为我们的未来而努力。"

"嗯。"顾盼闻言展颜一笑,欣慰地点点头,同时用力抱住他的腰,"等你到了那边一定要第一时间给我打电话,工作之余也要抽空天天给我打电话,我在家里等你回来。"

"好。"封定钰心情愉悦地应下,在顾盼额头上印下一个吻。

过了安检口之后,封定钰还不忘回头冲她挥挥手,顾盼见到之后也使劲儿朝他挥了挥手。

他这是去为他们的未来而努力啊。

## Extra 01 封总裁的吃醋日常

封祈梆出生在一个格外寒冷的冬日,当在产房外等了一天一夜的封定钰抱起皱巴巴的傻儿子时,他嫌弃地皱了皱眉。

他还以为老婆给他生了个"小情人",没想到是个"小情敌",还这么丑!

事实证明,封定钰一开始就把封祈梆当作"情敌"的想法是完全正确的。因为自从有了封祈梆之后,他感觉顾盼的注意力没有一秒停留在他身上,整天就守着那个傻小子过活了。

这天,他贱兮兮地凑到顾盼身边,捧着脸目光真诚地对顾盼说:

"老婆老婆,今晚有机会一起睡觉觉吗?"

"没机会。"正在给封祈郴冲奶的顾盼眼皮都没抬。

看到顾盼一点都不在乎自己的样子,封大少的火暴脾气一下子就上来了。他气息不稳地指控顾盼:"哼,你这个女人得到我之后就不珍惜了,你知不知道到底谁才是你老公?你凭什么只伺候他不伺候我?"

顾盼终于缓缓抬起头,有气无力地瞄了他一眼,淡定道:"行啊,我伺候你,那你得先帮我伺候好他。"

封定钰一听,整个人直接愣住了。谁不知道这小魔王是他的天敌?自打小魔王出生起,每次他抱小魔王,小魔王就一直哇哇哇地哭个不停,非得顾盼来哄才能安静下来。

这小子绝对是专门来克他的!

夜深人静时,当封定钰看到小魔王那张纯良无害的睡颜时,都会发出恨恨的嗔叹:"臭小子,敢跟我抢老婆!要不是看在你是我亲儿子的份上,我早就掐死你了。"

其实对于儿子只依赖自己而不依赖他老爸一事,顾盼也很是无奈。有一回她哭丧着脸说:"为什么你们封家的男人都这么依赖我,我只是个弱女子啊!"

封定钰抱着老婆柔弱的身体,长叹一声后安抚道:"老婆别难过,至少我老爸不依赖你。"

"……"

瞧瞧,这都是什么话?

不知道是不是封家的男人自有"魔性",总之五岁以后的封祈郴

## 小学渣，别看我看书

已经完全表现出他的魔王本性了。他每天都会为了跟老爸争宠而费尽心思，不亦乐乎地跟老爸对着干，不遗余力地在老妈面前告老爸的状。

总之……无所不用其极。

"封祈梛，我问你，你到底是谁的儿子？"

"我妈！"

"那到底是谁把你生下来的？"

"我妈！"

封定钰猛地拍案而起，咆哮道："如果没有我，你妈一个人能生你吗？"

"我妈神通广大，她一个人当然可以！"

知晓这小子性情固执，封定钰决定跟儿子讲讲道理，于是他竭力耐着性子说："宝儿啊，咱们应该看看科教频道，学习丰富知识，你看那种幼稚动画片没用的。作为我儿子，你不能太天真，你必须要成熟！"

"我妈说你看的才没用，小孩子就应该保持童真！"

"你妈说，你妈说，整天都是你妈说，你是妈宝男吗？"封定钰简直要被气死了。

封祈梛理所当然地回："我就是个妈宝男，我是我妈的宝！"

"……"

一连串的问题下来，封定钰觉得自己完全是在自取其辱。

又是一个星期天，只有大小魔王两父子在家，五岁的封小少要看动画片,然而二十八岁的封大少要看财经节目,于是战火又开始在父子之间蔓延。

在争抢了几番之后,封定钰凭借着身高优势成功地抢到了遥控器,然而就在他拿着遥控器得意扬扬地向小魔王炫耀时,小魔王却眼疾手快地一跃而起,一把抢过他手中的遥控器,迅速将电视切换到了少儿频道,接着又把遥控器丢远了。

"你!"封定钰终于怒不可遏地扬起了手。

这小子,不振振父纲都要骑到他头上来了!

然而封定钰只是虚张声势地抬起了手,却迟迟舍不得落下。

封祈梆抬起头,用倔强傲慢的眼神瞪着自家老爸,很有骨气地绝不求饶。

于是一时间,两双同样明亮清澈的眼睛,两张同样白皙……可爱的脸蛋,两个姓封的男人都恶狠狠地瞪着对方,恨不得把对方吞了。

就在两人对峙间,门把转动的声音冷不丁地响起,于是父子俩同时齐齐朝门口看过去。

进门后的顾盼见封定钰正扬着手想要打儿子,于是不顾淑女形象地大呼:"封定钰,你想干什么!"

封祈梆贼溜溜的眼珠转了一下,随即很快捶胸顿足地号啕大哭:"妈,臭老头他欺负我!"

"老婆,我没有!"封定钰赶紧为自己辩解,"我就是吓唬吓唬他而已。"

顾盼大步流星地走到沙发边,一把扯过儿子护在身后,怒气冲冲地

## 小学渣，别看我看书

对封定钰说："封定钰，你敢打我儿子！你信不信我跟你拼了？"

"老婆，我真的没有，我刚才只是气急了才故意吓唬他的。"封定钰说着说着眼泪开始在眼眶里打转，"我真的没有嘛，你为什么要冤枉我？我也是有血有肉的人，难道我就不会伤心，难道我就不会难过吗？"他一边委屈巴巴地申诉，一边暗中观察着顾盼的脸色。

被护在顾盼身后的封祈梛对老爸那精湛的演技惊叹不已，委屈地吸了吸鼻子后，他睁着一双可怜兮兮的眼睛，小心翼翼地扯了扯顾盼的衣角。

感受到儿子的动作，顾盼蹲下身来，心疼地摸了摸儿子的脸，柔声问："儿子，你来说，妈妈相信你。"

封祈梛悄悄瞧了瞧还在尽力抹泪的老爸，决定大发慈悲放老爸一马，于是他说："妈，刚才老头没有打我，只是跟我抢电视看而已。"

顾盼冷冰冰地瞪了封定钰一眼，没好气道："都多大年纪了还跟儿子抢电视看？自己想看不会回书房用电脑看吗？"

"电脑的屏幕不够大。"封定钰脱口而出。

顾盼闻言甩过去一记眼刀，再看了看自家笑得嘚瑟的儿子，即刻明白这小子也不是省油的灯。她叹了口气，随手拿起搁在茶几上的包包，留下一句"我先去买菜，你们父子俩的事自己解决"便离开了家。

当顾盼的身影消失在客厅后，封祈梛扭头瞪向了封定钰。

封定钰也带着挑衅的眼神回瞪他一眼。

于是，刀光剑影再次在父子俩的眼神间交汇。

封祈梛心里一窝火，二话不说扑上去就开撕："臭老头，你敢学我！

你敢学我!"

"臭小子,你快从我身上下来!"封定钰奋力想要甩掉挂在自己身上撒泼的傻儿子,奈何封祈梆像一条八爪鱼那样牢牢挂在他身上。

"臭老头,谁让你学我的?还和妈妈告状!"封祈梆一边怒气冲冲地放言,一边不管不顾地往傻老爹的脸上抓去。

"臭小子,我是你老爸,到底是谁学谁啊?"撒娇卖萌装可怜这一招他封定钰用了二十多年,并且屡试不爽,怎么可能会是从这小子身上学来的?好气!他怎么会生了这样一个野蛮泼辣的儿子?

顾盼买菜回来后,恍然发现客厅一片寂静,而封氏父子二人都像斗败了的公鸡,垂头丧气地坐在沙发上。

一见到顾盼,封定钰便迅速起身,以风驰电掣的速度朝顾盼扑过来。

封祈梆也不甘示弱,腾地从沙发上跳下来,然后迈着他的小短腿向顾盼跑来。

封定钰抱住顾盼的手臂,脑袋往她颈窝上蹭了蹭,一脸委屈地看着她说:"媳妇儿,这小子他欺负我!"

封祈梆身高不够,只能抱住顾盼的大腿。他抬起头,用水汪汪的大眼睛看着顾盼,可怜兮兮道:"妈,这臭老头他欺负我!"

"到底是谁欺负谁啊?"封定钰低头瞪了傻儿子一眼。

然而封祈梆根本没理会封定钰那凶神恶煞的眼神,而是继续将自己的眼泪鼻涕擦在顾盼的裤子上,特别委屈地说:"呜呜呜,妈妈,你可要替我做主啊!"

封定钰哭丧着脸,用比封祈梆更加委屈的腔调说:"媳妇儿,你

# 小学渣,别看我看书

是相信我,还是相信他?"

看着这父子俩每天钩心斗角、明争暗斗,顾盼心里那叫一个累。无奈地叹了口气后,她无力地对封定钰说:"不是我说你,能被一个几岁的孩子这样欺负,也真是有出息。"

封定钰觉得自己的内心受到了一亿点伤害。

晚上封定钰洗完澡后,看见哄好了傻儿子的顾盼正在床上玩手机。他走过去,掀开被子坐在她身边,开门见山道:"老婆,我们把这小子送人吧?"

"送人?"顾盼惊讶地把视线从手机屏幕移至他身上,张大了嘴巴。

生怕顾盼误解自己的意思,封定钰连忙解释:"我是说把他送回几位长辈那里,我不想他再打扰我们的二人世界了。"

"几位长辈都还没退休呢,哪有时间替我们照顾孩子?"顾盼轻描淡写道。

"家里不是有保姆吗,把他交给保姆就行。"

"封定钰!"顾盼冷冷凝睇着他,"别的事情可以商量,但在儿子的事情上我绝不会妥协。我儿子当然要我自己照顾了!"

封定钰拔高了声音:"可是你这样宠着他就不怕他被宠坏了吗?"

"我自己的儿子我心里有数,他绝对不会变坏的。"顾盼缓和了脸色,但声音依旧笃定,"而且,我一直也挺宠你的呀。你不也没有变坏嘛,放心吧。"

封定钰撇了撇嘴,不再继续提这件事了,却心理不平衡地想:哼,争宠是吧!臭小子,跟你老爸比你还嫩着呢,等着瞧吧!

## Extra 02
## 当年不合种相思

  胡悠悠初遇明岚是在两人高二那年寒假，彼时胡悠悠刚从韩国回来不久，还操着一口娇软甜腻的外国口音，普通话也说得别别扭扭的。

  遇见明岚那天是个风雪肆虐的日子。

  那一天，由于天气严寒，街上的行人少得可怜，各家各户都紧闭门窗在室内取暖，当时柳柳陪着爱好拍照的胡悠悠到一条建筑物具有民国风的街道上取景。

  两人走在那条僻静的街道上，突然从拐角处走出几个头发染得五颜六色的男子，他们一齐挡住了她们的去路。

# 小学渣,别看我看书

这些男子都很年轻,看起来不过十七八岁的样子,有个小子脸上还残存着婴儿肥。此时他们都抱着双臂倨傲地看着她们,个个脸上都挂着又痞又嚣张的坏笑。

见状,柳柳和胡悠悠满脸警惕地后退几步,同时柳柳下意识地将胡悠悠护在身后。

柳柳目光如炬地盯着几个少年,沉声问道:"你们想干什么?"

几个少年对视一眼,然后冲她笑得无比放肆,其中一人对柳柳说:"你前几天为了给朋友出头,叫人打了我们几个兄弟,这笔账该怎么算?"

柳柳当即心中了然,原来是因为几天前她一个好朋友被这些不良少年骚扰,她当时恰巧碰见,于是便叫了几个人给这些少年一个教训,没想到他们居然怀恨在心。

几个不良少年看见柳柳身后的胡悠悠长得漂亮,当即起了坏心思。其中一个叼着烟的少年说:"不如就让你身后的小妞伺候我们一个晚上,这比账我们就一笔勾销。"

"去死吧你们!"柳柳怒气冲冲地吼完这句话,然后低头凑近胡悠悠耳边,对后者说,"等会儿我拖住他们,你赶紧跑!"

交代完这些话后,柳柳立即冲过去跟几个少年打在了一起。

胡悠悠抿了抿嘴唇,心惊胆战地观战了一会儿,最后还是转身往后面跑去。她明白自己傻站在旁边是无济于事的,说不定还会被那些人抓住拖累柳柳,她只能先去找人求救。

平时不善跑步也不能跑步的她用尽平生最大的力气不管不顾往前

冲去。

她现在只有一个念头,那就是一定要找人来帮柳柳。柳柳虽然练过跆拳道有些身手,但她一个人绝对打不过五个,何况她不知道那些不良少年的实力。

在她跑出不足两百米时,在转弯处被一辆突如其来的自行车撞到。她当即跌倒在地,然后一脸无措地看着自行车上的少年。

少年自知撞到了人,于是忙不迭从自行车上下来,俯下身去扶胡悠悠。

看见有人可以救助,胡悠悠也顾不了什么了。她一把扯住少年的衣角,语气很焦急地说:"求求你,救救我朋友。"

明岚抬头一看,望见不远处有一帮人在打架,而且是几个男子正围着一个年轻的女孩打。

内心的正义感瞬间往大脑上涌,他也顾不得扶起跌倒在地的女孩,拔腿便冲上去加入了混战。

有些艰难地从地上爬起来后,胡悠悠又折身回去,手足无措地站在一旁观战。

她绞着手指,心惊肉跳地看着明岚和柳柳二人跟五个不良少年打架,只觉得一颗心提到了嗓子眼,久久不能放下。

她的视线不自觉被那个她刚从半路上捡来的少年吸引住了。

少年穿着一袭黑色风衣,在暴风雪中为了保护两个素不相识的女孩而拼命地跟一些力量比他大许多的人打架。他扬着拳头,一拳又一拳地砸在那些人脸上,他自己的脸上也不可避免挂了许多彩。他看起

## 小学渣,别看我看书

来明明只有十七八岁,身上却有着超乎这个年龄的成熟与稳重,他刚毅英俊的脸上始终带着冷静与沉着,没有一丝一毫的慌乱。

只一眼,胡悠悠便知道自己沦陷了。

这个从天而降的英雄,就这样温温柔柔地入了她的眼,令她此后倾尽一生也终难忘怀。

眼看着有一个人拿起地上的砖头便要向明岚头上砸去,胡悠悠当即不假思索地冲上去,从后面抱住了那个少年的腰。

感觉有一股力量在腰间扯着自己无法动弹,少年低头一看,发现胡悠悠正死死地抱住自己,于是他用力一甩,狠狠地将胡悠悠甩出了几米远开外。

胡悠悠的胸口撞到一棵树上,呼吸当即变得急促起来,她惨白着嘴唇,一脸痛苦地弯下腰。

"悠悠!"眼看着胡悠悠的心脏病又要发作了,柳柳立刻惊恐万状地大喊一声。她狠狠地给了正纠缠着自己的少年一拳,然后大步流星地朝胡悠悠身边跑去。

当她跑到胡悠悠身边时,胡悠悠整个人已经晕了过去。

"悠悠!"柳柳一边给胡悠悠做紧急救护,一边焦灼地喊着胡悠悠的名字。

几个不良少年看到胡悠悠的情状,以为是闹出了人命,于是赶紧灰头土脸地跑了。

明岚帮助柳柳将胡悠悠送到了医院,之后胡悠悠被送进了急诊室。

急诊室的红灯亮起,医生在里面救人,明岚和柳柳焦急地在急诊室门外等待。柳柳一刻不停地走来走去,两只手紧张地交握在一起。

等了很久还没见医生出来,明岚感觉有些内急,于是去了一趟卫生间。

等他回到急诊室门口时,看见医生正跟柳柳说着什么,他走过去询问了一下关于胡悠悠的情况。

柳柳让医生先行离开,然后看了明岚片刻,最后别过头说:"她没什么事,只是惊吓过度而已。"

毕竟只是萍水相逢,明岚也不再多问什么,在确认胡悠悠没事之后便径自离去了。

胡悠悠醒来时见到守在自己床边的只有柳柳,看到柳柳完好无虞之后,她松了一口气。突然想起了什么,她急忙问:"昨天那个帮我们的欧巴怎么样了?"

柳柳回答:"我没将你心脏病发作的事情告诉别人,不过他听说你没事之后就离开了,一句话也没说。"

"哦!"胡悠悠失望地应了一声。毕竟只是萍水相逢,人家见义勇为肯出手帮她们就已经很不错了,她也没敢奢求人家留下等到她醒过来。

胡悠悠没想到自己在隔天上午会再见到明岚。

明岚抱了一束百合花来到病房,坐在她床边,柔声问她:"你还好吗?"

胡悠悠目不转睛地看着眼前的少年,只觉得是个意外的惊喜,她

## 小学渣,别看我看书

满脸笑意地回答:"我很好啊。"

短暂的寒暄过后便是长久的尴尬,之后胡悠悠主动挑起话题,她问:"欧巴,我还不知道你的名字呢。"

明岚告诉她:"明岚。明白的明,山岚的岚。"

"好名字!"胡悠悠拍手叫好,紧接着又主动报出了自己的名字,"我叫胡悠悠。胡是胡闹的胡,悠是忽悠的悠。怎么样,我的名字是不是很有意思?"

明岚点点头,他第一次被一个女生用如此炽热的目光盯着,脸上不自觉地浮起了两道红晕。

胡悠悠在医院住了几天后便回到了家里,之后她请求老爸帮她查清楚明岚的身份以及他所就读的学校。她明白自己这样做有点不厚道,但她就是想了解关于明岚的一切。

在了解到明岚就读的学校后,她又请求爸爸让她转去了明岚的学校,并且与明岚同班。

胡爸爸当时是这样调侃她的:"我的女儿长大了,想追人了。"

胡悠悠非常骄傲地抬起下巴:"那当然!喜欢一个人不应该主动去接近他吗?"

胡爸爸拍着她的手背说:"只要你开心就好,你的快乐对爸爸来说才是最重要的。"他不在意胡悠悠是不是早恋,在他心里,一切以女儿的快乐为先。

转去明岚班上的那一天,胡悠悠落落大方地站在讲台上介绍了自己。当时班主任问她想坐在哪里,她看了看坐在最后一排的明岚身旁的空位,于是指了指那里:"我要坐在那位同学旁边。"

见此情状,很多心明眼亮的同学心中已经了然,看来又是一个为追随冷情王子而来的。

从那天开始,胡悠悠就和明岚同桌。明岚的性子非常冷淡,哪怕原先已经跟胡悠悠认识了,他对她依旧是不冷不热的,好在这并不影响胡悠悠对他的热情。

从跟明岚同桌的第一天开始,胡悠悠就各种零食大包小包地带给他,然后以自己吃不完为借口强行推到他面前。

很多次,明岚都态度冷淡地对她说:"我不爱吃零食。"

听明岚这样说过好几次之后,胡悠悠给他带零食的次数明显减少了,不过从小说和电视剧里学了一些追人的方法——那就是经常拿着一些自己不懂的问题去骚扰他。

胡悠悠成绩非常差,尤其是语文跟英语两科。她常年待在韩国,除了韩文说得流利之外,英语说得不标准,中文更是差得一塌糊涂。对于汉语里的一些成语和俗语,她经常弄不懂,甚至是曲解,偏偏她的语言用词比较开放,因此常常惹得同学们哈哈大笑。

如果是平时大家一起开心也就算了,如果有同学恶意取笑胡悠悠,看不惯的明岚一般都会前去救场。也因此,每次胡悠悠拿这些问题问明岚时,他总是不吝赐教。

明岚的声音很好听,普通话很标准,说话字正腔圆,有种说不出的魅惑,他的英语也很标准,标准到让人不禁怀疑他是一个常年生活

## 小学渣，别看我看书

在以英语为母语的国家的人。

每当这个时候，胡悠悠都会一脸崇拜地看着他："欧巴，你真是太帅太厉害了！"

明岚听多了别人夸赞自己的话，但胡悠悠的夸奖让他的耳根迅速染上红色，有些难为情的他严厉地纠正道："你不要叫我欧巴。"

"那我该叫你什么呀？"胡悠悠仍然闪着一双天真无辜的大眼睛。

"你叫我同学就行了。"对于这个女孩的过度热情，明岚打心眼里感觉有些不舒服，但又不忍心拒绝。

"叫同学显得太生疏了。"胡悠悠做出一副苦巴巴的表情，然后大胆地说，"以后我就叫你岚岚吧？"

"……"岚岚是家里的长辈以及和他很亲近的人才会叫的，现在被一个女孩如此放肆地喊出来，他感觉……自己和她的关系还没亲近到这个地步。

就在他想说什么时，胡悠悠清脆的声音又响起："好了，别那副死表情，以后我不叫你欧巴，叫你岚岚就是了。"

某个星期天下午，一周内好不容易得半天假的学生都去外面玩了，教室里只有明岚一人对着窗口静静地站着，也不知道在想些什么。

胡悠悠进入教室时，看到明岚沐浴在金色的阳光中，光线将他的身影拉得老长，他就这么抱着双臂，像尊雕塑一样安静地看着窗外高大的树木，整张脸俊美得犹如从漫画里走出来的王子。

见到这如梦似幻的一幕，胡悠悠嘴角扬起了一抹愉悦的弧度。她悄悄走到明岚身后,然后调皮地拍了拍他的肩膀。

明岚感觉到身后有人,加上胡悠悠身上那股特殊的味道,他不用看也能猜出身后的人是谁。

胡悠悠不在意明岚的冷淡,依旧语气欢快地与他说话:"嗨,少年,有没有人告诉过你,你长得很像一个人?"停顿了几秒她直截了当地开口,"你长得很像我未来的男朋友。"

明岚轻描淡写地瞄了她一眼,很快又收回视线看向窗外。

胡悠悠有些无趣地撇撇嘴,然后跟他一起看着窗外的树木,也不说话了。

过了好一会儿,她听见明岚清朗的嗓音幽幽响起:"我不早恋。"

"嗯?"胡悠悠愣怔了一会儿。

反应过来之后,她激动得快要跳起来了,她连忙说:"我知道,我知道,我不介意的,我们可以上大学之后再在一起。"

明岚没看她,也没说话,只是静静地看着窗外。

高中生涯很快结束了,明岚考上了自己理想的大学。胡悠悠明白以自己那吊车尾的成绩是追随不了明岚的脚步的,于是她只能以艺术生的身份跟明岚上了同一所大学。

高考最后一科结束之后,胡悠悠迫不及待地找到明岚,兴高采烈地跟他说:"岚岚,现在我们高中毕业了,可以在一起了吗?"

明岚漫不经心地瞟了她一眼,冷冷地回答:"我不喜欢你。"

胡悠悠的脸色唰地惨白了,她连续倒退好几步,努力沉淀了自己

# 小学渣,别看我看书

好半天,才问:"那你喜欢谁?"

"我没有喜欢的人,但我也不喜欢你。"留下这句话,明岚骑上自行车走了。

胡悠悠在他身后大声嚷道:"明岚,我是不会放弃的!总有一天你会是我的男人!"

大声叫喊过后,故作坚强的她再也控制不住,奔腾的泪水倏地从脸上滑落。原以为,他给了她一个承诺,却没想到,那只是他为了应付她而说的一句漫不经心的话,他对她,终究不上心。但那又怎么样?她从来都是打不死的小强,她不会轻言放弃的!

胡悠悠果然说到做到,不管明岚对她的态度如何冷淡,再怎么对她冷言冷语,她对他始终保持着热情与真心。她相信明岚只是性情比较冷淡慢热,只要他没有喜欢的人,总有一天她还是可以将他追到手。

但事实证明在明岚有没有心上人一事上,她想得太乐观了。

就在他们大一那年暑假,有一回她去明岚家时看到明家来了一个长得非常漂亮的女孩子,而明岚和对方说话时眉目间都透出一股温柔,全然不似面对她时的冷淡。

她在门口站了很久,终于还是鼓足勇气走了进去,然后和明岚以及那个女孩打了招呼。

明岚看向她时,目光又变得冷硬,但鉴于有外人在场,他还是要保持自己的绅士风度,于是给她和女孩做了介绍。

胡悠悠这才知道,原来女孩叫顾盼。

她仔细观察了一下对方，然后发现这是一个长得很漂亮的女孩，她觉得自己已经算是上等姿色了，可是这个顾盼与她相比却毫不逊色。顾盼看起来文文静静的非常乖巧，完全不像她那么任性、随心所欲、风风火火的。

在送走了顾盼以后，胡悠悠拽着明岚的衣角，很强硬很霸道地质问他："明岚，你喜欢那个顾盼，是不是？"

"是！"明岚坦坦荡荡地告诉她，"她是我喜欢的类型。而你，不是。"

胡悠悠笑了，然后又哭了，比起他以前无数次的拒绝，没有一次能比这一次知晓他已有心上人令她更心痛。

但那又怎么样？明岚还没有追到顾盼，也就是说他们还不是男女朋友关系，她还是有机会的，不是吗？就道德层面上来说，她也算不得第三者。

明岚对顾盼虽然很温柔，但也不热情，而顾盼算是一个温和中带点清冷的人，对谁都热情不起来。所以就算连胡悠悠都看得出来他们两个人相互喜欢，但别扭的性格使谁也没有勇气先开口言明。

暑假结束之后，顾盼跟他们上了同一所大学，这时胡悠悠心里的危机感更甚，于是她更加频繁地去纠缠明岚。

她始终还是相信那些毒鸡汤：只要功夫深，铁杵磨成针。念念不忘，必有回响。

日子就这样过了一年多，顾盼还是没有和明岚在一起，他们两人就这么相互暗恋着、耗着。在大三开学之后不久，胡悠悠发现顾盼和

# 小学渣,别看我看书

一个小学弟在一起了。

她知道明岚一直很喜欢顾盼,只不过性格使然,他表达不出来罢了。她害怕明岚伤心,害怕明岚会做出什么糊涂事,于是天天纠缠在他身边。

她其实也是有私心的,但她并不觉得自己有什么过错。她想陪着明岚,同时也希望明岚趁着失恋期爱上她,但同时她又害怕,毕竟已经过去了好几年,他若是能爱上,应该早就爱上了。

但不管怎么样,她就是贪恋与他在一起时的快乐,她就是毫无道理地喜欢他。

明岚见到胡悠悠三天两头跟在自己身边,于是一再很不耐烦地告诉她:"你不要再来烦我了!"

每当这时,胡悠悠都会很坚定地摇头:"不!我一定要陪在你身边的。"

其实每当面对他冷漠的表情、冷淡的态度时,她又何尝不心痛呢?她曾多次想过放弃,可是每回一见到他,她原先做的所有决定便都不作数了。

她在他面前一直都是嚣张的、骄傲的、乐观的、坚强的,她不想将自己的狼狈展现在他眼前,于是在自己的生命即将走到尽头时,她没有再去打扰他。

其实打扰了又能怎么样呢?他终究是不喜欢她,所以应该也不会为她难过吧?

当得知她的病情后,他对她的态度突然来了个一百八十度的大转弯。他握着她的手，信誓旦旦地告诉她，他喜欢上她了，他不希望她离开自己。

她不敢相信，一直都不敢，但她还是可耻地贪求他一丝一毫的温情，她不想放过这样的温柔。

他们在一起了，可是很多次，在夜深人静的时候，她心里是那么不安。他越是对她好，她越是觉得自己悲哀，越是不敢相信男生的柔情。

那夜风雨大作，她感觉自己的生命即将走到尽头，二十一年的历史镜头在她面前晃过，她发现自己想得最多的还是明岚，哪怕大部分都是苦涩的，但那是她唯一爱过的人哪。

意识恍惚中，她想，如果在十七岁那年的大雪中她不曾被他的自行车撞倒，如果他不曾见义勇为帮助了她，如果她能少看他一眼，不曾对他一见钟情、一眼上心，那么，她的人生是否会不一样？是会遇见一个与她相爱的男子，还是始终不尝情爱滋味，始终不知情为何物？

但不管怎么样，如今再苦再痛也过去了，她始终不后悔遇见明岚，不后悔爱上明岚。

---

本书由醒风委托长沙大鱼文化传媒有限公司正式授权花山文艺出版社，在中国大陆地区独家出版中文简体版本。未经书面同意，本书的任何部分不得以图表、电子、影印、缩拍、录音和其他手段进行复制和转载，违者必究。